理想のヒモ生活

14

「ゼンジロウ様。本当に思いつかなかったのですか？」

Tsunehiko Watanabe
渡辺恒彦
illustration 文倉 十

ユングヴィ王子は素早くその場に倒れこみ、
「やだ、連れてって、連れてって、連れてってー！」
理想のヒモ生活14

「やだ、連れてって、連れてって、連れてってー！」
フレア姫は五体投地し、両手両足をバタつかせて駄々をこねていた。
理想のヒモ生活⑫

「望むところですとも」
マルガリータ王女は
狂暴に見えるほどに大きく笑うのだった。
理想のヒモ生活14

ルクレツィアは、ハキハキと答える。
「いかようにもしてください」
理想のヒモ生活 14

理想のヒモ生活14
女王アウラの言葉を背中に受けて、
善治郎は、意を決して走竜に指示を出す。

「よ、よし、進め！」
小さく右足の踵《かかと》で走竜の腹を蹴る。
頭の良い走竜は、ゆっくりと歩み始めた。

理想のヒモ生活 14

猫のショウタイ

双王国滞在中の**善治郎**は、**エレハリューコ**、**リーヤーフォン**の両公爵から新型双燃紙の礼として**走竜の贈与**を伝えられる。
それを受けて**カープァの後宮《こうきゅう》**に帰った善治郎は、**女王アウラ**、**フレア姫**と共に後宮の中庭で**騎竜術の訓練**を始める。
その後、双王国が白の帝国の末裔《まつえい》であるという情報を伝えるため、善治郎は単身**『瞬間移動』**で**ウップサーラ王国**に飛ぶ。
グスタフ王と**ユングヴィ王子**と善治郎は秘密裏《り》に会談して情報の共有を図り、『教会』勢力に対抗するカープァ王国、双王国、ウップサーラ王国の連携構築を図る。
その話し合いの最中、**緑色の石をくわえた灰色の猫**が現れる。
「灰色猫は『ウトガルズの使い』だ」。
緑色の石はほどけて**緑色のプレート**に変じたが、そのプレートは**ウトガルズ**への招待状だった。
そこに書かれた名前は——。

理想のヒモ生活 14

渡辺恒彦

ヒーロー文庫

理想のヒモ生活
14
CONTENTS

プロローグ　建国神話……005
第一章　側室のお披露目……015
第二章　双王国訪問……055
第三章　職人の本懐……116
第四章　次への準備……168
第五章　灰色猫の招待状……251
エピローグ　後宮《こうきゅう》の密談、もしくは駄々っ子の説得……293
付録　侍女と侍女の南北交流……303

illustration 文倉 十

イラスト／文倉十
装丁・本文デザイン／5GAS DESIGN STUDIO
校正／福島典子（東京出版サービスセンター）
DTP／松田修尚（主婦の友社）

この物語は、小説投稿サイト「小説家になろう」で
発表された同名作品に、書籍化にあたって
大幅に加筆修正を加えたフィクションです。
実在の人物・団体等とは関係ありません。

プロローグ　建国神話

それは遥《はる》か昔の話。

ある大きな大陸に、一つの大きな国があった。

『白《しろ》の帝国《ていこく》』。それが正式な国名なのか、通称なのかは今となっては分からない。その国を表す名として伝わっているのは、唯一その名称だけだ。

『白の帝国』は、強力な血統魔法を有する十二の王家が納める大国だった。

力、創造、契約、付与、操魂、自由。覚醒、圧縮、破棄、治癒、記録、星。十二種類の血統魔法を用いて『白の帝国』は大陸に一大文明を築いた。

「白の帝国にできないことは、白の帝国が思いつかないことだけ」

最盛期にはそんな言葉すら残されていたほどだ。

だが、そんな栄華を極めた大帝国にも、最期《さいご》の時は来る。

滅びの原因を突き詰めれば、ありきたりだが、やはり『驕《おご》り』という言葉に行きつくだろう。

自国の国力に対する自信はやがて過信になり、拡張主義の赴くまま、不可侵であった領域に手を出してしまった。

不可侵の領域。『聖域』。すなわち『竜』の生息領域である。

この世界の監理者（一部では創造者とも所有者ともいわれているが、これはほかならぬ竜自身が否定している）であった竜に歯向かうというのは、絶頂期の『白の帝国』にとっても無謀以外のなにものでもなかった。

『聖域』侵略から『白の帝国』が滅びるまで、必要とした時間は僅《わず》か七日間。栄華を極めた『白の帝国』は跡形もなく消し飛ばされたと伝えられている。

竜種の炎は、大地も緑も動物も一切害さず、ただ帝国の人間とその創造物だけを焼きつくした。

こうして、栄華を極めた『白の帝国』は滅びた。しかし、それは帝国支配層である十二王家の全滅を意味しなかった。竜の審判を免《まぬが》れた王族も、わずかながら存在したのである。

一つは、最後まで聖域への侵略戦争に反対し、王族でありながら白の帝国によって虜囚《りょしゅう》の憂き目にあっていた者たち。そうした者たちを同罪と見なすほど竜族は、愚かでも冷徹でもなかった。

もう一つは、聖域侵略より遥《はる》か以前に、その血統魔法で人造の大地――サンドリヨン大陸を造って引き籠《こ》もり、聖域侵略に対しても不干渉を貫いた者たち。彼らは戦後竜族と交渉し、創造した大陸を明け渡すことを条件に、以後の相互不干渉を勝ち取ったという。

　そして最後の一つは、竜種との戦争当時、巨人族の自治都市に身を寄せていた者たち。巨人族の自治都市は『白の帝国』が、当時条約を結んでいた数少ない外部勢力であり、また歴史的に竜族とも対等な間柄であったとされている。そのため、竜種は巨人族の庇護下《ひごか》に入った彼らには、手出しができなかった。聖域侵略に直接的な関与がなかったこともあり、竜種はその者たちを黙認した。

　それから長い年月が流れ、世界は少しずつ変わっていった。

　知恵ある竜は一柱、また一柱とその姿をくらまし、人の立ち入りを禁じられていた聖域も次々と人に開放されていった。知恵ある竜の中でも特に力が強く、人間種に好意的であった五柱の竜たちは、それぞれ一本ずつ牙と爪を人間たちのために残して去っていった。

　同時に世界の気候も変動し、生態系にも大きな変動が生じた。それまで世界を覆っていたシダ植物は一部の日陰に追いやられ、動物も大型爬虫類《はちゅうるい》は、その生息域を急速に狭《せば》めていった。例外は、魔法で造られたため、気候も土壌も古《いにしえ》の状態が強制的に保たれるサンドリヨン大陸――新大陸だけである。

　知恵ある竜が姿を隠し、代わりに大陸は、五柱の真竜が残した牙から生まれた人型《ひとがた》――使徒《しと》と、爪から作られた武具を継承した者――勇者が、『竜信仰』という形で人々をまとめるようになる。

「この『使徒《しと》』と『勇者』の元に集い、その教えを受けついだ者たちの子孫が、『教会』です。

そして、『聖域』に対する侵略戦争に反対して囚《とら》われていたのが、ジェミチェフ第十王家、現在のジルベール法王家。巨人族の自治都市『ウートガルド』に身を寄せていたのが、シュレポフ第四王家こと、我らがシャロワ王家だと伝えられています」

「…………」

「…………」

ルクレツィア・ブロイによる長い説明を聞き終えた後、室内には長い沈黙の時が流れた。

ここはカープァ王国王宮の一角。

語り手はルクレツィア・ブロイ。聞き手は、女王アウラと王配善治郎《ぜんじろう》の二人のみ。

正真正銘この空間には、三人しかいない。腹心の部下はおろか、護衛すら排除しての密談だ。

当初は、この度めでたく側室となったフレア姫も加えようかという案もあったのだが、それもひとまず排除した。

どう考えても北大陸が主軸になる話だ。北大陸に祖国を持つフレア姫とも共有すべき情報なのはまず間違いないが、いきなりこの場に同席させるほどには、まだ信用できない。

「……ある程度予想はしていたが、同時に今までの常識を覆《くつがえ》す情報でもあるな。正直、にわかには信じがたい。証拠となるものはあるのか？」

　そんな女王アウラの問いかけは予想していたのだろう。

　ルクレツィアはよどみなく答える。

「双王国が秘蔵している魔道具のうちのいくつかは『白の帝国』時代の遺産です」

「それは、証拠となるものなのか？　見れば、すぐに分かるような？」

　女王の問いに、ルクレツィアは首肯《しゅこう》する。

「見る人が見れば、ですね。双王国が所有する遺産は、ほぼ例外なくシャロワ王家――シュレポフ第四王家と、それ以外の王家の合作ですから。例えば、『凪《なぎ》の海《うみ》』の中核である白い球体部分は、マカロフ王家の『創造魔法』で造られた『純魔力物質』製です」

　すでに証拠の品を見せられていたと告げられて、善治郎も驚きを隠せない。言われて、善治郎は思い出す。『凪の海』は真っ白な球体を中核とする、地球儀のようなつくりをしていた。常にゆっくりと回転し続けているその球体は、確かに天然の大理石などでは説明がつかないくらいに、一点の曇りもない純白だった気がする。

「それは、北大陸の人間が見れば、分かるということか？」

　念を押す善治郎に、ルクレツィアは少し考えてから答える。

「大半の人間には分からないでしょう。しかし、『使徒《しと》』と『勇者』の末裔《まつえい》である、『教会』中枢の人間は、判別できると思ったほうがよろしいかと」

真竜の牙から生まれた『使徒』は、真竜の叡智《えいち》を一部受け継いでいるし、真竜の爪から造られた武具を継承する『勇者』は、武具を継承する際、知識についても受け継いでいるはずだ、と言う。『使徒』はすでに全て活動を停止しているらしいが、『教会』中枢の人間は、その知識をある程度継承していると考えた方が自然だ。

「しかし、その逸話が事実だとすれば、シャロワ王家もジルベール法王家も、真竜とは敵対する理由はなさそうだが？ 古来の時点では話し合いがついている。となれば『教会』とも敵対することにはならないのでは？」

筋は通っているが、甘い見通しを立てる善治郎の言葉を否定したのは、対面に座るルクレツィアではなく、隣に座る女王アウラだった。

「ゼンジロウ。それならば、なぜ両王家は、南大陸に移住してきたのだと思う？」

「あ」

女王アウラの指摘に、王配善治郎は理解を示す。

ルクレツィアは、そんな女王の言葉を肯定する。

「はい。ご明察の通りです。経年劣化から全ての『使徒』が活動を停止し、『勇者』も代を重ねて知識の継承がおろそかになった後、いつの間にか『教会』は、『白の帝国』の末裔をすべて、『竜種に歯向かった大罪人』として扱うようになったそうです」

そして、そこからさらに長い時間が経《た》ち、『教会』は本来の歴史を失伝したのだ、とルクレツィアは言う。

「なるほどな」

一応、形の上で理解を示しながら、女王アウラの内心はかなり懐疑的だ。ルクレツィアの言葉だけでは、果たして正しい歴史を伝えているのが『白の帝国』の末裔である双王国側なのか、はたまた『教会』側なのか、分かったものではない。歴史そのものは双王国の伝承通りだとしても、その後双王国の先祖が、北大陸を追放されても当然といえるような問題を起こした可能性もある。

いずれにせよ確実なのは、『教会』は『白の帝国』を敵視しているし、シャロワ・ジルベール双王国は『白の帝国』の末裔を自負しているということだ。

この状態で北大陸諸国の南大陸進出が増大すれば、衝突が必至であることは、特別頭の良くない善治郎でも簡単に察することができる。

『教会』と『白の帝国』の末裔の対立。この場合、『白の帝国』の末裔とは、シャロワ・ジルベール双王国に限らない。その血を引く善治郎、そして血を引くだけでなく、『付与魔法』の素養が発現しているカルロス＝善吉《ぜんきち》も含まれる。

この問題に関しては否応なく、カープァ王国は双王国と一蓮托生《いちれんたくしょう》なのだ。そして、カープァ王国は長い湾岸を持つ海沿いの国であり、双王国は大陸中央に位置する内陸国である。北大陸の『教会』が行動を起こした場合、先に矢面《やおもて》に立つのはカープァ王国となる。

「率直に聞こう、ルクレツィア。其方《そなた》は、いや其方を同行させた双王国首脳部、最低でもシャロワ王家の人間は、最初から『教会』を警戒していたな？」

女王アウラの問いを通り越した追及に、ルクレツィアは表情を崩すことなく首肯《しゅこう》する。

「はい。最低限の情報しかありませんでしたが、『教会』が未《いま》だ北大陸では大きな勢力を築いているという話は、事前にフレア殿下からお聞きしておりました」

それは、フレア姫が双王国を訪れた時の話だろう。ジュゼッペ王（当時はジュゼッペ王太子）をはじめとするシャロワ王家の人間は、フレア姫との社交の間に、北大陸の情勢をある程度、入手した。

北大陸は、その技術力と経済圏を急速に拡大させつつあること、その方向性が海にも向いていること、そして、その北大陸において『教会』が未だに大きな勢力であること。

それだけの情報があれば、『白の帝国』の末裔《まつえい》だと認識している双王国が、北大陸を警戒するには十分だ。

少々強引に『黄金の木の葉号』にルクレツィアを同乗させたのは、ルクレツィア自身の強い要望があったからだが、その裏に双王国首脳部の思惑もあったのだろう。信頼できる人間に、北大陸の今の情報を収集させること。同時に、北大陸諸国に、ルクレツィア、すなわちシャロワ・ジルベール双王国の人間が、カープァ王国の善治郎と親密にしている様を見せつけることで、今後予想される『教会』VS『白の帝国』の末裔の争いにカープァ王国を巻き込む意図もあったのだろう。

女王アウラは、あえて不快な表情を隠さずに問う。

「これは、なんとしてもブルーノ陛下をお招きしなければならぬな。フランチェスコ殿下かボナ殿下に、話を通した方が良いのかな？」

フランチェスコ王子とボナ王女は、『双燃紙』を所有しているため、双王国本国と連絡を取ろうと思えば、すぐにでも取れるはずだ。

そう尋ねる女王アウラに、ルクレツィアは間髪《かんはつ》容れずに首を横に振る。

「いいえ。私が連絡手段を確保しておりますので無用です。フランチェスコ殿下とボナ殿下には、連絡を取らないようにお願いします。これは、私ではなく本国のジュゼッペ陛下からの要望です」

「ふむ」

少し圧力をかけるように、女王アウラは返事を遅らせる。

「…………」

しかし、ルクレツィアは社交用の笑みを浮かべたまま、微動だにしない。

女王アウラが今日まで見てきた限り、ルクレツィアという少女は、社交性が高く、感情制御も高位貴族として十分なものはあるが、専門の訓練を受けた外交官ほどではない。

その評価が正しければ、今の言葉に嘘《うそ》やハッタリがあった場合、女王アウラの無言の圧力を前にして、完全に動揺を隠しとおすことは難しい。

ならば、今の言葉は事実だと判断できる。つまり、本国のジュゼッペ王は、この件に関して、フランチェスコ王子とボナ王女を絡ませたくないと考えている。しかし、ルクレツィアの口調もそこまで強いものではないし、他言無用《たごんむよう》を頼む代わりに何らかの代償を支払うとも言っていない。

つまり他言無用はそれほど強い要望ではないと推測できる。

フランチェスコ王子とボナ王女を巻き込んでも、面倒ごとが増えるだけで益はないが、致命的な不利益があるわけではない。おそらくは、それくらいの判断だ。

「承知した。両殿下には知らせないこと、確かに承った。では、本国への連絡は、確かにルクレツィア殿にお任せする」

女王アウラは、そう伝える。

「はい。確かに、承りました」

ルクレツィアは大任を終えた安堵《あんど》からか、今日一番の自然な笑みで答えるのだった。

第一章　側室のお披露目

善治郎とフレア姫の結婚式は、北大陸のウップサーラ王国で行われた。そのため、カープァ王国では、善治郎とフレア姫の結婚式は行われない。

その代わり、善治郎とフレア姫が主催する夜会が、カープァ王国におけるフレア姫の『お披露目の場』として用意されていた。

カープァ王国王宮の大広間で、フレア姫のお披露目のための夜会が開催されていた。

高い天井から吊り下げられたシャンデリアと、等間隔に直立する燭台《しょくだい》の明かりが精一杯夜闇《やあん》を押し広げる中、善治郎とフレア姫は腕を組んでゆっくりと歩く。

日頃こうした場面では、カープァ王国の民族衣装である第三正装を纏《まと》うことが多い善治郎だが、今夜はタキシードに似た洋服を纏っている。それは本日のパートナーであるフレア姫に合わせているからにほかならない。

そのフレア姫は、赤いドレスである。赤はカープァ王家の象徴色だ。善治郎のタキシードも、赤を基調としている。

前回、カープァ王家入りが内定していたフレア姫は、一度赤いドレス姿を見せているが、正式なカープァ王家の一員として赤を纏《まと》って公式の場に出るのは、これが初めてである。

王家主催の夜会という形だが、カープァ王国における事実上の結婚式として、特別に「結婚祝賀」の挨拶《あいさつ》に限り、身分が下の者でも善治郎とフレア姫に声をかけることが許されていた。

王族と顔を繋《つな》げる貴重な機会に、積極的な貴族たちは列をなす。

「ゼンジロウ様、フレア様。この度はご結婚おめでとうございます」

「ありがとう、トマス卿《きょう》」

「ありがとうございます」

善治郎はフレア姫に腕を取られながら、笑顔で対応する。会社員時代以上に表情と言葉に気を遣う。王族としての職務にもある程度慣れてきた善治郎だが、さすがにこの分野においては、フレア姫が一歩も二歩も先を行く。

善治郎の作り笑顔が本来の笑顔の再現にすぎないのに対して、フレア姫の作り笑顔は本来の笑顔よりも魅力的だ。それだけ、日頃から他人から見て魅力的に見える表情の作り方を、練習しているということだろう。

以前と比べれば夜会に慣れた善治郎だが、今夜は少し気を付けなければならない点がある。それは、パートナーが女王アウラではなく、フレア姫であるということだ。

女王アウラと王配善治郎は、非常に難しい『対等』な関係を演出しなければならないが、フレア姫の場合、善治郎は常に上位者として振る舞わなければならない。

対等の振る舞いと比べると難易度はぐっと下がるが、これまでとは異なる振る舞いというだけで少々気を遣う。常に自分に言い聞かせていないと、アウラと一緒の時のような、対等な対応をしてしまいそうになる。この数年で王族としての振る舞いを身に付けつつある善治郎だが、その性根はどうしようもないくらいに庶民である。気を張っていないと、地が出るのは変わらない。

それでもどうにか無難に、貴族たちからの祝福の言葉を受けていた善治郎は、挨拶攻勢が一段落したところで、一人の人間に目をとめる。

青を基調とした衣装を纏ったその男は、薄い茶色の髪と灰色の瞳、そして白い肌をしていた。

その淡い色彩は、褐色の肌と濃い髪色のカープァ王国人の中では、ひときわ目立つ。

善治郎は、隣で腕を取るフレア姫に視線で合図を送ると、そちらに向かって歩き出した。

「フレデリック卿。挨拶が遅れてすまない」

善治郎の言葉に、青い服を纏った男――フレデリック・オースルンドは笑顔で答える。

「いいえ、このようなめでたい席にお招きいただき、ありがとうございます。ゼンジロウ陛下」

フレデリック・オースルンド。肩書はウップサーラ王国の外交官。フレア姫一行より遅れる形で、善治郎が『瞬間移動』で北大陸から連れてきた、ウップサーラ王国の窓口である。

ウップサーラ王国国王グスタフ五世の信頼厚い臣下だという。

カープァ王国に駐在するウップサーラ王国の外交官である彼が、今のところは両国間の表向きの外交を担っていると言える。

まあ、実際の両国外交における最重要人物は、その両国の外交官を『瞬間移動』で駐在国と本国に往復させる善治郎以外の何者でもないのだが。

さらに言えば、フレア姫やその筆頭侍女から頼まれて、何度か『忘れ物』を取りに彼女たちをウップサーラ王国に一時帰国させたりもしていたので、両国間を移動している回数で言えば、善治郎が圧倒的である。

極端な話、こちらの問いや要望がオースルンド外交官の答えられる範囲を超えて「本国に問い合わせます」と答えた場合、オースルンド外交官を『瞬間移動』で飛ばすくらいなら、善治郎が飛んで直接グスタフ王に面会を申し込む方がはるかに早い。オースルンド外交官を飛ばした場合でも、再びこちらに飛ばすために、善治郎もウップサーラ王国に飛ばなければならないのだから、ただの二度手間である。

今は南大陸では酷暑期。北大陸は夏。同じ季節でも最高気温四十度を優に超えるカープァ王国の酷暑期と、最低気温が十度を切ることもありうるウップサーラ王国の夏を何度も行き来するのだ。善治郎の体にはなかなかの負担である。不幸中の幸いは、カープァ王国とウップサーラ王国は、緯度に大差はあっても経度の差はあまりないことだろうか。寒暖の差にプラスして時差まで加わっていたら、善治郎は間違いなくまた体調を崩していたことだろう。

もっとも、それに関していえば、人生で初めて異なる大陸に駐在することになった両国の外交官の方が深刻かもしれない。

「こちらでの生活に不自由はないか？　あれば遠慮なく言ってくれ。すべてに対応できるとは保証できないが、可能な限り対応させてもらうが」

「ありがとうございます、陛下。正直申し上げて、当初はあまりの暑さに閉口したのですが、いただいた魔道具のおかげで、今はどうにかしのいでおります」

善治郎の言葉に、遥《はる》か北の国から来た外交官は、そう泣き言に近い率直な言葉を漏らした。暑さをしのぐために作られた『霧を発生させる魔道具』。カープァ王国の後宮《こうきゅう》入りを果たしたフレア姫と彼女の侍女たちのために複数購入したそれと同じものを、カープァ王国はこの外交官にも一つ進呈したのである。そうでなければ、真夜中でも三十五度以上を記録するカープァ王国の酷暑期を、生粋《きっすい》の北大陸人が生き延びられるはずがない。

その上で、善治郎は、フレデリック外交官直筆の書面を記してもらい、それを交渉道具として、ウップサーラ王国上層部に働きかけているのである。

「カープァ王国の人間が、何の手助けもなくウップサーラ王国の冬を迎えるのは、ウップサーラ王国の人間が、何の手助けもなくカープァ王国の酷暑期を迎えるに等しい」と。

その言葉が、信じて送り出した外交官の『泣き言』を記した書面と一緒に伝えられれば、決して愚昧《ぐまい》ではないグスタフ王は、事の深刻さを理解してくれることだろう。

善治郎は県内に有名なスキー場がある村で生まれ育った人間なので、雪にも冬の寒さにもある程度の耐性はある。そんな善治郎の感覚でも、ウップサーラ王国は春でも下手な冬並みの寒さだった。冬も雪も知らないカープァ王国人にとって、ウップサーラ王国の冬は大げさではなく心身を打ち砕く破壊力があると思ったほうがいい。

その後、ある程度話が弾んだところで、善治郎はふとウップサーラ王国で聞いた話を思い出す。

「そういえば、あの話はどうなったのだろうな？　『黄金の木の葉号』に予定外の人員が加わったと聞いたのだが」

善治郎の言葉に、フレデリック外交官はその顔に影を落とす。

「はい。まだ断言はできかねますが、その可能性は高いと判断せざるを得ません。つきましてはゼンジロウ陛下、『黄金の木の葉号』が到着次第、その人物を『瞬間移動』で本国に送り返していただきたく存じます」

事の始まりは恐らくは、『黄金の木の葉号』の再出航の日だと思われる。だが、実際に事が明るみになったのは、それから五日ほどが過ぎたある日のことだった。

ウップサーラ王国の王都にある大学の一人の教授が、姿を見せなくなったのだ。その教授は自然学の権威で、非常にフットワークが軽く、誰にも告げずに泊りがけのフィールドワークに向かうことがあったため、「またいつものことか」と誰も気に留めていなかったのだという。だが、五日も姿を現さないとなると、さすがに多少は安否を気にする人間も出てくる。

念のため、大学が人を使って足取りを追ってみたところ、メーター湖の港で「『黄金の木の葉号』の船員たちと一緒に、連絡船に乗り込む教授を見た」という証言が得られたのである。

大学は青ざめながらも、王宮に報告を入れた。王宮は慌てた。そう言われれば、心当たりはある。自然学の中でも植物学の権威である教授には、フレア姫が持ち帰ったカープァ王国の木材などを見てもらっていたのだ。

そこで教授は非常に興奮し、「あり得ない。こちらの常識では測れない育ち方をしている」と言い、「ぜひ一度、生えているところを見てみたい」とこぼしていたことを、今更ながらグスタフ王たちは思い出した。

そこまで思い出せば、状況の把握はたやすい。元々、ウップサーラ王国において、大学教授の地位と権威は王が保証しているため、それなりに高い。その教授のフィールドワーク好きは有名だし、これまでにも飛び入りでアザラシ漁に出る漁船に同乗したり、トナカイ狩りに向かう猟師の集団に同行したりといった逸話があり、それらが半ば王国から公認されていたような人物である。『黄金の木の葉号』の船長たちもそのノリで受け入れてしまった可能性が高いと、グスタフ王は推測していた。

そうした一連の騒ぎについて、『瞬間移動』で南大陸と北大陸を行き来している善治郎も聞かされていた。

「聞けばずいぶんな重鎮のようだな。そのような人物ならば、私もアウラ陛下も、『瞬間移動』でお招きすることに否ということはないのだが」

無論、無料ではないが、ウップサーラ王国もその程度の金を惜しんで、大事な頭脳を失うほど馬鹿ではないはず。そう思っての言葉に反応したのは、対面に立つ外交官ではなく、隣で善治郎に腕を添える少女だった。

「ゼンジロウ様。それは無理です。我が国で『瞬間移動』の存在を知っている者は限られていますから」

「ああ、そうか」

フレア姫の指摘に、善治郎はすぐに納得する。

カープァ王国では、善治郎が『瞬間移動』をできることはすでに周知の事実だが、北大陸ではそうではない。特に隠しているわけではないが、意識的に広めているわけでもないので、ウップサーラ王国の大多数の者は知らない。

「そうか。では、無事に『黄金の木の葉号』がワレンティア港に入港することを祈るとしよう。その教授と一緒に。ええと名前は」

とっさに名前が出てこず、言いよどむ善治郎に、ウップサーラ王国の外交官が笑顔で伝える。

「ペテル。ペテル・リンネ教授です。ゼンジロウ陛下。お手数をおかけしますが、どうかよろしくお願いいたします」

◇◆◇◆◇◆◇◆

無事に夜会という名の『お披露目』を終えた善治郎とフレア姫は、後宮《こうきゅう》へと戻って来ていた。

王宮で一仕事を終えて後宮に戻る。そこまではいつも通りだが、今夜戻るのは同じ後宮でも慣れ親しんだ本棟ではなく、別棟である。

ここは別棟のリビングルームだ。

ＬＥＤフロアスタンドライトの代わりに、『不動火球』の魔道具で明かりを灯《とも》し、氷扇風機ではなく、霧の魔道具で涼を取る。

本棟のリビングルームと比べると快適さでは一回り劣ると言わざるを得ないが、それでも緊張を強いられる王宮の夜会から帰ってきた解放感も手伝い、善治郎はぐったりとその体をソファーに預ける。

後宮《こうきゅう》に戻って来た時点で背広のような正装は脱いで、Ｔシャツ綿パンの部屋着姿だ。靴はもちろん、靴下すら履いていない。それでも姿勢は行儀よく、本棟のリビングルームにいる時ほどリラックスしきっていないのは、やはりまだ別棟は善治郎にとって『我が家』とはなっていないからか。

「フレア、お疲れさまでした。まだ眠くはありませんか？」

そう問いかける言葉も、優しさやいたわりの心は十分に感じられるが、同時に距離も感じさせる。アウラといる時のような自然体ではない。

「ありがとうございます、ゼンジロウ様。まだ、大丈夫です。これでも兵士としても船員としても、夜間行動の訓練を受けておりますので」

私結構体力あるんですよ、とフレア姫は小さく笑う。

「そうですか。さすがですね」

「そういえば、ゼンジロウ様は夜が遅くなってもあまり眠そうにされませんね？　その、失礼ですが、そうした訓練を受けているようには見受けられないのですが」

「ええ。訓練ではなくて、実践で身に付いたものですからね」

少し言いづらそうにそう尋ねる銀髪の妻に、善治郎は『実践』を思い出し、苦笑する。

今の時間は、せいぜい夜の九時を少し過ぎたぐらい。

終電で帰宅できればラッキーだったサラリーマン時代はもちろん、悪友たちと徹夜で遊んで翌朝そのまま講義に向かうこともあった大学時代と比べても、日付が変わるまで受験勉強を自分に強いていた高校時代後半と比べても、就寝には程遠い時間だ。

「そうでしたか。その辺のお話も機会があれば、お聞きしたいです。今日はお披露目が無事すんで、ホッとしているところですけれど」

「そうですね。私も、やっと気を抜くことができました」

気を抜くと言ったところで、善治郎は自分の口調について思い至った。

「……俺も気が抜けるよ」

少しばつが悪そうにそう言い直す善治郎に、フレア姫はちょっと意地の悪い笑みを浮かべる。

「ふふ、ありがとうございます、ゼンジロウ様。やっと、そちらの言葉遣いを聞くことができました」

後宮《こうきゅう》では、できるだけ本来の口調で話すようにする。フレア姫にそう約束した善治郎だが、今のところあまり約束は守れていない。いつの間にか、以前のような畏《かしこ》まった口調で話してしまうことが大半だ。

約束した以上はいずれ切り替えるつもりだが、一年以上続けた言葉遣いを短期間で完全に修正できるほど、善治郎は器用な人間ではない。

「ごめん、簡単には切り替えられなくて。それで、夜会での話なんだけど、リンネ教授という人について、フレアは知ってる？」

善治郎の問いに、フレアは少し考えて首を横に振る。

「いいえ、残念ながら。非常に優れた自然学者として名前を耳にしたことがある程度です」

「そうか。それは残念だな」

「あ、でもリンネ教授についてでしたら、ヴェルンドが詳しく知っているはずです」

「ヴェルンドが？」

予想外の名前に、善治郎は軽く驚きをあらわにする。

『ヴェルンド』とは、ウップサーラ王国で卓越した鍛冶師《かじし》に贈られる称号である。その鍛冶師と、大学の教授のつながりというのが少し想像しづらい。

　そんな善治郎の思考が読み取れたのだろう。

「リンネ教授の専攻は自然学ですから。その中でも植物学を専門としていますが、自然学の中には鉱物学も含まれます。ウップサーラ王国で希少な鉱物を探すのならば、リンネ教授に聞くのが一番、と言われていました。ヴェルンドは特別な鉱物を求める時には、リンネ教授のフィールドワークに、弟子を同行させていたと聞いています」

「なるほど。それなら、暇があったら一度話を聞いてみるか」

　カープァ王国に来てから、鍛冶師ヴェルンドは即座に『職人の箱庭』で、仕事を開始していた。まず挨拶《あいさつ》代わりと言わんばかりに、道具も燃料も鉄もカープァ王国の物を使い、見事な剣を打ってみせたのである。

　職人の世界というのは少々排他的なところがあるが、それ以上に腕の良し悪しがものをいう部分がある。ヴェルンドはその圧倒的な腕で、『職人の箱庭』で自分の居場所を築き上げた。

　もっとも、カープァ王国の職人たちをうならせたその剣は、ヴェルンドの称号を持つ老鍛冶師にとってはあまり納得できる品ではなかったらしい。

　残念ながら、ウップサーラ王国と比べれば、カープァ王国の窯《かま》は性能が劣り、そこで造られる鉄のインゴットもヴェルンドを満足させるものではない。豊富な薪《まき》があるのはいいのだが、薪《まき》から造られる木炭も、あまり質が良いとは言えない。

それに何より、ウップサーラ王国とでは、気温と湿度が違いすぎる。そのため、ウップサーラ王国と同じ感覚で窯《かま》を操作しても、同じ結果が得られない。しばらくは試行錯誤が続くことだろう。

「こいつはやりがいがありそうだ」

ヴェルンドはそう言って不敵に笑ったという。

「ウップサーラ王国の技術者たちには、つい期待してしまうね」

「ヴェルンドならば、期待に応えてくれることでしょう。ですが、それ以外の職人たちに、ヴェルンドと同程度の期待を寄せるのは、さすがに荷が勝ちすぎます」

善治郎の言葉に、フレア姫は誇らしげに笑いながらも同時に釘《くぎ》も刺す。

職人たちの大半は、『黄金の木の葉号』で海路を移動しているが、ごく一握りの『大御所』『親方』と呼ばれる人種は、善治郎の『瞬間移動』で移動したため、すでにカープァ王宮にいるのだ。

港建造の図面を引く者、『黄金の木の葉号』の同型船の制作指揮が執れる者、製鉄炉の専門指導者など、いずれも熟練の職人たちだが、さすがにヴェルンドのような、その分野における国一番の職人というわけではない。

分野は違うが、ヴェルンドと同じだけの活躍を期待するのは酷というものだ。

「へえ、ヴェルンドは別格なんだ」

「ええ、だから『ヴェルンド』なのです」

そう答えるフレア姫は、どこか誇らしげだ。

とはいえ、重要度でいえば他の職人たちもヴェルンドに勝るとも劣らない。

フレア姫と善治郎の婚姻を政略結婚としてみた場合、カープァ王国が一番期待しているのは大陸間貿易による経済の活性化だ。

そういう意味では、港や船を担当する職人は、鍛冶師《かじし》であるヴェルンドより重要とすら言えた。

「そういえば、港や造船所についてはアウラとフレアで交渉してるんだよね？　どんな感じ？」

ふと思い出した善治郎は、あくまで軽い世間話としてそう水を向けたのだが、フレア姫の反応は悪い意味で劇的だった。

「手ごわいです……」

さっきまでの笑顔が一転、大きなため息をついてそう泣き言を漏らす。

「ええと……」

女王アウラと側室フレア姫の交渉。どちらに肩入れをしても厄介なことになるのが明白なのが、善治郎の立場である。だから、安易に「頑張って」とすら言えない。

それが分かっているのか、フレア姫は善治郎の答えを待たずに、愚痴を吐く。

「アウラ陛下は、大国の女王。若輩者の私が勝てないのは当たり前なのかもしれませんが、本当に本当に手ごわいんです。確かに、『黄金の木の葉号』の修繕ドックが最優先であることは私も同意せざるを得ないのですが、その修繕ドックに『黄金の木の葉号』の同型艦の製造機能を持たせるとか、それをワレンティア港に築くとか、いつの間にか大陸間貿易の始動は、全部あちらに取られてしまっているのですよ。

このままでは、私のアルカトは、しばらくの間ただの漁村です」

そう言って、フレア姫はがっくりとうなだれた。

フレア姫は、善治郎の側室となるに伴い、当初の約束通り『アルカト公爵』の称号をいただいている。これは善治郎の『ビルボ公爵』と同じ分家王家家長としての爵位だが、『ビルボ公爵』と違うのはアルカトという領地がついてくるという点である。

アルカトは現状無人の地だが、良港となるポテンシャルのある土地でもある。その点については、フレア姫がウップサーラ王国から連れてきた港湾《こうわん》敷設《ふせつ》の専門家も太鼓判を押している。

だが、いかな大国カープァ王国と言えども、一から港町を築くというのは、財政に大きな負担となる。しかも、今回はあくまで王家の内部の話なので、基本的に国ではなく王家の持ち出しのため、なおさらだ。

そうした現状を鑑《かんが》み、ひとまずは既に存在しているワレンティア港に、『黄金の木の葉号』の同型艦製造が可能な造船所を築き、ウップサーラ王国側が契約を一つ履行した段階で、アルカトの建設に着手するということになった。

「下手をすれば、ワレンティア港で『黄金の木の葉号』の同型艦が一隻《せき》製造されるまで、アルカトが後回しにされるところでした……」

そう呟《つぶや》くフレア姫の声には、女王アウラに対する畏敬の念すら込められている。

「まあ、何と言っていいのか。うん、俺の立場じゃ正直何も言えないけど。ご苦労さま」

かなり言葉を選びながら、善治郎はフレア姫を精いっぱい労《ねぎら》う。

フレア姫と女王アウラの利害的な対立に、善治郎は心情的にも立場的にもアウラ寄りだ。だから、こうして中立を保っているだけでも、かなり姫に譲歩していると言える。

そんな会話を交わしていると、白い肌の貫禄のある侍女が、蒸気風呂《サウナ》の用意が整ったと連絡を入れる。

「それじゃ、行こうか」

「はい、ゼンジロウ様」

先にソファーから立ち上がった善治郎は、フレア姫が立つのに手を貸すと、そのままフレア姫をエスコートして、蒸気風呂《サウナ》へと向かうのだった。

一般的に蒸気風呂は、蒸気風呂、水風呂の順番で入る。蒸気風呂で体を温め、汗をかき、老廃物を排出してから、冷水で火照《ほて》った体を冷やすのだ。しかし、ここカープァ王国の酷暑期では、少し事情が異なる。

なにせ、日中も夜も、弱めの蒸気風呂並みの気温と湿度を誇るのだ。一日中蒸気風呂に入っているようなものである。

その結果、裸にタオルだけを巻いた善治郎とフレア姫は、まず最初に仲良く水風呂の中に腰を下ろす。

「ふう……」

「はあ……」

期せずして二人とも、感嘆の声を漏らしてしまうくらい、水風呂が気持ち良い。

元々はただ冷水を湛《たた》えただけの作りだったが、フレア姫の助言で今の水風呂は、給水口と排水口を少し開き、常に水の流れを作っている。

こうして流水状態にしておいた方が水温も多少は下がるし、何より流れる水が自動的に体温を奪ってくれるので、体感的には一層冷たく感じられる。

南大陸のカープァ王国はもちろん、北大陸のウップサーラ王国にもタオル生地は存在しないため、善治郎やフレア姫が腰や体に巻いている布は、少し厚めなだけのただの大きな布だ。

その布が冷水でぴったりと体に張り付いた、フレア姫の白い肌が、『浮動火球』の赤みを帯びた光に照らし出される。

女王アウラならば完全な裸体でもある程度慣れたが、フレア姫の場合はまだ、どこに視線を向ければよいのか、戸惑ってしまう。

まじまじと見るのはいけない気がするが、仮にも夫婦なのにあからさまに視線をそらすのもまた違うと思う。

結果、善治郎はできるだけ体が視界に入らないよう、フレア姫の顔に視点を合わせて口を開く。

「こっちに来てから結構な日数になるけど、生活環境は問題ない？」

明らかに場繋《ばつな》ぎ的な善治郎の世間話に、フレア姫は素直に応じる。

「そうですね。さすがにある程度は慣れてきましたけれど、率直に申し上げればちょっとなれるのが難しい差異もございます。一番気になるのは、やはり乳製品の少なさですね」

カープァ王国には原則存在していない乳製品という食物は、ウップサーラ王国では口にしない日の方が珍しいくらいに一般的なものだ。

善治郎に嫁ぐ前にも、カープァ王国に一年以上滞在していたフレア姫だが、その時は

『黄金の木の葉号』に複数匹の山羊《やぎ》がいたため、少量ながら乳製品は手に入った。さらに言えば、当時はどれほど長期にわたろうが、フレア姫に『自分は客人』『一時的な滞在』という意識があったため、自制することは難しくなかったのだ。

だが、こうして正式に善治郎のもとに嫁ぎ、今の生活が原則死ぬまで続くのだと思うと、我慢が難しい点が出てくる。乳製品の不足というのはその顕著な一例だ。

「うーん、ニコライが頑張ってくれているから、ずいぶん増えてきてはいるんだけど。チーズやヨーグルトだけじゃなくて、生クリームもとれるようになったし」

ニコライとは、元『黄金の木の葉号』の船員で、フレア姫が善治郎に送った山羊の世話係として、同行させた人物だ。

ニコライの手腕は大したものだった。気候も植生も全く違うこの南大陸でほとんどの山羊を死なせず、繁殖にも成功し、ある程度飲食可能な乳と乳製品を献上しているのだから。

しかし、それでも実際に善治郎やフレア姫の口に入る乳製品は、あまり安定しない。味が安定してきたとは言っても、まだ南大陸での飼育方法や飼料については試行錯誤の最中だし、何より今は山羊を増やすことが最優先だ。乳の優先権は、人間様より仔《こ》ヤギにある。そのため、人間の口に入る乳製品は多いとは言えない状態だった。

「俺は今もひと月に一度くらいは、ウップサーラ王国に行ってることだし、なんだったら向こうから何匹か山羊を購入してこようか？」

善治郎の魅力的な提案に、一瞬喜色を浮かべたフレア姫だったが、すぐに冷静さを取り戻すと首を横に振る。

「ありがたい申し出ですけれど、さすがにそれは無理ですね。ここに連れてきている山羊は、ウップサーラ王国の山羊ではなく、もっと南に生息する種類なのです」

山羊は粗食にも環境の変化にも強い動物だが、それにも限界はある。『黄金の木の葉号』に積んでいた山羊は、北大陸でも最も南方の暖かい地方に生息する山羊だ。だからこそ、カープァ王国にもどうにか適応できた。

さすがに、ウップサーラ王国の山羊にそれを期待するのは酷というものだろう。

「ああ、それは難しいな。北大陸で俺が飛べるのは、ウップサーラ王国だけだから」

『瞬間移動』が使える善治郎にとって、北大陸は決して遠い存在ではないが、どこにでも自由に飛べるわけではない。デジタルカメラの画像でイメージを補填《ほてん》しているため、写真を撮っていない場所には飛べないし、そもそも身の危険という問題があるため、北大陸で善治郎が飛んでいいのは、現状ウップサーラ王国に築かれたカープァ王国大使館だけである。

「飛べる場所は増やしたいところだけど、それならまず、共和国かボヘビア王国だからな」

善治郎は小さくそう呟《つぶや》く。

ズウォタ・ヴォルノシチ貴族制共和国――通称共和国は、言わずと知れた北大陸西部最大最強国家で、『白の帝国』に因縁を残す最も注意しなければならない国だし、ボヘビア王国は、ヤン司祭から紹介状を貰《もら》ったガラス工房がある国だ。『瞬間移動』で行けるようにするならば、こちらが優先だろう。

もっとも善治郎もカープァ王国の王配という身分がある。『瞬間移動』で不正入国するのは後々問題が大きくなりかねないので、基本的には禁じ手だろう。

「他は大丈夫？　暑さには慣れた？」

善治郎の言葉に、フレア姫は少し躊躇《ちゅうちょ》したが、下手に我慢するより白状する方がいいと判断する。

「暑さに関しては、私とスカジは大丈夫です。なんだかんだ言って一年以上こちらにいますし、公務がない時は魔道具のある部屋に避難していられますからね。問題は、こちらに連れてきた侍女たちです。皆、頑張ってはくれていますが、正直かなり消耗しています」

侍女たちの寝室にも、冷たい霧を発生させて涼をとる魔道具は常備させてあるが、当然ながら侍女たちはいつも寝室にいるわけではない。

日常的に過ごす職場には、霧の魔道具は存在しない。フレア姫も、ウップサーラ王国から連れてきた侍女たちには、できるだけ霧の魔道具があるリビングルームでの仕事を割り振るようにしているが、過ぎると贔屓《ひいき》が露骨になってしまう。

多少、故国から連れてきた侍女を優遇するくらいならばともかく、明確にウップサーラ王国の侍女と、カープァ王国の侍女の扱いが違えば、フレア姫が本当の意味で『後宮《こうきゅう》別棟の主《あるじ》』となる日は永遠に訪れないであろう。

少々物騒な言い方をすれば、現状フレア姫はカープァ王国後宮に、己《おのれ》の『牙城《がじょう》』を築こうとしている真っ最中なのだ。城内で仲間割れを起こすわけにはいかない。

「それは、まあ分かるね。俺も正直、完全には慣れていないから。なんなら、追加で何人かウップサーラ王国から人を連れてくる？」

『瞬間移動』が使える善治郎ならではの申し出に、フレア姫は無念そうに首を横に振る。

「ありがたいお申し出ですけれど、少なくとも今は難しいです。ウップサーラ王国には、女の王族や王族に近い高位貴族の女が多数いますから、そのそばに控える侍女は引く手あまたなのです。その上、こちらに呼ぶことが許される侍女というのは、その……いろいろと条件がありますから」

そう言ってフレア姫は、言葉を濁した。

ウップサーラ王国からカープァ王国後宮に連れてくる侍女の条件は複数ある。

第一に、言うまでもなくフレア姫およびウップサーラ王国に確固たる忠誠を誓っていること。

第二に、南大陸の凶悪とすら言える暑さに負けない根性があること。

そして第三に、南大陸の人間を見下さないことだ。

フレア姫が言葉を濁したのは、第三の条件のせいである。

北大陸の人間は、基本的に南大陸を下に見る傾向がある。精霊信仰国である北方諸国は比較的その傾向が薄いのだが、それでもないわけではない。

そうした傾向のない人間、最低でも言動に出さないでいられる人間を厳選すると、どうしても数がそろわないのである。

「それならしばらくは今の面々に頑張って慣れてもらうしかないか。もし、本当に体調が悪いようなら、ウップサーラに一時帰国させよう。一人ずつ短期間なら、休職させるくらいの人的余裕はあるよね？」

「はい、それは問題ありません。アウラ陛下がつけてくださったこちらの国の侍女たちは、非常に優秀で誠実です。そうならないように、どうにかしたいところですけれど」

そんなフレア姫の言葉は、侍女たちに対する気遣いから出た言葉だ。職務を全うできず、途中で帰国するというのは、侍女のキャリアにおける非常に大きな傷である。

もちろん、体を壊したり、最悪命を落とすこととは比べ物にならないが、それでも侍女たちの将来を考えれば、できるだけそんな傷はつけたくない。

「そうだね。あとできることは、服を変えることかな」

「服ですか？」

氷碧色《ひょうへきいろ》の双眼をパチリと瞬《またた》かせ、首をかしげる新しい妻に、善治郎は首肯《しゅこう》する。

「うん、服。以前共和国に滞在したとき、侍女の子たちが向こうの布地をいくつか購入してきてくれたんだ。だから、あっちの布地で侍女服を作ってもらったら少しは違うかも」

それらの布の出来や売られていた数、価格などから判断するに、残念ながら織物、服飾の文化においても、北大陸は南大陸の一枚上をいっているようだ。

布地の色や模様も多彩だが、布地そのものの種類も豊富だ。その中には、肌触りに清涼感があり、涼しさを感じさせる布地もあった。ほとんど気休め程度だが、そうした布地を使えば多少は違うかもしれない。

「そうした布地でしたら、ウップサーラ王国にも多少はあるはずです。布地に関しても、ウップサーラの仕立人の方が手慣れていますし、仕立てるところまでウップサーラでやらせましょうか？」

「布地の扱いはそっちの仕立て屋の方が慣れてるだろうけれど、作るのは侍女服だからね。その形に作るのは、こっちの仕立て屋の方が慣れてる気がするんだけど？」

フレア姫の提案に、首まで水風呂に使ったまま善治郎が疑問を投げ返す。

「それはそうですが、向こうで仕立てるとなれば、皆を一時的に帰国させることができるかと思ったのです」

理由のある一時帰国ならば、侍女たちの経歴に傷はつかない。酷暑期で死にかけている侍女たちにとって良い休息になる。

フレア姫の言葉に、善治郎は納得する。

「ああ、なるほど。それなら一考の余地はあるかな。ただ、そうなると『瞬間移動』を侍女の人数分繰り返さないといけないわけだから、ちょっと後回しになっちゃうけど。下手をすると酷暑期中には間に合わなくなるよ」

布を持ってきてこちらで作るのならば、善治郎が一往復するだけで済むが、侍女を向こうに送り込み、向こうの仕立て屋に作らせるとならば、侍女の人数分善治郎が南大陸と北大陸を往復する必要がある。

善治郎の使える『瞬間移動』の回数に一日二回という制限がある以上、それはそのまま善治郎が拘束される日数となってしまう。それだけの時間的な余裕は、今の善治郎にはなかった。

「…………」

善治郎の言葉に、フレア姫は自己嫌悪に表情を歪《ゆが》めると、ゆっくりと水風呂へと潜っていく。

「フレア？」

頭の先まで水風呂につかり、蒼《あお》みをおびた銀色の髪をユラユラと水の中で揺らすフレア姫に、善治郎は心配そうに水面上から声をかける。

だが、幸いにして善治郎がそうして心配していたのは、そう長いことではなかった。

「ぷはあ！」

「フ、フレア？」

訓練された水族館のイルカのように、水面から勢いよく立ち上がったフレア姫は、両手で顔の水滴をぬぐい、そのまま邪魔な頭髪を後ろに撫《な》でつけると、元のように座り込む。

「ふう。少し頭を冷やしました。ゼンジロウ様」

「はい」

居住まいを正したフレア姫に釣られ、善治郎も反射的に背筋が伸びる。

「申し訳ございませんでした」

頭こそ下げないものの、少し下からしっかりとこちらの目を見て、真剣に謝罪するフレア姫に、善治郎は戸惑いを隠せない。

自分は今、このもう一人の妻が謝らなければならないようなことを、何かされただろうか？

「ええと……？」

首を傾《かし》げる善治郎に、フレア姫はなにか眩《まぶ》しい物を見たかのように、目を細めた。

「心当たりがないのですね？　今、私は大変失礼なことを申し出たのですよ。ゼンジロウ様のお体を数日にわたって拘束する必要がある提案をしたのです。これは、側室という私の立場では、過ぎた願い、越権行為とすら言えます」

「あ、そうか」

言われてみれば当たり前の話である。

善治郎は王配。王配でないとしても、現状自分が飛べる唯一の『瞬間移動』能力者だ。

女王アウラは人を飛ばすことはできても、自分が飛ぶことは原則許されない。そんな人間が何日もかかりきりになってしまう仕事を頼むというのは、側室が閨《ねや》で――ここは水風呂だが――『おねだり』をしても許される範囲を超えている。

「ごめん、俺の判断で安請け合いしていいことじゃなかったな」

善治郎も反省する。善治郎としては、こういう話し合いとなるとどうしても感覚が、女王アウラとの話し合いに引きずられる。

女王アウラと王配善治郎の話し合いは、最少人数の非公式最高会議ともいえる。だから、アウラも善治郎も好きなことを提案できるし、片方が提案してもう片方がそれを受け入れれば、原則外から文句をつけられることはない。

だが、フレア姫は違う。フレア姫は、王配善治郎の側室にすぎない。たとえ善治郎自身がフレア姫の提案を問題なく受け入れられたとしても、最終的な許可は女王アウラがくだすし、それ以前に側室のおねだりで王配の予定が決まってしまうようなことが続けば、他の貴族からも突き上げを食らうだろう。

「いいえ、私のミスです。もっと考えて提案するべきでした」

頭を掻《か》きながら謝る善治郎に、フレア姫はそう言って反省する。

「うん、まあ、二人とものミスってことで。でも、考えてみたらフレアはなぜ、さっきみたいな提案をしたの？」

善治郎の疑問ももっともだ。騙《だま》そうとしたにしては、自主的に白状しているし、うかつなミスというには間違いに気づくのが早すぎる。

夫の問いに、フレア姫は少しばつが悪そうに、その氷碧色《ひょうへきいろ》の双眼を横に逃がすと、

「すみません。クセになってるんです。最初に、受け入れられない前提で提案をするのが」

小さな声でそう白状した。

フレア姫のこれまでは、提案、要望を却下され続ける人生だった。まあ、これに関してはフレア姫は被害者だが、同時に加害者でもある。フレア姫の両親も同じかそれ以上に被害者だ。

曰《いわ》く、私も剣を習いたい。曰く、私も船をこいでみたい。曰く、私もイノシシ狩りがしてみたい。曰く、私もセイウチ漁に参加したい。

やりたいこと、欲しい物を、却下され続ける人生だった。それでもめげずに、わがまま

を言い続け、小さなころは泣き落とし、ある程度大きくなったら勝手に抜け出し、成人してからは粘り強く交渉を重ね、どうにか願いをかなえてきたのだ。

フレア姫も大変だっただろうが、彼女の相手をする両親はもっと大変だっただろう。

ともあれ、フレア姫にとっての『家族との交渉』とはそういうものだった。そのため、最初に受け入れられない前提で思い切り吹っ掛ける癖がついていたのである。

そうした事情を聴いた善治郎は、思わず笑ってしまう。

「ああ、そのやり方は、正直俺とは相性が悪いね」

「ですね」

つられたようにフレア姫も笑う。

善治郎は、身内からの願い事は、できるだけかなえてあげたいと思う質《たち》だ。無論、実現不可能なことや、あまりにわがままが過ぎることまでかなえるつもりはないが、とりあえず「できるだけかなえてあげたい」というスタンスであることに変わりはない。

最初に「無理を承知で最大限の願い事を言う」フレア姫と、「可能な限りかなえてあげたい」善治郎。短期的にはフレア姫が得をするが、長い目で見れば破滅への一直線であることは、少し考えれば分かるだろう。

王配に権限を超えるお願いやおねだりを繰り返す側室。そんな毒婦は遠からず、後宮《こうきゅう》を追われること請け合いである。女王アウラは、そんな甘い人間ではない。

「これは、ちょっと真面目に考えなきゃ駄目だね」

「はい。まず何より、私が意識を変える必要があります」

善治郎との間に交渉は不要だ。必要なのは話し合いである。フレア姫はそれを強く意識する。

「うん、俺も気を付けるよ。っとさすがにちょっと体が冷えてきたな。蒸気風呂《サウナ》に行こうか」

「はい」

立ち上がって手を伸ばす善治郎の手を取り、フレア姫も立ち上がる。

濡れた布を一枚裸の体に巻き付けただけの状態で、フレア姫は善治郎にエスコートされて歩く。

石造りの床に濡れた足跡を残しながら歩くフレア姫は、ふと思い出したように問いかける。

「ゼンジロウ様？　そう言えば、先ほど『後回しになる』とおっしゃってましたけど、なにかご予定があるのですか？」

「ああ、うん。ちょっと『シャロワ・ジルベール双王国』にね。結構長くなるかもしれない」

そう言う善治郎の表情は、珍しく不快感が隠し切れないものだった。

◇◆◇◆◇◆◇◆

同じ頃、後宮《こうきゅう》本棟の寝室では、女王アウラが一人の夜を過ごしていた。

大きなベッドの上に寝転ぶ女王アウラは、薄い夜着一枚だ。部屋にはエアコンを利かせている。とはいえ、今は酷暑期。これで快適なぐらいのはずなのだが、なぜかアウラには肌寒く感じられる。

「…………」

女王はベッドの上で寝返りを打つ。背中が丸まり、胎児のような横向きの寝方だ。だが、すぐにまた寝返りを打つ。

一人寝は、珍しくない。善治郎のワレンティア、ガジール辺境伯領、シャロワ・ジルベール双王国、そしてこの間の北大陸行きと、一人で過ごす時間は多かった。

だが、今の一人の夜はそれとは違う。善治郎はいる。歩けばほんの数分のところに、善治郎はいる。自分ではない女と一緒に。

仰向けになった女王は、右手を顔の上に乗せ、ため息を漏らす。

「これは……気が滅入るな」

眠れない。何もしていないと、つい夫のことを考えてしまう。

「もう少し、自分は割り切りのよい人間だと思っていたのだが」

苦笑しながら、女王は寝室のＬＥＤスタンドライトを点《つ》けた。ＬＥＤスタンドライトの白色光の元、ベッドから起き上がった女王アウラは、机の上に置いてあった数枚の竜皮紙を手に持ち、ベッドに戻る。眠れないから開き直って仕事に手を出す。夫には見せれらない、ある意味醜態と言えるかもしれない。

竜皮紙には、ここ最近の重要情報がアウラ自らの手で記してある。

広いベッドに足を投げ出し、背中は大きな枕にゆったりと預けた体勢で、女王アウラは竜皮紙の内容に目を通していく。

善治郎とフレア姫から、デジタルカメラの映像付きで聞かせてもらった、北大陸の隆盛と今の情勢。

ルクレツィアから聞いた『白の帝国』とシャロワ・ジルベール双王国の関係。ブルーノ先王の秘密来訪の予定。

そして、都合がよいと言っては何だが、『ヴェルンド』がカープァに来ていることを聞き付けた双王国のマルガリータ王女からは、正式な訪国許可要請が届いている。もちろん、移動手段は善治郎の『瞬間移動』での往復を希望だ。

とにかく大至急。代償は金銭で足りなければ、魔道具の注文作成を請け負うと言っているのだから、マルガリータ王女の本気度が分かるというものだ。

善治郎が双王国に『瞬間移動』し、そこからマルガリータ王女をカープァ王国に『瞬間移動』させる。しかし、仮にも王女であるマルガリータ王女を一人だけで飛ばすことはできない。当のマルガリータ王女は、枠がないなら自分ひとりだけでもよいと言っているが。

そうなると、善治郎が『双王国』に数日間滞在し、一日一人ずつ『瞬間移動』で飛ばすということになる。ここに、ブルーノ先王を混ぜるのだ。このやり方ならば、カープァ王国側でも、双王国側でも、ブルーノ先王の移動を知るものは最小限にできる。

必然的に、マルガリータ王女はブルーノ先王の極秘訪問を知ることになるが、マルガリータ王女を口止めするのは難しくない。元々マルガリータ王女は政治に興味がない、純度百パーセントの技術畑の王族だ。口も堅い。北大陸から来た最高峰の鍛冶師《かじし》という餌が目の前にぶら下がっているので、元から薄い政治への興味が吹き飛んでいるとも言える。

女王アウラは、思考をまとめるため、意識的に独り言を漏らす。

「ビー玉は少数量産態勢に入った。ヴェルンド殿の助力で炉を焼きつぶさなくてもできるようになれば、量産速度は上がるだろうし、北大陸からガラス職人を招へいできれば、質の向上すら望めるだろう」

女王は目を瞑《つぶ》り、考える。

量産されるビー玉。その価値はひとえに、魔道具の媒体として最適だということだ。だから、ビー玉の量産態勢が整ったことを双王国――もっと具体的に言うとシャロワ王家に秘密にしておくことはできない。ビー玉を有効利用できるのは、付与魔法の使い手であるシャロワ王家だけなのだ。それをシャロワ王家にも隠していたのでは、ただの宝の持ち腐れである。将来的には、善治郎の血筋からカープァ王家独自の付与術士も作るべきだと考えているが、それは今の話ではない。最短最速で理想的に進んでも次の世代の話だ。

もちろん、製造方法は何としても秘匿《ひとく》する必要があるし、生産能力についても詳しく明かすつもりはないが。

「ならば、マルガリータ殿下にもビー玉を渡しても大きな問題はない。少なくとも、大きな問題にはならないはずだ」

マルガリータ王女は、フランチェスコ王子と並び若手最高峰と称される付与魔法の使い手だ。その人物に魔道具を作ってもらえるのならば、金銭よりもずっと価値は高い。

「その価値観も、近々一変するかもしれないがな」

そう呟《つぶや》き、女王アウラはブルリと身を震わせる。

先日、フランチェスコ王子が、『水作成付与の魔道具』を完成させたと報告してきた。現物を見せてもらったわけではないが、フランチェスコ王子自身が嬉《うれ》しそうにそう言っていたから、恐らくは事実なのだろう。

『魔道具を作成する魔道具』と、魔道具作成を高速化するビー玉の量産態勢。曲がりなりにもこの二つがそろった今、魔道具は今までのような高根の花ではなくなる可能性がある。

魔道具の量産。それは南大陸に劇的な変化をもたらすだろう。アウラの心情だけで言えば、この流れを加速させるのは怖い。広げるにしても人々の反応を見ながら、ゆっくり慎重に広げたいところだ。

誤解されることも多いが、アウラは本来保守的な質《たち》なのだ。急激な変化は好まない。だが、保守的な為政者というのは頑迷に現状にしがみつくことを意味しない。

自分の考える現状を維持するためならば、それ以外の変化は許容する。

女王であるアウラにとって最優先で維持すべき現状とは、『南大陸西部で有数の大国カープァ王国』と『その大国で実権を有するカープァ王家の自分』という立ち位置だ。

大国、強国という立ち位置は、相対的なものである。自国が現状維持に努めている間に、周辺諸国が国力を増せば、立ち位置は大国から中堅国、中堅国から弱小国へと滑り落ちる。

そうならないためには、国力増強という変化をし続けなければならない。

それも通常ならば、人を増やし農地を増やし、多種多様な技術を高めていくという地道で確実な変化だけで間に合うが、時としてそれでは間に合わないこともある。

アウラは今がその時、もしくは近い未来だと睨《にら》んでいた。

「これは、さすがに見過ごせぬからな」

そう言ってアウラが目を落とすのは、竜皮紙の中に一枚だけ混ざっていたコピー用紙だ。コピー用紙には、もう残りが少なくなったインクを使って印刷した、デジタルカメラの画像がプリントされている。

北大陸はズウォタ・ヴォルノシチ貴族制共和国が誇る最大の港、ポモージエ港を高台から映した写真である。

立ち並ぶ白壁と赤い屋根で統一された街並み。その街を行き交う、洗練された服装の人々。そして、圧倒的に広く、整備された港。

南大陸にこれに比肩する港は存在しない。アウラが特に警戒心を覚えたのは、その巨大な港が十分に活用されている点だ。

カープァ王国が誇る港町ワレンティアも、港の大きさだけならばポモージエ港に準ずるものがあるが、それは港を建設させた時の王が、将来性を見込んで過剰なくらいに大きく作ったからだ。

一部は全く使用されておらず、兵士の巡回船を回さなければならない分、ただの負担になっている場所もある。深く掘り下げたのに船が停泊していない場所には、危険な大型の海竜が巣くう恐れがあるのだ。しかし、そのおかげで、『黄金の木の葉号』の同型船の造船ドックがワレンティアに比較的簡単に増設できるのだから、昔の王の判断は正しかったのだろう。

だが、現状のカープァ王国で、ワレンティア港の大きさが十全に生かし切れていないことは確かだ。それに対して、共和国はワレンティア港より大きなポモージエ港が狭く感じられるほど、多数の船が行き来している。

「技術力はもちろんのこと、経済力でも恐らくは大幅に負けているぞ。先の大戦の影響を鑑《かんが》みれば、総人口もか？」

善治郎がフレア姫から聞いたところ、ウップサーラ王国の『黄金の木の葉号』に匹敵する大型船を、共和国は最低でも五隻《せき》保有しているという。

その共和国はもちろんのこと、現在北大陸の有力諸国は、海上貿易開発が活発だという。近い将来、『黄金の木の葉号』クラスの船を二桁そろえて、南大陸に『貿易』に来ても女王アウラは驚かない。

「ならば多少のリスクを負ってでも、こちらも急激な国力増加に努めるしかない。ビー玉を増産して魔道具を量産するのは、そのもっとも手っ取り早い手段だ」

もちろん、リスクも大きい。魔道具はシャロワ王家にしか作れないのに対し、ビー玉は製法さえ知ればどの国でも製造は可能な品だ。最悪、ビー玉の製造技術を知られた日には、北大陸の侵略を待たずして、南大陸はシャロワ・ジルベール双王国に席巻《せっけん》される危険性すらある。

だが、国を統治するうえで、すべてのリスクを避けて通ることはできない。アウラは王として、そのリスクを受け入れる決断をした。

そうして王としての思考を巡らせている間に、強い眠気の波がやってくる。今寝ないと、また思考が別棟の夫に向いてしまう。

「よし、寝るか」

それを理解している女王は、素早くＬＥＤスタンドライトを消すと、竜皮紙とコピー用紙をベッド頭上の棚に置き、目を閉じるのだった。

第二章　双王国訪問

数日後。善治郎は『瞬間移動』で、シャロワ・ジルベール双王国へとやってきていた。

この双王国は、カープァ王国と同じ南大陸の国だ。そのため、ここも酷暑期の真っただ中である。ただし、気温は同じ程度でも、湿度九十パーセントを超える熱帯雨林気候のカープァ王国と、湿度十パーセントを切る砂漠の国では体感はかなり違う。

カープァ王国よりは幾分過ごしやすい暑い空気を吸い込む善治郎を迎えたのは、シャロワ・ジルベール双王国はシャロワ王家が王女、マルガリータであった。

「ようこそお越しくださいました、ゼンジロウ陛下。この度は、私をヴェルンド様の元へ送っていただけるとのこと。厚くお礼申し上げますっ！」

パサついた金髪を礼法で許されるギリギリぐらいに無造作にひっつめた髪型。元は綺麗《きれい》な青色だった双眼のうち右目だけに白く薄い膜が掛かった瞳。そして、その身にまとっているドレスも礼法で許されるギリギリまで簡素なもの。

身を飾ることを王族としての義務としか思っていない王女の、記憶にないくらい興奮した様子に、善治郎は半歩後ずさりながら、言葉を返した。

「あ、ああ。マルガリータ殿下、お出迎えありがとうございます」

確かに今回善治郎が双王国に来た表向きの理由は、マルガリータ王女の依頼によるものである。しかし、それもあくまで『カープァ王国訪問』であり、『鍛冶師《かじし》ヴェルンド訪問』ではないし、アウラが許可した最大の理由は、表に出せない真の理由、『ブルーノ先王の極秘訪問』のはずである。

その真の理由を匂わせることもなく、表の理由すら吹き飛ばして、自分の欲望をさらけ出すマルガリータ王女は、なるほど『フランチェスコ王子と並び称される』わけだと、善治郎は今更ながら納得した。

「ゼンジロウ様、お部屋までご案内します」

可能ならば今すぐカープァ王国に飛ばしてほしい。そんな熱い視線を善治郎に向けているマルガリータ王女の様子に、このままではらちが明かないと判断したのか、双王国に駐在しているカープァ王国軍の指揮官であるエラディオはそう言って、善治郎を促した。

その言葉を聞いて、さすがのマルガリータ王女も自分の暴走を省みたのだろう。しまったという表情を一瞬見せると、謝罪の言葉を告げる。

「ご無礼いたしました、ゼンジロウ陛下」

「いや、マルガリータ殿下のご気性については、ボナ殿下やフランチェスコ殿下から聞き及んでいます。先ほどの第一声も、正直、驚きよりも納得が勝る」

善治郎はあえて、少し茶化すような口調でそう言って、マルガリータ王女の礼法から外れた対応を笑い話にする。

「我ながら否定の難しい評価ですね」

マルガリータ王女は苦笑を浮かべながら、歩き出す善治郎に追従する。

転移部屋から廊下に出た善治郎は、ふと自分の右手首に収まっている腕輪型魔道具が、マルガリータ王女からもらったものであることを思い出した。

「そういえばマルガリータ殿下。こちらの『風の鉄槌《てっつい》』は、非常に役に立ちました。ありがとう。後日、何らかの形で報いたいと思うのですが、なにか希望はありますか？」

善治郎の言葉に、横を歩くマルガリータ王女は左右で少し色の異なるその瞳を、喜びに輝かせる。

「あれは、こちらから差し上げた物、しかもゼンジロウ陛下は私のわがままを聞いてくださいました。ですから、すでに代価は十分にいただいております」

マルガリータ王女は『風の鉄槌』を善治郎に贈った際、その代価として一つの約束を求めた。それは「妹ルクレツィアの誘いを、三度まで受け入れてやってくれ」というものだった。

ちなみに善治郎の勘定ではその約束は、あと一度しか残っていない。

「そちらの約束は守っていますが、それとは別に礼が必要だと思ったのですよ」

善治郎の言葉には、実感がこもっていた。実際、『風の鉄槌』なくして善治郎がウップサーラ王国の『成人の証《あかし》』を成し遂げることは不可能だっただろう。

そして、『成人の証』を達成せずに、フレア姫を娶《めと》ることは……まあ意外と可能だったようにも思えるが、その場合はウップサーラ王国首脳陣からはもっと強い反発があったことは想像に難《かた》くない。

「それならば、お礼の代わりに、使用感を教えていただけますか？　『風の鉄槌』は魔法自体が私が独自に改良したものですし、腕輪型の戦闘用魔道具を、こういっては失礼ですが、戦闘力のない方に使っていただいたのは初めてなのです。今後の改良のためにも、忌《き》憚《たん》のない意見を聞かせていただけると幸いです。あ、可能であれば書面でいただけると、なお嬉《うれ》しいです」

「分かりました。後日、書面で送らせていただきます」

少し早口でまくし立てるマルガリータ王女に、善治郎は苦笑を隠せないまま、そう了承するのだった。

◇◆◇◆◇◆◇◆

善治郎としては、表向きはマルガリータ王女、裏向きはブルーノ先王を『瞬間移動』させるためだけに双王国に来たのだが、曲がりなりにもこれは公式訪問である。

大国カープァ王国の王族であり、現在世界に二人しかいない『瞬間移動』の使い手である善治郎を、双王国側が放っておいてくれるはずもない。

先に入国していた侍女イネスとナタリオ騎士団長の報告によれば、断れない筋の面会希望や夜会などの出席だけで半月ほどはスケジュールが埋まるとのことだ。

ここは『紫卵宮』の別棟。前回も善治郎が滞在した一室である。家具の類は全部そのまま残っている。

現在この別棟は、カープァ王国の大使館として借りているのだが、この部屋は善治郎が使用した後は誰も使わず、だがいつでも使えるように整えていたようだ。

室内は霧を発生させる魔道具をずっと稼働していたので、ホッとするほど涼しい。

湿度が低い双王国では、霧の魔道具による冷却効果も大きく働く。『瞬間移動』は通常の移動と一番違うところは、移動時間が存在しないことだが、もう一つ違うのは移動による疲労がないという点だ。

今ではすっかり『瞬間移動』による長距離移動になれた善治郎にとってはなおさらである。だから、移動してきた初日から、面会の依頼が入っているのも、まあ仕方がないと言えることだった。

善治郎がシャロワ・ジルベール双王国に到着してから約一時間後。

カープァ王国大使館となっている『紫卵宮』別棟の接客室で、善治郎は二人の客人を迎えていた。

一人は、鮮やかな赤い長髪をすっきりと纏《まと》め、砂漠の放浪民の民族衣装を誇らしげに身に着けた、躍動感にあふれた少女。

もう一人は、薄い青灰色《せいかいしょく》の真っすぐな長髪が印象的な、こちらも砂漠の放浪民の民族衣装姿の、落ち着いた少女。

前者はエレハリューコ公爵の長女シュラ、後者はリーヤーフォン公爵の三女ナズィームである。前回の訪問の時も顔を会わせていた、一応顔見知りと言える相手だ。

「ゼンジロウ陛下、この度は面会の申し出を受け入れていただき、ありがとうございます」

「性急な申し出であったこと、お詫《わ》び申し上げます、ゼンジロウ陛下」

前者はハキハキと、後者は落ち着いた口調で善治郎にそう告げた。

善治郎は小さく右手を挙げて答える。

「いや、ほかでもないエレハリューコ、リーヤーフォン、両族長からの要請ならば、当然の対応だ」

善治郎の言葉通り、シュラはエレハリューコ公爵、ナズィームはリーヤーフォン公爵の

名代として善治郎に面会を申し込んでいた。ちなみに善治郎がエレハリューコ、リーヤーフォンを公爵ではなく族長と呼ぶのは、独立心の強い『放浪の二公』に寄り添った呼び方である。双王国の王族は、彼らのことを『公爵』『公爵家』と呼び、決して『族長』『族長家』とは呼ばない。

その呼び方から、善治郎の配慮を感じ取ったのだろう。

二人の少女は笑みを深めて、同時に取り出した書状をテーブルに置く。

「こちらは、我が父エレハリューコ族長からゼンジロウ陛下に当てた感謝状です」

「同じく、我が父リーヤーフォン族長からも」

テーブルに置かれた二通の書状を、侍女イネスが代わりに受け取り、軽く調べた後善治郎に手渡した。

「失礼する」

善治郎はその場で開いて、書状に目を通す。書状は、南大陸西方語で書かれていた。しかも、王国貴族の文章としては許されるギリギリまで文章を簡略化している。善治郎が辛《かろ》うじて読み書きできるのが南大陸西方語だけだと知り、こちらに合わせてくれたのだろう。

公爵たちの配慮に感謝しながら、善治郎は内容を読み解いた。二通の書状に共通しているのが、『新型双燃紙』に対する深い感謝の言葉である。ジュゼッペ新王の就任に伴い四公爵家には、ひとまず一対ずつの『新型双燃紙』が贈られた。

使い捨てだった従来の『双燃紙』と違い、『新型双燃紙』は消費するのは化竜の皮から造られる竜皮紙だけで、魔道具自体は何度も繰り返し使える。そのため、従来の『双燃紙』に比べて、使用しやすさは格段に上がった。

それは、特にエレハリューコ、リーヤーフォンの『放浪の二公』にとって非常に大きな意味がある。

『放浪の二公』はその名の通り、砂漠の放浪民であった頃の生活習慣を守っている部族だ。部族の大半が家畜である多くの竜種を引き連れて砂漠を巡回しているため、王都と連絡を取るのが非常に難しいのだ。

もちろん、今までもいざというときのために、従来の『双燃紙』は所有していたが、それは非常に貴重な品であり、使用は本当に緊急の時に限られていた。それが、『新型双燃紙』が開発されたことにより、連絡の困難さが劇的に緩和したのだ。

しかも、『新型双燃紙』に必要不可欠な化竜は、原則エレハリューコ、リーヤーフォンの領地にしか生息していない竜種である。これまでは家畜の餌である牧草を荒らす害獣だった化竜が重要な資源に化けたのだ。

すでにシャロワ王家、ジルベール法王家、アニミーヤム公爵家、エレメンタカト公爵家からは、化竜の竜皮紙の定期購入の打診が来ている。もちろん、買い手側はエレハリューコ、リーヤーフォンの両家を天秤《てんびん》にかけて少しでも商品の価格を下げようとしているが、この世界にカルテル禁止法などは存在しない。

そのためエレハリューコ、リーヤーフォンの両族長はすぐに会談の席を設け、化竜の竜皮紙の値段は両族長家の総意によって決定するという契約を交わしていた。

このように、善治郎の提案した『新型双燃紙』は、想像していた以上の恩恵を『放浪の二公』にもたらしていた。

書状には、できるだけわかりやすい表現で、感謝の言葉が綴《つづ》られている。もちろん、公爵もしくは族長からの礼がただの言葉だけで済むはずもなく、どちらの書状にも「ささやかながら」と断ったうえで、礼の品についても記されていた。

まずは、エレハリューコ族長家からは、走竜である。

「シュラ。この書状にはエレハリューコ族長からは、走竜が贈られると記されている」

「はい、その通りです」

善治郎の言葉に、シュラは赤い髪を揺らすように首を縦に振った。

エレハリューコ公爵領は、南大陸でもリーヤーフォン公爵領と並ぶ、最強の走竜の産地として知られている。だから、贈り物が走竜であることはさほどおかしいことではない。

自分が出せるもっとも価値のあるものを差し出すというのは、誠意の示し方としては間違っていない（善治郎としては、もらってうれしいものではないのだが）。問題は、その走竜の血筋だ。

「その走竜は、族長家のそれも本家の騎竜の血筋のようだが？」

同じエレハリューコ公爵領の走竜でも、そこには『格の違い』というものがある。

未《いま》だに砂漠で放浪生活を続けている『放浪の二公』の領民にとって、質の良い走竜とは実用的な意味でも、対外的な権威を示す意味でも非常に大切なものだ。

そのため、所有している走竜の性能は、おおよそ所有者の身分と比例している。当然、最高峰はエレハリューコ公爵家（族長家）本家の走竜であり、それはめったなことで、他者に譲るものではない。

歴代のシャロワ国王、ジルベール法王の中でも特に『放浪の二公』との付き合いが深かった王が、族長家の走竜を譲られた、と『公式文章』として残している、と言えばその希少性がある程度は伝わるだろうか。

その、双王国の王でも滅多に贈られない貴重な贈り物に、善治郎は何かの間違いではないかと念を押すが、赤髪の少女は胸を張って答える。

「はい。我がエレハリューコ族長家でも自慢の一頭です。歳もまだ十五歳ほどですから、十五年は走るのではないかと思われます」

走竜は五十歳前後まで生きる。完全武装の騎士が騎乗できるようになるのは、おおよそ十歳とされている。その後、衰えの早い個体で三十歳、遅い個体で四十歳ぐらいまで騎竜として働く。もちろん、中には五十歳まで戦場を駆けた走竜や、八十歳まで生きた走竜の伝説もあるが、その辺りは例外だ。

最低でも十歳から三十歳の二十年間、息の長い個体では十歳から四十歳までの三十年間を騎乗動物として現役で働くのだ。騎士の中には、初陣《ういじん》から引退まで一頭の走竜に乗り続けた者がいるというのも、それほど珍しい話でもない。

十五歳という年齢からもエレハリューコ公爵の配慮が窺《うかが》える。走竜として高い能力があるうえ、まだまだ先が長い、言ってみれば「一番おいしい」年頃の走竜を贈ると言っているのだ。

「エレハリューコ族長のお心遣い、有難く思う」

だから、善治郎はそう答えるしかなかった。

「はい、族長にそう伝えておきます」

誇らしげな笑みを浮かべる赤髪の少女は、善治郎の内心の葛藤に気づいていないようだ。

これほどの走竜を贈られては、善治郎としても最低限の騎竜術を身に付けないわけにはいかない。正直ちょっと面倒くさい。

続いて善治郎は、視線をシュラの隣に座る青灰色《せいかいしょく》の髪の少女に向ける。

「ナズィーム。リーヤーフォン族長家からも走竜。こちらは現在一歳の走竜のいずれか一頭、となっているが？」

南大陸での年齢は原則数え年だから、善治郎の感覚ではこの竜は零歳《れいさい》、今年生まれたばかりの走竜のことになる。

走竜は重馬に倍する体格を有する大きな生きものだが、最初の卵は人間の握りこぶしよりも小さいくらいだ。当然、孵《かえ》ったばかりの幼竜はヒヨコの親分くらいの大きさしかないし、生後一年では順調に育っても大型犬くらいの大きさにしかならない。

まだまだ、騎乗動物としては全く役に立たない年齢なのだ。

首をかしげる善治郎に、青灰色の髪の少女は柔らかく笑いながら答える。

「私たちリーヤーフォン一族が手塩にかけて育てた走竜はしっかりと調教を施してありますので、主《あるじ》を変えてもその力を発揮するように育ててはいます。しかし、理想はやはり将来騎乗する人間が幼少の頃からまだ幼竜である走竜を育て、共に大きくなっていくことなのです。

そうして、長い月日を共に過ごした人と竜の絆《きずな》は、大いなる力を持つのです」

そこまで言われれば、善治郎にもリーヤーフォン公爵の意図が分かる。

こちらの走竜は善治郎向けではない。善治郎の息子、カルロス＝善吉に向けた贈り物なのだ。

カルロス王子は現在数えで三歳、満年齢でも二歳となっている。十二年後、カルロス王子が成人となる頃、リーヤーフォン公爵から贈られた走竜も十三歳となる。若い王子をその背に乗せるに十分な年だ。そして、目論見《もくろみ》通り十年以上の月日をかけて、共に成長した走竜であれば、カルロス王子にとっては、ただの騎竜以上の価値を持つことだろう。

息子のカルロス王子を狙うあたり、リーヤーフォン公爵はエレハリューコ公爵より少しばかり搦手《からめて》が得意なのかもしれない。

「分かった。リーヤーフォン族長の心遣い、ありがたく思う。一つ確認したいのだが、『現在一歳の走竜のいずれか一頭』ということは、複数の候補の中からこちらが選んでもよいのかな？」

善治郎の言葉に、ナズィームはにこりと笑って首肯《しゅこう》する。

「はい。候補となる幼竜は複数頭ございますので、選んでいただくことは可能です」

「それならば、選ぶのは二年後か場合によってはもっと後にすることは可能かな？　候補となる幼竜は、カープァ王国まで一度全頭連れてきてもらいたい」

善治郎の提案は、かなり図々しく、非常にコストのかさむ提案だった。だが、もちろん意味もなくそんな提案をしているわけではない。

善治郎が選ぶのであれば、今でもいいし、全頭をカープァ王国に連れていく必要もない。だから、善治郎はこう言っているのだ。「善吉が物心つくまで待って、本人に選ばせてやってくれないか？」と。

それは、リーヤーフォン側にとっても、必ずしも悪い提案ではなかった。

善治郎は王配にすぎないが、カルロス＝善吉は第一王子。順当に行けば次のカープァ王となる人間だ。そんな人間に走竜を贈るのだ。

善治郎に贈り、それをまだ物心がつく前のカルロス＝善吉に贈るより、物心がついたカルロス＝善吉が自ら気に入った一頭を選ぶ方が、走竜に対する愛着も増すだろうし、その走竜を贈ったリーヤーフォン家にも良い印象を抱くことだろう。

問題は、そこまでの話となると、さすがに代行にすぎないナズィームの一存で答えられる範囲を超えるということだ。

「承知いたしました。念のため族長に確認を取りますが、おそらくは許可されることと思います。その時はよろしくお願いします、ゼンジロウ陛下」

「それは、ナズィームも来るということか？」

少し驚いてそう聞く善治郎に、ナズィームは胸を張って答える。

「はい。三年後だとしても走竜はまだ四歳。カープァ王国までの道のりは、厳しい状態です。となりますと、世話をする人間にはそれ相当の技量が求められますから」

ナズィームはリーヤーフォン公爵の娘という高貴な身でありながら、竜舎に寝泊まりするレベルで竜の世話をしている変わり者だ。そのため、竜の飼育の腕は自他ともに認める一流の域に達していた。

見た目の印象通り控え目な性格のナズィームだが、こと竜の世話に関しては第一人者と自負するようだ。

「分かった。その時は歓迎しよう」

「よろしくお願いします」

そうして、会談の主目的であった両族長からの感謝状と礼品の受け渡しは、ひとまず終了した。

その後、善治郎と二人の少女は軽い談笑を続ける。

「それでは北大陸には本当に、羽の生えた馬が存在するのですか？」

「それも人間が飼いならして、騎乗動物としているだなんて……」

「空を飛ぶ騎兵。手ごわいですね。対抗するには弓？　いえ、弓だって打ち上げるよりも打ち下ろす方が圧倒的に有利なはず。それに勝つには……」

「走竜の場合特に気を付けるのは脚と首ですけれど、羽の生えた馬の場合、脚と首以上にその羽にも気を配って手入れをしてあげないといけないでしょうね。走竜でも食いしん坊はたまに食べ過ぎで走力に影響が出ることがありますけど、空を飛ぶのなら影響はそれ以上でしょう。かといって空腹では人を乗せて飛ぶなんてできないですし、お世話が大変そうです」

北大陸のズウォタ・ヴォルノシチ貴族制共和国が誇る最精鋭部隊『有翼騎兵《フサリア》』について善治郎から聞いたシュラとナズィームは、目をらんらんと輝かせ、そんなことをいう。

シュラは、強敵『有翼騎兵』に、エレハリューコ領の戦士団でいかに対抗するかについて語り、ナズィームは人を乗せて空を飛べる馬、という未知の生き物の世話の仕方について思案している。

「有翼馬は北大陸でも共和国にしかおらず、その共和国も所有している数は極めて少数だと聞いた。かなりの飛行距離を誇るようだが、さすがに北大陸から南大陸まで飛んでくることはできないだろうし、かといって百日近い航海をする大型船に詰め込むのも難儀だ。南大陸で、有翼馬に会うことはまずないだろう」

「それでしたら、警戒は最小限でよさそうですね」

「あら、それでしたら、有翼馬に会いたければ、北大陸まで行かなければならないのですか」

善治郎の説明に対する反応も、シュラとナズィームとでは対照的だった。

あくまで仮想敵対戦力ととらえて、対抗する手段を模索するシュラに対し、有翼馬そのものに興味を示し、できればその手で世話をしたいと考えるナズィーム。同じ対象に強い関心を抱いているのに、見事なまでに異なる関心の持ち方だ。

そんな話をしている間に、時間は過ぎていく。

「それでは、今日はありがとうございました」

「お忙しいところ、お時間を取っていただき、ありがとうございます、ゼンジロウ陛下」

「いや、こちらこそ、エレハリューコ、リーヤーフォン両族長には、貴重なものをいただき、光栄に思う。族長にはくれぐれもそうお伝え願いたい」

そうして、シュラとナズィームが席を立ち、後は退出するだけとなったその時だった。

出口に向かって数歩歩いていたナズィームが、今思い出したと言わんばかりに足を止め、こちらを振り返って言った。

「ゼンジロウ陛下。ラルゴ殿下からも面会の申し込みが入っていることと思われます。そこで話される内容は、我が父リーヤーフォン族長も了承している話であること、事前にご報告いたします」

「我が父、エレハリューコ族長も同じく」

慌てることなく、シュラもそう後に続けたところから察するに、この最後のタイミングで言い出すことも含めて、事前の打ち合わせ通りなのだろう。

そして、わざわざこのタイミングに持ってきたということは、この言葉こそが、シュラとナズィームが今回最も伝えたかったことだと、善治郎は自然に理解した。

「分かった。心にとめておこう」

◇◆◇◆◇◆◇◆

そして翌日。ナズィームの言う通り、善治郎は、ラルゴ王弟との面会を果たしていた。

「ゼンジロウ陛下、この度は我らのために来国していただき、ありがとうございます」

「いえ、ラルゴ殿下。私にとっても有意義なことですから」

ブルーノ王が先王となり、ジュゼッペ王太子が王となったことで、ラルゴも肩書が王子から王弟へと変化している。

それに伴い、王国における権力が変わったらしい。今までは継承権は低いが王の子供ということで、「次の王の可能性」を感じてまとわりついていた連中が距離を取った。同時に対立していたジュゼッペが王になってもラルゴの権限が維持されたことを見て、「安定した権力がある」と見なした連中がすり寄ってきたという。

善治郎からすると、王子も王弟も同じ王族だし、呼び方も同じ『ラルゴ殿下』でよいので、あまり違いを意識せずに済む。

対面のソファーに腰を下ろしたラルゴ王弟は、ひとまずは鉄板ともいうべき、甥御《おいご》の話から入る。

「カープァ王国では、フランチェスコめがご迷惑をおかけしていること、重ねてお詫《わ》び申し上げます。苦情に関しましては、こちらに上げていただければ、可能な限り早急に対処いたしますので」

「いえ、そのようなことは」

社交辞令として説得力のない否定をしようとする善治郎に、ラルゴ王弟は真面目な顔で告げる。

「もし、本当に迷惑をかけていないのだとしたら、お気を付けください。それは、この先大きな迷惑をかける前兆です」

「はい、気を付けます」

目力のこもったラルゴ王弟の言葉に、善治郎は思わず素直にそう答えてしまった。

実際善治郎はあずかり知らぬことだが、この時点でフランチェスコ王子は、『付与魔法の魔道具』の試作に成功しているので、ラルゴ王弟の言っていることは見事に的を射ていた。

ともあれ、話は本題へと移行する。

「シュラ嬢、ナズィーム嬢から話は聞いていらっしゃいますか?」

そう切り出してきたラルゴ王弟に、善治郎は首を横に振る。

「いいえ。彼女たちからはラルゴ殿下の話は、両公爵が了承している』とだけ」

「そうですか……」

しばし考え込んだ後、ラルゴ王弟はおもむろに話し出す。

「実は、近々カープァ王国からあの宝玉を多数購入したいと考えています。代表は私。実際に使用するのは、エレハリューコ、リーヤーフォンの両公爵領です」

ラルゴ王弟の言葉に、善治郎はピクリと反応する。宝玉——ビー玉が付与魔法の最適の媒体であることは、すでにカープァ王家とシャロワ王家の間では、公然となっている。だから、その宣言はそのまま、ラルゴ王弟が多数の魔道具を作成し、それをエレハリューコ、リーヤーフォンの両公爵領に渡すと言っているに等しい。

わざわざハッキリと告げるのだから、そうやましい目的で使うのではないだろうが、確認は必要だろう。

「宝玉ですか。確かにあれに関しては私も権利の一部を有していますが、最終的な決定権はアウラ陛下にあります。それを前提の上でお話を伺いたいのですが、よろしいでしょうか？」

まず最初にそう牽制《けんせい》する善治郎に、ラルゴ王弟は当然と言わんばかりに頷《うなず》き返す。

「それはもう、承知の上です」

実際、ラルゴ王弟側からすれば、最終的な交渉相手が女王アウラであることは百も承知だ。しかし、ビー玉に関しては一番強い権利を持っているのは善治郎であると看破しているし、最難関も善治郎であると考えている。

女王アウラと王配善治郎。交渉相手とする場合、手ごわいのは明らかに女王アウラだが、こちらから持ちかけた交渉を成立させるのが難しいのは、圧倒的に善治郎だ。

女王アウラは、単純に交渉慣れしていてその能力が高いだけだから、最悪は『交渉に負けた』という結果になるが、王配善治郎は元々何かを欲しているわけでもないため、最悪は『交渉不成立』という形になる。それもその最悪になる可能性は、相当に高い。

少なくとも、思い切り善治郎の感情を逆なでしてしまったブルーノ先王と、ジュゼッペ現王はそう取られている。

それに比べると、ラルゴ王弟はまだ善治郎と良い関係を築いているのだが、油断は禁物だ。

少し背筋を伸ばすラルゴ王弟に、善治郎は改めて尋ねる。

「それでは、お伺いしましょう。宝玉はいかほど必要なのですか？　それを何に使うのですか？」

「はい。数は最低でも二十、できれば四十、可能ならば六十。使い道は、毎度のことながら『水作成』です」

善治郎の問いに、ラルゴ王弟は努めて誠実さを感じさせる口調でそう言った。

『水作成』。国土の大半が砂漠を占めるシャロワ・ジルベール双王国では、最も需要の高い魔道具である。例外は巨大な塩湖を抱える、アニミーヤム公爵領だけだ。アニミーヤム公爵領では『水作成』より『真水化』の方が需要がある。

双王国が『水作成』の魔道具を欲する。それ自体は何ら不思議はない。だからこそ、この申し出のおかしさが際立つ。

現状でも、シャロワ王家は常時『水作成』の魔道具を作成し、国中に売りさばいているのだ。それで、どうにか国は回っている。それなのに、なぜ今、最低でも二十という大量の『水作成』の魔道具を欲するのか？

「何かあったのですか？」

何らの理由で、今使っている『水作成』の魔道具が使用不可能になった。もしくは、自然の降水が今まで以上に減少して、更なる『水作成』の魔道具が必要になった。善治郎が思いつくのはそうした可能性だ。

悪い方向に想像を働かせた善治郎の問いに、ラルゴ王弟は一瞬きょとんと眼を開き、笑って否定する。

「ご心配いただきありがとうございます。幸いにしてご心配いただくようなことがあったわけではありません。不測の事態があったのではなく、この機会に一つ大きな動きを見せようという話なのです」

「ほう？」

善治郎は表情と声で興味を示すことで、先を促す。

それを受けて、ラルゴ王弟は、腰を据えて説明を始める。

「その前に少し長く説明させていただく必要があるので、ご容赦願います。ゼンジロウ陛下は、我が国の四公爵には席次があることをご存じですか？」

王弟の問いに、話の流れが分からない善治郎は内心首をかしげながらも、素直に答える。

「ええ、一応は。確か、エレハリューコ公爵家が首席、リーヤーフォン公爵家が次席でしたか」

「ご存じでしたか。その通りです。アニミーヤム公爵家が三席、エレメンタカト公爵家が四席。すでに有名無実化している席次ですがね」

そう言ってラルゴ王弟は笑う。公爵家の席次など、式典の時の座り位置や、挨拶《あいさつ》の順番程度の意味しかない。

経済力においては、エレメンタカト公爵家がトップ、その下がアニミーヤム公爵家、大きく水をあけられた三位がリーヤーフォン公爵家で、ドングリの背比べで最下位がエレハリューコ公爵家となっている。完全に、公式の席次とは逆転しているのだ。これでは、公式の席次などほとんど意味がないことは、一目瞭然だ。

ラルゴ王弟の説明が続く。

「席次は現在意味がありません。ですが過去には意味がありました。かつて、『定住』と『放浪』に分かれず、四公爵家が等しく砂漠の放浪民として生活をしていた頃、四公爵家の席次はそのまま、四家の強さと大きさを示していたのです」

「なるほど」

それは、詳しい事情を知らない善治郎にも至極納得のいく話である。席次があっても現状と一致していない以上、それは遥《はる》か昔の家格を表しているというのは、非常にわかりやすい話だ。

「放浪の四部族は私たちシャロワ王家と、ジルベール法王家を王と認め、四公爵となりました。その後、シャロワ王家の魔道具という新たな力を得たことで、領地の中に巨大な塩湖を保有していたアニミーヤム公爵家と、自領の奥に金鉱脈を発見したエレメンタカト公爵家が定住を選び、その財力を飛躍的に向上させた。

それはつまり、『塩湖』『金鉱脈』といった要素を除き、放浪生活をするという前提で見れば、エレハリューコ公爵領とリーヤーフォン公爵領は、豊かな土地なのです。あくまで、同じ砂漠の放浪民の領内での比較に限りますが」

そう言って、ラルゴ王弟は一度言葉を切り、テーブルから冷茶の入っているカップを手に取ると、その中身で口内を潤した。

「豊か、ですか。具体的には？」

善治郎の問いに答える形で、ラルゴ王弟は話を再開する。

「はい。具体的に言えば、オアシスの数、それに伴う植生の豊富さ、そして、雨期の長さと頻度、ですね」

砂漠にオアシスがあって植物が生えている、というのは特別驚く話ではない。正真正銘砂と岩石しかない砂漠ならば、どうやっても人間も家畜の竜種も生きているはずがないからだ。雨期があるのも当然と言えば当然だ。一年を通して全く雨が降らない地域というのは、砂漠でも実はかなり珍しいのである。

そうした条件において、エレハリューコ公爵領と、リーヤーフォン公爵領は、比較的恵まれていたのだという。

だからこそ、その二つの部族は今日まで変わらぬ砂漠の放浪生活を維持してこられたのだろう。

「それでも、やはり砂漠の放浪生活は厳しい。彼らは、家畜である竜種を育てるため、複数のオアシスを巡回して生計を立てています。そうしなければ、竜種の餌である草やオアシスの水が足りなくなるからです」

現状でも、砂漠の放浪民たちは複数の『水作成』の魔道具を有しているし、領民の中には『水作成』の呪文が使える者も複数いる。しかし、それで確保できるのはせいぜい人間の飲み水がやっと、うまくいって家畜の飲み水に多少回せる程度だ。

家畜の飲み水、水浴び用の水、そして何より家畜の餌となる牧草を育てるための水には全くもって足りない。

だから、結局砂漠の放浪民は、僅《わず》かなオアシスを転々と移動しながら生きるしかないのである。そして、そのオアシスの水と草も、非情なほどに有限だ。エレハリューコ、リーヤーフォン共に部族民の総数は有に万を超え、家畜の数はそれに数倍する。

もちろん、オアシスの規模に合わせて分散するのだが、それでも油断して一つのオアシスを長期間使い続ければ、家畜は修復不可能なまでにオアシスの草を食いつくす。実際、離脱時期を見誤って潰してしまったオアシスも、分かっているだけで複数存在するらしい。

「まあ、それを責めることはできません。次のオアシスの目途《めど》もたたないまま、オアシスを出て砂漠を放浪しろ、とは誰も言えない。彼らだって生きているのだから」

ラルゴ王弟は、そう言って『放浪の二公』たちを弁護した。さらにラルゴ王弟は表情を引き締め直して、言葉を続ける。

「しかし、オアシスが枯れてしまうというのは、砂漠の放浪民にとって水源が一つなくなる以上の痛手なのです。場合によってはその先に進めなくなってしまう」

これは少し考えてみれば当然のことだ。例えば、水と牧草の補給なしで三日までなら走破できるとする。その場合、三日進んだ先に一つ目のオアシスがあり、さらに三日進んだ先に二つ目のオアシスがあったと仮定すると、一つ目のオアシスの消滅は、二つ目のオアシスも使えなくなることを意味する。

「もちろん、いくら『水作成』の魔道具と言えども、水源の枯渇《こかつ》したオアシスを元通りにできるわけではありません。しかし、枯れた泉を水ガメにして、『水作成』の魔道具を常時稼働状態で複数設置すれば、それなりの水量にはなります。枯れた泉周辺の土地が風化していなければ、多少は草も再び生える。そうなれば、オアシス本来の役割は果たせずとも、『中継点』としての役割ならばどうにか果たせるのですよ」

「なるほど」

ラルゴ王弟の説明に、善治郎は納得した。水だけならば、『水作成』の魔道具を持ち運べば、どうにか補給できるが、走竜の餌である草はそうはいかない。そうして、枯れたオアシスを、極めて短期間の補給場所として復活させることで、今までのルートを保持しようというのだ。

「そういうことならば、砂漠の放浪民にとっては死活問題ですね。しかし、それほど多くのオアシスが枯渇しているのですか?」

砂漠の拡大、砂漠化の進行。そんな不吉な言葉が頭をよぎる善治郎に、ラルゴ王弟は笑って否定する。

「いえ、そのようなことはございません。オアシスの枯渇というより、オアシスの移動というべきでしょうか。あるところの水源が枯れて、別なところに水源が生まれる。あるいは、枯れていたはずの水源が復活する。そのような現状は、砂漠の長い歴史ではよくあることなのですよ。総体で見れば、砂漠の水量はそう変わっていないかと」

気温や風向きの変化、それに伴う地形の変化などで、場所ごとの降水量や地下水脈の流れが変わり、枯れる水源もあれば、新たに生まれる水源もある、ということらしい。

だから、長い目、広い目で見ればそこまで深刻な話ではない。しかし、現在砂漠を放浪している人間にとっては、決して軽視できる話ではない。

「ですから、大げさに心配するほどの話ではないのですが、それなりの問題であることも事実なのです。特に、リーヤーフォン公爵領では、複数のオアシスに続く分岐点のようなオアシスが近年枯れてしまいまして、最低限そこだけでもどうにかしたいのですよ」

「事情は分かりました。しかし、砂漠にも雨期があるのでしたら、それを利用することはできないのでしょうか？」

それは善治郎としては、何の気なしの問いかけだった。

砂漠とはいえ雨期があるのならば、『水作成』の魔道具で水を作るより、雨期の雨水をため込む方が効率が良いのではないか？　そんな単純な発想は、当然と言えば当然だが、長年砂漠で生きてきた双王国の王族が、過去に試したことのある話だった。

「もちろん、それも考慮していますよ。実際、完全に枯れてしまって地下水脈が戻ってくる可能性はないとみなした泉跡は、土魔法で硬化させて、天然の水がめとして使っています。しかし、所詮は砂漠ですからね。一年を通して気温は高く、湿度は低く、降水量は少ない。一時雨水が水がめに溜《た》まったとしても、あっという間に蒸発してしまいます」

そう言って、ラルゴ王弟は小さく肩をすくめた。

そこまで分かった上で、枯れた泉を水がめに加工するのは、その僅《わず》かな期間の僅かな水たまりによって、命を救われることもそれなりの頻度で起こりえ得るからだ。とはいえその効果は良く言って「頼りにならない命綱」、もっとハッキリ言えば「気休めのおまじないよりはまし」程度でしかない。

その説明を聞いた善治郎は、ある意味当然ともいえる、安直な発言をする。

「それならば、ノザラシではなく地下に水を溜めればいいのでは？　屋根があれば、雨水もそう簡単には蒸発しないでしょう」

地底湖は水が減りづらく、水温も低く維持される。善治郎の知識などその程度のものだ。案の定、ラルゴ王弟は苦笑しながら否定の言葉を重ねる。

「確かにそれはおっしゃる通りなのですが、それができれば苦労はないというのが現実でして。

まず第一に既存の枯れた泉を水がめに改造するのと、地底に新たな水がめを掘るのとでは労力が桁違いです。土魔法の使い手や魔道具がいくつ必要になるのか、考えるとあまり現実的ではない。

しかも砂漠は土の風化も早いですからね。枯れた泉の上に土魔法で覆いを作っても、意外と簡単に風化して穴が開いてしまう。

第二に、地底に溜めた水は当たり前ですが、地底にあるままでは使えません。地上まで汲《く》み上げるのは、かなり大変です。逆に、地下道を掘り、地底まで走竜たちに水を飲みに行かせるという手もあるのですが、走竜は元々平地を走ることに特化していて、上り下りはあまり得意ではないのですよ。訓練された走竜でもいずれは事故を起こしそうで怖いですな。

そして、第三ですが、地底は日が差し込みません。そのため、地底に水だけあっても肝心の走竜が食べる草が生えてくれないのですよ」

ラルゴ王弟の言葉は、善治郎のアイディアに対する駄目出しであったが、非常に丁寧な理路整然としたものであったため、善治郎も特に気を悪くすることはない。

だが、根本的なところで言葉が通じていなかったことにも気づく。

「なるほど、いちいちもっともな理由です。ですが、一つ疑問なのですが、なぜ平地に地底湖を掘るのでしょうか？　砂漠と言えども多少は地形の起伏はあるはず。小高い丘や、理想を言えば巨岩の上部に穴を穿《うが》ち、上から下に水が流れ込むようにして、硬化させた空洞に水が集まるようにすれば、水は溜《た》まります。その巨岩に横穴を開ければ、水の取り出しはたやすいと思うのですが」

善治郎が思い出すのは、昔テレビで見た、砂漠で草花を咲かせる岩陰の話だ。その巨岩はあくまで自然の産物だが、中にいくつもの空洞が存在するらしく、雨期の雨水が乾期の間も巨岩の中に蓄えられる。蓄えた雨水は少しずつ周囲に染みだす。その水のおかげで巨岩の周りにだけ、乾期の間も草花が生えるという寸法だ。

魔法を使えば、その巨岩と同じ環境を再現できるのではないか、と善治郎は考えていた。

人工的に作るのならば、ついでに横に穴を開けて、いざというときはまとまった水も引き出せるようにすればなお使い勝手が良い。

乱暴な言い方をすれば、自然の巨岩を巨大な樽《たる》のようにするということである。

いくら魔法を使っても、完全な防水などできるはずもないので、少しずつ水が染み出し、テレビで見た巨岩のように周囲に草が生えることも期待できる。

拙《つたな》いながらも、どうにかそう説明を終える善治郎に、ラルゴ王弟は表情の抜け落ちたぼうっとした顔を見せる。

何かおかしなことを言ってしまったか？　不安に駆られる善治郎に、ラルゴ王弟は軽く首を横に振って意識を取り戻す。

「ラルゴ殿下？」

「いや、失礼しました、ゼンジロウ陛下。全く予想していなかった助言に、驚きが隠し切れませんでした。そうですな。確かにそれならば、先に私が上げた三つの懸念のうち二つは全く問題なくなる。土魔法でその状態に形作るコストという問題は残りますが、逆を言えば問題はそれだけともいえる。まったく、なぜこんな簡単なことに今まで誰も気づかなかったのか」

後半は、完全に独り言になっているラルゴ王弟である。

善治郎が指摘できるようなことに、なぜ今まで双王国の誰も気が付かなかったのか？

その理由は、至極簡単だ。走竜を主だった移動手段とする砂漠の放浪民にとって、起伏に富んだ地形というのはそれだけで忌避すべき難所だからだ。

平地では頼もしい速度と、恐ろしいまでのスタミナを見せる双王国の走竜も、傾斜や段差にはあまり強くない。もちろん、全く対応できないわけではないが、移動速度は極端に遅くなるし、下手に足を滑らせた場合など、最悪足を折ることもある。

そして、それ以上に問題なのが、砂漠にも野生の竜種というものは存在するということである。その中には、当然のように肉食の竜種もいて、そのうちの何種類かは、勾配《こうばい》や段差の多い地形に適応した種だ。

訓練された走竜は本当に草食なのかと疑いたくなるほど勇猛だが、さすがに起伏にとんだ地形は苦手なので、その地形に適応した肉食竜に襲われると少々分が悪い。

必然的に、砂漠の放浪民たちの放浪ルートには、善治郎が言うような丘や巨岩はほぼ存在していないのであった。

「では一考の余地がある話だと？」

ただの世間話、ヨタ話のつもりで言った善治郎は、ラルゴ王弟の反応に戸惑いを隠せない。

ラルゴ王弟は、力強く首肯《しゅこう》する。

「ええ。非常に興味深いお話です。正直、本当にうまくいくかどうかは分かりませんが、やってみる価値は十分にあると考えます」

「しかし、先ほど三つ挙げた懸念のうち、解決するのは二つとおっしゃいました。解決しない問題はいかがしますか？」

善治郎の問いに、ラルゴ王弟はニヤリと笑う。

「三つならばともかく、一つならば解決しないままでも強行できるかと。つきましてはゼンジロウ陛下。宝玉の購入打診について訂正します。最低ラインを二十から四十に引き上げたい」

「なるほど……」

ラルゴ王弟の言っていることは、実に分かりやすい。要は、『水作成』の魔道具を作成するのと同時進行で、穴掘り用の土魔法の魔道具も作ると言っているのだ。

岩山や丘を巨大な水がめにするのには、とてつもない労力が必要だ。だがその労力は、土魔法の魔道具があれば賄《まかな》える。そして、ビー玉さえあれば、即席で土魔法の魔道具が製造可能である。だからビー玉――宝玉を購入する。

スマートとはとても言えない力技だが、結果だけ見れば解決している。問題は、高価なビー玉の購入代に見合うだけの結果が出るかどうかだが、そこについては他国人である善治郎が心配することではないだろう。

問題は、それだけのビー玉を用意できるかと、正当な代金が支払われるかどうかだ。

「問題はないのですか？　ご存じの通り、あの宝玉は決して安価なものではないのですが」

そう確認しながら、善治郎は頭の中でざっと計算する。

現状、『職人の中庭』のガラス職人たちは、曲がりなりにもビー玉の量産に成功した。しかし、それは、炉を焼きつぶしながらの作業で、でき上がるビー玉も付与魔法の媒体として合格となる率は極めて低い。そのため、でき上がる数は極めて少数で、結果ビー玉の販売価格は全く下げられない。

当然と言えば当然だろう。余計な要素を省いて極めて単純に考えても、十人の職人が一カ月に十個しか作れない物だと仮定した場合、その一個は材料費と燃料費を考慮しなくても、最低でも一人の職人が一カ月食べていける値段で売らなければならないのだ。人間の手で造っている以上、製造にかかる時間はそのままコストに跳ね返るのである。希少性、実用性、そして実際の製造コスト。どうやっても、ビー玉は安売りできない。

そう言う善治郎に、ラルゴ王弟は同意を示しながら、揺さぶりをかける。

「ええ、おっしゃる通りです。確かに、それほどの数を購入となると、少々馬鹿にならない金額になる。ですがあの宝玉は、我が国にとって貴国が唯一の提供先であると同時に、貴国にとっても我が国が唯一の購入先であるはず。ならば、交渉の余地はあると考えております」

その指摘は、事実だった。ビー玉は確かに、シャロワ王家にとって喉から手が出るほど欲しい物であり、それを提供できるのは、善治郎たちカープァ王家だけである。

しかし、ビー玉の価値は『付与魔法の媒体に最適』という点にある。つまり、付与魔法の使い手であるシャロワ王家以外には、無用の長物なのだ。買い手がシャロワ王家だけなのもまた、動かしがたい事実であった。

唯一の売り手と唯一の買い手。ある意味で関係は対等と言える。ご破算になれば、どちらにとってもマイナスにしかならない。

「確かにおっしゃる通りです。ですが、宝玉に関しては我が国も、まだまだ試行錯誤の段階。今すぐ四十もの数を整えるというのは、かなりの負担なのです」

善治郎はぼかしながらも、ある程度の事実を告げる。この場合、事実を告げることが値上げの理由となる。

善治郎の答えを予想していたのだろう。ラルゴ王弟は少し大げさに頷《うなず》きながら、

「分かります。ですから、こちらとしても十分な対価を考えております。ゼンジロウ陛下は、『専属契約』についてご存じですか？」

「『専属契約』ですか？」

ラルゴ王弟の言葉に、善治郎は素直に首をかしげる。無論『専属契約』という言葉そのものは知っているが、前後のニュアンスから察するにそういう言葉の意味について知っているか？　と聞いたのではないことは、明らかだからだ。

「いいえ、知りませんね。それはどのようなものなのでしょうか？」

善治郎の言葉に、ラルゴ王弟は笑顔のまま、丁寧に説明する。

「我が国でただ単に『専属契約』と言いますと、それは両王家の人間との『専属契約』を意味します。我らシャロワ王家の付与術士、ジルベール法王家の治癒術士。その誰か一人の技を専属的に利用できる契約です」

善治郎は、ラルゴ王弟の説明を頭の中で咀嚼《そしゃく》する。

「それは、アウラ陛下がイザベッラ殿下をお招きしたような、契約ですか？」

善治郎の問いに、ラルゴ王弟は否定の答えを返す。

「いいえ。あれは契約期間が長期にわたっただけで、一般的な契約ですね。多少でしたら本人の裁量の範囲内ということで認められますが、あの契約では基本的にアウラ陛下は、イザベッラの治癒魔法を陛下ご自身に施すことしか、させられません。というよりも、どのような魔法をどのような場合、誰に使うのか、全てが契約で決められている。

一方『専属契約』は違う。期間内であれば契約者は、術者にどのような仕事を要求しても、追加の交渉や報酬は必要とされないのです」

もちろん、契約した術者の魔力量や、習得している呪文等の縛りがあるため、なんでも無制限に、というわけではないが、『専属契約』ならばその期間中は、雇用者の命令通りに魔法を使わなければならない。

『専属契約』というものの内容を理解した善治郎は、驚きを隠せない。

「そのような契約が存在するのですか？」

どれほどの金額が必要なのか、全く想像もつかないが、そもそも金で結んでよい契約とも思えない。

「ご存じないのも無理はございません。今日まで『専属契約』を結んだことのある人間は、両王家の、それも地位かその技に特に定評のある人間に限られていましたから」

「ああ、なるほど」

ラルゴ王弟の説明に、善治郎はやっと得心がいった。『専属契約』とは本来両王家が、お互いの人材を密《ひそ》かに融通し合うために結ぶ契約なのだ、と。

例えばシャロワ王家の王が突然に、病気や大怪我《おおけが》に襲われた時、すべての治癒術士たちが、今日の分の魔力を使い切っていては大変なことになる。そして、何も対策を打たずにいれば、それは普通にあり得ることである。

なにせ、『治癒魔法』による救いを求めて、ジルベール法王家の『聖白宮』には、国内外の人間が常に長蛇の列を作っているのだ。そうならないための手段が『専属契約』である。

そして、ジルベール法王家の『治癒術士』を丸ごと抱える『専属契約』に対する対価など、一つしかない。シャロワ王家の『付与術士』を丸ごと抱える『専属契約』である。

そうして、両王家の間で『専属契約』が始まり、今日まで続いてきたのだろう。あくまで、両王家の間だけでだ。今日までは。

今この場で『専属契約』の話を切り出した意味が分からないほど、善治郎も愚鈍ではない。

「では、宝玉の対価としてその『専属契約』を？」

善治郎の確認を取るような問いかけに、ラルゴ王弟は会心の笑みで首肯《しゅこう》する。

「はい、いかがでしょうか？　さすがにいくら大量とはいえ一度の量での取引では、期間限定の『専属契約』となってしまいますが、十分な対価であると自負しております」

確かに、非常に魅力的な申し出であることは間違いない。どう考えても善治郎の一存で決定できる話ではなく、最終決定は女王アウラに託すべき話だ。だが、そのためにも詳細については、ある程度詰めておく必要がある。

「ええ、驚くほど魅力的な申し出であることは事実です。仮にですが、その話をお受けする場合、対象はフランチェスコ殿下ですか？　それとも、ボナ殿下？」

「いえいえ、さすがにそれは無理です。詳細を明かすことはできませんが、『専属契約』の対象となるのは、地位、年齢、魔法の熟練度などの条件を超えた、もしくは超えられなかった者に限られますから」

地位は言うまでもない。王や王太子をはじめとした国政に携わる者は、『専属契約』を結んで人を使う側であり、断じて使われる側ではない。この条件には、下級貴族出身のボナ王女はもちろんのこと、ジュゼッペ王の第一王子でありながら王位継承権を持たないフランチェスコ王子もギリギリ抵触しない。

年齢も少し考えれば分かることだ。いくら血統魔法の使い手でも、まだ成人していない子供や、余命いくばくもない老人と『専属契約』を結ぶことは禁じられている。老齢に関しては、本人の強い希望があって、心身ともに健康であると認められた場合は、例外も認められるらしいが。ちなみに、まだ十代後半のボナ王女はこの年齢という条件に引っかかる。二十代の半ばであるフランチェスコ王子はこちらの条件も問題ない。

そして、最後の条件である魔法の熟練度。こちらも年齢同様、下限と上限が存在する。血統魔法の使い手として未熟であれば、『専属契約』に値しない。逆に最高峰の術者は相手の王家にたやすく使われるわけにいかないので、こちらも『専属契約』は結べない。フランチェスコ王子はこちらの上限の条件に引っかかる。

まあ、平たく言えば『専属契約』を結べる治癒術士、付与術士というのは、「地位、年齢、実力全てが無難」な人間に限られるということだ。

説明を受けた善治郎は、納得する。

「分かりました。では、その場合契約前にどのような魔法が使えるのか、教えていただけるのでしょうか？」

「もちろんです。使える魔法は『全て』お教えします」

全て、というところをあからさまに強調して、ラルゴ王弟は言う。

使える魔法は『全て』教える。つまり、あらかじめその者が使えると明言した魔法以外は使えない、ということだ。例え、本当は習得している魔法であっても、使えないものは使えない。そういう条件の契約、ということなのだろう。

「ちなみに契約期間は、宝玉四十個で二年を想定しております」

「二年……」

善治郎は考える。普通に考えればお話にならない短さだ。本来、付与魔法で魔道具を作成するのは、簡単なもので数か月、大掛かりな物ならば年単位の時間を必要とする。事実上それは、限定的に一つか二つの魔道具を購入するのと違いはない。その大前提をひっくり返すものが、ビー玉だ。

ビー玉を使えば、魔道具作成は大幅に時間を短縮できる。ビー玉さえあれば、一年で数十、数百の魔道具を作成することも可能だ。正直かなり美味しい話である。

もっとも現状は、そのビー玉の量産態勢がそこまで整っていないという問題があるのだが。

考え込む善治郎に、ラルゴ王弟は笑顔を崩さないまま、一つ念を押す。

「ただ、ご存じのことかとは思いますが、我々シャロワ王家の人間は、ジルベール法王家との約定のため、国外活動が制限されています。『専属契約』の契約期間も、国内にとどまる形になること、事前にご了承ください」

「む……」

ラルゴ王弟の言葉に、善治郎は言葉に詰まる。シャロワ・ジルベール双王国では、内政のシャロワ、外交のジルベールという住み分けがなされている。そのため、シャロワ王家は原則国外活動ができないのだ。フランチェスコ王子と、ボナ王女は例外中の例外である。その例外を認めさせるため、シャロワ王家はジルベール法王家と長い折衝《せっしょう》を必要とした。

ラルゴ王弟の言葉は筋が通っているが、同時に向こうにとって非常に都合の良いものでもあった。

『専属契約』を結んだ人間が双王国から出られないのならば、魔道具の発注にも出来上がった魔道具の受け渡しにも、こちらから出向くしかない。もちろん、年に一往復か二往復程度なら、カープァ王国と双王国の間で人は行き来しているので、そちらでどうにかするという方法もあるが、まあどう考えてもこれは善治郎に『瞬間移動』で来てくれ、という話だろう。

『瞬間移動』が使える善治郎が、定期的に自国にいるメリットは、今現在の状況を見れば分かるだろう。事実上一日一回限定とはいえ、本来一か月以上かかる距離を一瞬で移動できるのだ。

ひょっとすると、四十個のビー玉そのものよりも、こうすることで善治郎が頻繁に双王国に来るようにすることが、主目的だったのかもしれない。そんな予想もあながち邪推とは言えない気がする。

いずれにせよ、あまりに大きすぎる話で、とてもではないが善治郎はこの場では即答できない。

「分かりました。帰国次第、アウラ陛下に話を通します」

この場では、そう答えるのが精いっぱいだった。

◇◆◇◆◇◆◇◆

それから数日後。

カープァ王国王宮には、王配善治郎がいない代わりに、毎日一人ずつ、シャロワ・ジルベール双王国からの客人が届いていた。

公式に訪問が発表されているのは、シャロワ王家のマルガリータ王女だ。その先ぶれとして、マルガリータ王女付きの騎士や側仕え、彼女が『専属契約』を結んでいる治癒術士等が送られている。

そして、その中に紛れるように、ブルーノ先王の姿があった。

「よもや、一人の供も連れずに来られるとは。私が思っていたよりも、はるかに豪胆な方だったようだ。久しぶりだ、ブルーノ先王」

「なに、我が国の王族を二人も受け入れてくれている最友好国への訪問だ。何を恐れることがある。久しぶりだな、アウラ王。其方《そなた》が我が国に滞在していたのは何年前かの」

カープァ王国王宮の最も奥まった一室で、若き女王と老齢の先王が相対していた。

室内には、女王アウラとその腹心であるファビオ秘書官、そしてブルーノ先王の三人しかいない。カープァ王国側も双王国側も、関知する人間を最小限に絞った、正真正銘の秘密会談であった。

「機密保持を最優先したため、もてなしには期待しないでいただきたい」

ファビオ秘書官が入れるお茶に手を伸ばすブルーノ先王に対し、対面のソファーに座る女王アウラはそう言って小さく笑う。

「わかっておる。どうせ日帰りだ。もてなしは不要」

この後、秘密会談が終わり次第、女王アウラの『瞬間移動』で帰国することが決まっているブルーノ先王である。

カープァ王国に女王アウラ、シャロワ・ジルベール双王国に王配善治郎と、両国に『瞬間移動』の使い手がいる今だけ成立する荒業だ。

「では、時間もない故、すぐに本題に入らせてもらうぞ。ブルーノ先王。いや、『白の帝さすがの圧力を見せる女王の笑顔に、こちらもさすがは年季の入った狸《たぬき》というべきか、ブルーノ先王は平気《へいき》の平左《へいざ》でヘラヘラと返す。

「どちらでも好きなように呼んで結構。まあ、警告しておけば他の耳や目があるところでは、後者の呼び方はすべきではないと思うがの。たとえ事実であっても」

その答えに、女王アウラはピクリとその赤い眉を跳ね上げた。

すでにルクレツィアから聞かされている情報だが、改めて先王という双王国中枢の人間に断言されると重みが違う。

「……詳しい事情を聞かせてもらおうか」

目を据《す》わらせてそう言う女王に、老人はひょうひょうとした態度を崩さない。

「この期《ご》に及んで隠す気はないが、儂《わし》もさほど詳しくはないぞ。所詮は口伝《くでん》だ。かなりの部分が散逸しているし、事実と異なっている部分もあろう」

「記録はないのか？　何一つ？」

「そういう『契約』を結んだからの。まあ、『契約』を結んだという情報も口伝だが」

「その『契約』の結び方も口約束なのかな？」

そんなわけがないと知りつつもそう問う女王アウラに、ブルーノ先王は案の定首を横に振った。

「まさか。しっかりと『契約魔法』で結ばれた契約、だと伝わっておる」

『契約魔法』。その魔法については、ごく最近聞いた覚えのある女王アウラである。

「確か『白の帝国』の血統魔法の一つだったな。だが、ルクレツィアから聞いた話では、それは滅ぼされた王家の血統魔法だったはずだ。生き残りがいたのか？」

女王の問いに、白の帝国の末裔はきっぱりと否定する。

「それはない。生き残りはいなくとも魔道具は存在するであろう？　『白の帝国』時代に我らシャロワ王家──当時はシュレポフ第四王家だが──が作った魔道具の大半は、他の王家との合作よ。当然、第三王家の『契約魔法』を封じた魔道具も存在したわ」

言われてみれば、当然の話である。今でも双王国では、シャロワ王家とジルベール法王家が合同で治癒の魔道具を作成している。同じことを、『白の帝国』時代に行っていなかったはずがない。

「そういえば、ルクレツィアは、『凪の海』も創造魔法で造られたと言っていたな。ならば、それ以外の血統魔法で造られた魔道具があるのも必然か。双王国に残っている遺産。他にもいろいろあるのか？」

「さて？」

あからさまに惚《とぼ》けるブルーノ先王だったが、女王アウラもそれ以上追求しない。双王国が、切り札にもなるであろう『白の帝国』時代の遺産について、明かすなどとは最初から思ってはいない。

「まあよい。だが、これだけは聞かせてもらうぞ。その『契約』、誰と交わした？　『契約』の内容は？　そして、その『契約』の魔道具は現存するのか？」

あからさまに表情を変えて問い詰める女王アウラに、ブルーノ先王もかわす言動は封印して真摯《しんし》に答える。

「『契約相手』はウートガルドの巨人族および古代竜族。契約内容は、『白の帝国』時代の知識の放棄。そして、その『契約』に用いた魔道具は……分からん。我らの手にはない。口伝《くでん》が正しければ、今もウートガルドにあるはずだが、確証はない」

ウートガルド。その名前に、女王アウラは二重の意味で聞き覚えがあった。一つはそのまま、ルクレツィアに聞かされた、かつて双王国の末裔《まつえい》をかくまっていたという巨人の都市国家。そしてもう一つは、善治郎から聞かされた北大陸は北方五か国のうちの一国ウトガルズ。

完全な一致ではないが、ただの偶然として聞き流すわけにはいかないくらいには類似性を感じる。

「すでに聞いていると思うが、現在の北大陸にはウトガルズという国が存在するらしい。

なにか心当たりは？」

鋭く問いかける女王に、先王は小さく肩をすくめると、

「位置的にも恐らくはウートガルドと何らかの、それも深いつながりがあると推測はできるの。だが、ウートガルドそのものではない。それは保証しよう」

そのように、予想通りであり同時に予想外でもある答えを返した。

「……もう少し詳しく説明してもらいたい」

「簡単な話よ。儂《わし》らに伝わっている口伝が正しければ、ウートガルドにはもう誰も行き来することはできない。……いや、違うか。わずかながら、それを可能とする者もおったわ。訂正しよう。ウートガルドは其方《そなた》とゼンジロウ陛下以外の何人《なにびと》もたどり着くことのできぬ、彼方《かなた》に存在する」

女王アウラと善治郎のみが行ける場所。その意味するところは一つしかない。

「異界……」

女王アウラのつぶやきを、ブルーノ先王は小さく頷《うなず》くことで肯定した。

「口伝通りならば、な。元々、ウートガルドはこの世界と極めて近い異界に築かれた巨人族の領域だった。巨人族はその異界のウートガルドを本拠地としながら、この世界と一定の交流を持っていたらしい」

しかし、長い月日が流れ、この世界とウートガルドのある世界が徐々に離れていったのだという。

もちろん、竜に匹敵する文明を築いていた巨人だ。しばらくの間は、離れようとする世界に抵抗し、二つの世界を繋《つな》ぎ止めていた。だが、どれほどの超文明でも所詮は世界の理《ことわり》そのものを覆《くつがえ》すことはできない。

それを悟った巨人族は、この世界とたもとを分かつことを決めた。

「そこで問題となったのが、当時ウートガルドに身を寄せていた人間たちだな。全員か、大半か、はたまた一部か。そこは分からぬが、とにかく少なくない数の人間が、ウートガルドを出てこちらの世界に残ることを選択した。その中に、我らの先祖も含まれたということだ」

ウートガルドの人間で、こちらの世界に残ることを選択した者たちの中でも、双王国の先祖たちは特に問題があった。

「ジェミチェフ第十王家ことジルベール法王家はともかく、シュレポフ第四王家こと我らシャロワ王家は、巨人族の庇護《ひご》にあっただけで、公式に竜たちから許されたわけではない。ただ存在を黙認されていただけだ。白の帝国が滅びてから最低でも数百年という月日がたっていたが、その程度の年月で古代竜族や巨人族に代替わりという現象は存在せん。

だから、自分たちには関係ない。それは遠い先祖がやったことだ、と言っても通用せん。

結果、巨人族が再び知恵ある竜族と交渉し、『契約』を交わすことを条件に、我らシャロワ王家とジルベール法王家の安全を買ったわけだ。ジルベール法王家としてはある意味、ただの巻き添えだな」

『契約の魔道具』で交わした『契約』は大きく分けて三つ。

一、『白の帝国』時代の知識、技術の放棄（遺産としていくつかの魔道具の所持は認める）。

二、北大陸からの期限付き追放。

三、持ち出しを認められなかった魔道具の大半はウートガルドの巨人族が所有し、そのうちの一部は、竜族に譲渡。

「まあ、伝わっている口伝《くでん》はそんなところだな。開き直るわけではないが、どうせあちこち間違いもあるであろう。どれほど頑張っても所詮口伝は口伝だからの」

記録として残すことを禁じられ、辛《かろ》うじて口伝で残していた。口伝では、世代を重ねるにつれて歪《ゆが》み、ところどころ零《こぼ》れ落ちていくのはどうしようもない。

大きくなりすぎた話に、赤髪の女王は一度精神状態をリセットするように、大きく深呼吸をする。

「なんとも、反応に困る話だな。非常に大切な情報であることも、その情報が今後の国家運営に大きく関係してくるのもわかるのだが、あまりにも話が大きすぎて、どう影響するのか、どう対応するべきなのか、簡単に答えが思いつかぬ」

「まあ、そうだろうな。しかし、おぬしは儂《わし》と違い現役の王だ。責を投げるわけにはいかぬぞ」

「……チッ」

反論が思いつかない女王は一度、飲み物を手に取って会話を切ると、気を取り直して話を続ける。

「まあよい。ひとまず、今はもっと身近な問題からだ。そっちにもルクレツィアから今の北大陸諸国の報告は入っているな？　北大陸の脅威、そちらはどの程度と見積もっているる？」

「ふむ……」

顎に手をやり沈黙するブルーノ先王に、女王アウラは目を細めて言葉を重ねる。

「こちらに婿殿《むこどの》や子を切り捨てるという選択肢はない。そして、婿殿の血筋があちらにいずれバレることは、覚悟の上だ。故に、『白の帝国』と『教会』の確執に、カープァ王国が巻き込まれるのは避けられない。いわばカープァ王国とシャロワ・ジルベール双王国はこの問題に関しては、一蓮托生《いちれんたくしょう》なのだ。もったいをつけるな。交渉は情報を共有し、状況判断を一致させた後だ」

予想以上に率直な女王の言葉に、老先王はピクリと片方の眉を跳ね上げる。

それから少しの間沈黙を保った後、老先王は降参するように口を開く。

「……………来るだろうな。今すぐということはあるまい。本格的なのはよほど早くても十年後か。上手くいけば数十年後になるかもしれんが、いずれ来ることだけは確かだ」

技術革命により巨大化、高性能化を続ける船舶。増強し続ける国力。拡大路線の国策。すべてが、こちらへの侵攻を示している。

「来る？　南大陸の北西部の沿岸には、すでに北大陸の貿易船がずいぶんと来ていると聞くが？」

わざとらしく聞く女王アウラに、ブルーノ先王は苦笑を返す。

「こりゃ。分かっていて惚《とぼ》けるな。もったいをつけるなと言ったほうがもったいをつけてどうする。あんな民間レベルの細々としたものではないわ。国がバックにつくか、はたまた国そのものが船を出すか。そういう次元の大攻勢よ」

それは、単純に貿易が拡大するという意味ではない。もっと暴力的な圧力貿易か、さらに一歩進めた直接な暴力――侵略が行われるという意味である。

予想以上に話の通じるブルーノ先王に、女王アウラは内心ほっとする。

「脅威を共有できたようで何よりだ。そのための対策はどう考える？」

「内政と外交。地味で地道だが、それしかあるまい。北大陸諸国に負けないよう国力増強に努めながら、南大陸諸国――特に港を持つ西部諸国が北大陸に切り崩されないように外交を展開する」

こちらは予想通り、状況を楽観視していると悟った女王アウラは、札を一枚切ることにした。

「これを見てくれ」

そう言って女王アウラがテーブル上に放り出したのは、数枚のコピー用紙だ。

善治郎に同行した侍女が撮影した、ポモージエの街並みの光景の中でも厳選したいくつかを、印刷したものだ。

善治郎が日本から持ち込んだ道具。道具そのものではないが、その印刷物を他国の王族に見せるというのはリスクではあるが、今はそのリスクを許容するときだと女王は決断した。

「なんだ、これは⁉」

案の定、ブルーノ先王は今日一番の驚きの声を上げる。その驚きは、プリントされた写真そのものに対する声である。

それを予想していた女王は、コホンと一つ咳《せき》ばらいをすると、

「それについては、説明せんぞ。どうしても説明が必要だというのならば、『白の帝国』の遺産の説明まで話を戻す。それよりも、その描かれている景色をよく見てくれ。それが

ズウォタ・ヴォルノシチ貴族制共和国の港町、ポモージエだ」

「むう……」

ひとまず、ブルーノ先王は黙って内容を読み取ることに集中する。

「この『絵』はどの程度正確だと思ってよいのだ？」

「現実をそのまま写し取ったと思ってくれていい。若干の色の違い程度はあるだろうが、あるはずのものが描かれていなかったり、逆にないはずのものが描かれていたりは一切ない」

「むうう……」

女王アウラの言葉に、ブルーノ先王は眉間《みけん》に皺《しわ》を寄せる。大国シャロワ・ジルベール双王国で長い間玉座についていたブルーノ先王には、女王アウラがなぜ機密をさらしてまでその写真をこちらに見せたのか、すぐに理解した。

赤い屋根、白い壁と白い石畳という、色合いまでそろえて作られた美しい街並み。そこを行き来する人々の多さと、行きかう人々の明るい表情。人々の服装もカラフルで、見た目に気を遣うだけの余裕があることが見て取れる。そして、恐ろしく広い港に停泊する、数えきれないほどの大型船。

そこから読み取れる国力は、控えめに見ても超大国と呼ぶしかなかった。

険しい表情になるブルーノ先王に、女王アウラは話しかける。

「国を人に例えることがよくあるだろう。王は頭で、国民は手足などとな。あれは正直、全くもって的外れな例えだと、私は思っているのだ」

そこだけ聞くと、まるで関係のない話を始めたように聞こえるが、この状況で無関係な話をする女王アウラでないことは、十分に理解しているブルーノ先王である。

黙って視線を手元のコピー用紙から、女王アウラの顔へと移すことで先を促す。

「なぜならば、人は手足を強《したた》かに打ち据えられれば、痛い目にあったと頭が理解できる。しかし国は、特に大国と呼ばれる国は、痛みを覚えてそちらに手足を伸ばさないようになる。しかし国は、特に大国と呼ばれる国は、遠征した兵士だけをいくら叩《たた》いたところで、王は痛みを感じない。最低でも、王の視界に入るところで戦果を挙げてやらねば、他人事《ひとごと》よ」

女王アウラの言わんとしていることは、ブルーノ先王にもよくわかる。手足を切り落とされて、なおも戦おうとする人間はめったにない。しかし、遠征させた兵士が撃退されても、次の遠征を企む王はいくらでもいる。国力、兵力に余裕があるのならば。

「だから、どれほどの戦力をそろえて敵を迎え撃っても、こちらが一人も死なずに敵兵を駆逐《くちく》しきってもそれだけでは勝利とならぬ。こちらに、大陸間航行が可能な大型船が存在しない限り、侵略する北大陸国家、防衛する南大陸国家という形が延々続くのだからな」

例えて言えば、変則ルールで裏の攻撃が存在しない野球の試合のようなものだ。こちらがどれほどの好投手を山ほどそろえていたとしても、向こうの打者がどれほどのへボバッターぞろいだったとしても、このルールでは良くて引き分け、勝ちの目は絶対にない。延長、再試合が延々繰り返されるとすれば、いずれは絶対に負けるルールである。

同じ王経験者であるブルーノ先王には、女王アウラの言わんとしていることがすぐに理解できた。

「だから、こちらから向こうの本拠地まで攻撃の手を伸ばす必要がある、か。理屈は分かった。確かに、向こうにも痛い目を見せてやった方が、講和に持ち込むにしても話をもっていきやすいことは確かだ。それで、カープァ王国は双王国に何を望む？」

「望む、というのとは少し違うな。こちらはそういう計画がある、と教えてやっているのだ。婿殿《むこどの》がフレア殿下を娶《めと》った話は聞いていよう。フレア殿下の故国ウップサーラ王国は北大陸でも指折りの技術先進国。その技術力で、我が国は大陸間航行船を量産する計画が動き出しているのだぞ」

女王アウラの言葉は、一応事実ではある。ここで、双王国を釣り上げられなくても、カープァ王国に、大陸間航行船の量産と大陸間貿易への参加を取りやめるという選択肢はない。

だが、それが非常に時間のかかる話であることは理解している。船の製造も時間がかかるが、それ以上に大変なのが船員の育成だ。カープァ王国の船乗りの大半は近海専門の漁師にすぎず、少数派の交易船も、沿岸沿いに南大陸を行き来した経験しかない。

　百日前後の航海を覚悟しなければならない、大陸間航行を可能とする人材の育成は、『黄金の木の葉号』の人員に手伝ってもらったとしても、どれほど時間がかかるか分かったものではない。

　そこを埋めるための双王国である。

『真水化』『水操作』『送風』などの魔道具があれば航海はぐっと楽になるし、ジルベール法王家の治癒術士の力を借りられるならば、訓練も多少は無茶が効く。

　ブルーノ先王はしばらく黙考したのち、静かに口を開く。

「こちらにも船をよこせ。最低でも一隻《せき》。代金は魔道具で払う。相場は後で相談だ。ジルベール法王家に関しては儂《わし》が断言できる立場ではないが、話は通してやる。説得にも力を貸そう。ただし、すべては、最低船一隻の確約が取れてからだ」

　その答えに、女王はニヤリと笑う。

「決まりだな。『黄金の木の葉号』の同型船一隻、約束しよう。人員はどうするつもりだ？」

「一応、アニミーヤム公爵家に人を出してもらえないか声をかけてみるつもりだ。最悪、こちらは名目上の船長だけを立てて、人は貸してもらう形になるかもしれぬ」

アニミーヤム公爵領には巨大な塩湖がある。そのため、内陸国家であるシャロワ・ジルベール双王国で唯一まとまった船を運用している。水面の穏やかな塩湖で小型の船を扱っているだけの船乗りでも、ど素人《しろうと》を教育するよりはマシだろう。

「何年後のつもりか知らぬが、こちらにも貸せるほどの人員はいないぞ。借りる先はウップサーラ王国のほうが無難だろう」

「むう、やはりそうなるか」

女王アウラの返答に、ブルーノ先王は渋い表情を浮かべる。同じ精霊信仰国家とはいえ、北大陸のウップサーラ王国では、今一信用しきれないのだろう。

とはいえ、造船においても操船においても先進国であるウップサーラ王国と繋《コネ》ぎを作るのは、必須だ。

「あい分かった。しかし、そう言うのであれば、ウップサーラ王国はこちらの味方、ということでよいのか？」

念を押すブルーノ先王に、アウラは小さく肩をすくめる。

「『凪の海』のおかげで、『教会』の敵になったことは間違いないな。それにフレア殿下の一件があれば、まず味方とみてもよかろう。最悪でも、ログフォート――ウップサーラ王国の港だ――にこちらの軍船を入港させる許可は取り付ける」

「港に軍船を入れる許可が出れば、それはすでに味方以外の何物でもないぞ」

ブルーノ先王の正論という名のツッコミに、女王は不敵に笑って答える。

「そこが出発点、クリアすべき最低条件ということだ。本当に戦争になるのだとしたら、何としてでも北大陸に橋頭堡《きょうとうほ》を築きたい。逆を言えば、南大陸に橋頭堡を築かれるのだけは何としても避けたい」

「お主《ぬし》、言っている意味は分かっているか？　フレア殿下の今の名前は、確かフレア・アルカト・ウップサーラというそうだが？」

ブルーノ先王の口から嫌みが飛び出すのも無理はない。

フレア姫にアルカト公爵という地位を授け、将来的にはアルカトの地に港を作る約束をしたのが女王アウラだからだ。

それはつまり、女王アウラがフレア姫とその後ろのウップサーラ王国の制御に失敗して北大陸勢力に味方されれば、こちらの金と労力で北大陸勢力の橋頭堡をアルカトに造ってやるようなものだからである。

「若干賭けの要素があることは認めよう。失敗したときの危険が大きい手であることも事実だ。だが、成功したときの見返りも大きいし、なにより成功の確率が圧倒的に高い」

ハイリスクハイリターン。ただし、成功の確率は非常に高い。

女王アウラの言に一理あることを認めたブルーノ先王は小さく息を吐く。

「先駆者として一つ警告しておくが、異物を取り込むというのはお主が思っているよりもずっと大変なことだ。お主、ゼンジロウ陛下、フレア殿下が実権を握っている間は問題ない。問題は、個人の交友が薄れる次世代、次々世代よ。下手を打てば、お主の子孫はフレア殿下の子孫を異物、国内の仮想敵と見なすかもしれぬし、フレア殿下の子孫は、生まれ育ったカープァ王国ではなく血の源流であるウップサーラ王国に己《おのれ》の魂の居場所を見出《みいだ》すかもしれぬ。

厄介ごとが起こらぬよう、お主たちの代の間に、法の整備を整えておくことを勧める」

北大陸の移民――『白の帝国』の末裔《まつえい》と、砂漠の放浪民で築き上げた国で、今日もまだ両者の間の溝が埋まり切っていない国の元国王の言葉には、言い表せない重みがあった。

「金言、有難く。心にとめておこう」

今日一番神妙な顔で、女王はそう答えた。

第三章　職人の本懐

「こいつは驚いた。この厄介ものとは一生付き合っていくしかないと覚悟を決めてたんだが」

言葉通り、あっけにとられた表情で老鍛冶師《かじし》は、そう呟《つぶや》いた。

ウップサーラ王国で最高の鍛冶師の証《あかし》である『ヴェルンド』の称号を持つ老鍛冶師は、腰や手足の屈伸運動を繰り返す。

痛くない。どこも痛くない。

もう何十年も付き合っていた腰や膝の痛みから解放された老鍛冶師の前に立つのは、一組の男女だ。

まだ二十代の半ばから後半と思《おぼ》しき女と、中年のどこか疲れた雰囲気の男。

カープァ王国王宮の中庭、通称『職人の箱庭』でシャロワ王家のマルガリータ王女は、鍛冶師ヴェルンドとの対面を果たしていた。隣に立つ中年の男は、マルガリータ王女が『専属契約』を結んでいる治癒術士である。

一応ジルベール法王家の人間なのだが、王位継承権は下から数えた方が早い身で、双王国では「最も酷使されている治癒術士」と呼ばれている。マルガリータ王女からしてみれ

ば、父親や夫より一緒にいる時間が長い男だ。

「ではヴェルンド様。お約束通り、私を弟子にしてくださいますね？」

会心の笑みを浮かべるマルガリータ王女に、鍛冶師《かじし》ヴェルンドはばつが悪そうに白髪《しらが》頭《あたま》をかく。

なぜこのような状況になったかというと、さほど難しい話ではない。

善治郎の『瞬間移動』でカープァ王宮の公式訪問を果たしたマルガリータ王女が、女王アウラとの面会や最低限の歓迎会への顔出しを終えるや否や、鍛冶師ヴェルンドへの面会許可を取り付けて、言ったのである。

「どうか、私を弟子にしてください」と。

マルガリータ王女としてはごく当然の申し出だったのだが、困ったのは鍛冶師ヴェルンドである。

ヴェルンドは少々礼儀がなっていない人間ではあるが、決して非常識な人間ではない。すでに自分がカープァ王国の人間となっている自覚はあるし、そうである以上カープァ王国の友好国であるシャロワ・ジルベール双王国の王族をおろそかに扱ってはいけないことぐらいわかっている。

しかし、だからといって、「よし分かった、弟子にしてやる」と答えることに問題があることも明白だ。

相手は、一国の王女、それも聞けば既婚者だという。今まで取ってきた弟子のように、罵《のの》ったり小突いたりしながら教えていいのか、判断に迷う。身分だけを考えれば「駄目」に決まっているのだが、迷いの原因となるのはマルガリータ王女を見たからだ。

一目でわかるくらいに発達している肩から腕の筋肉。工房の熱気ですっかり水分を失っているパサパサの金髪。火を見続けたことで白く膜がかかってしまっている右目。ウップサーラ王国の男たちでもちょっと見ないくらい、気合の入った鍛冶師そのものの特徴を見事に持っているのである。

王族として扱わないと失礼に当たるのだろうが、鍛冶師として扱わないこともまた失礼になりそうだ。

迷ったあげく、ヴェルンドは、珍しいことに率直な言葉ではなく、言い訳でその場を逃れようとした。

「今の儂《わし》は直弟子《じきでし》を取れるような体調ではない。今は、アウラ陛下からの依頼をこなすだけで精いっぱいだ」

と膝と腰の古傷を理由に、断ったのである。

それに対するマルガリータ王女の答えが、この『専属契約』を結んでいる治癒術士にヴェルンドの膝と腰を完治させる、であった。

戸惑いはある。思惑を外されて困っていることも事実だ。だが、今のヴェルンドの体に満ちている九割を超える感情は、歓喜であった。

ヴェルンドの膝と腰は、何らかの事故で損傷したのではない。長い鍛冶師《かじし》生活の無理がたたり、じわじわと壊れていったのだ。それは、ヴェルンドの鍛冶師としての腕と知識が増えていくのと比例するものだった。

悪くなっていく体を補うように知識を蓄え、腕を磨いた。腕と知識が上がるに従い「今の自分に、若い頃の健康な体があれば」と何度考えたか分からない。その妄想が本当になったのだ。

「まさか、本当に？　……どこも痛くねえ。完全に治ってるのか？」

歓喜と感動で老体を戦慄《おのの》かせるヴェルンドに、中年の男——ジルベール法王家の治癒術士は落ち着いた声で警告する。

「古傷は全て治癒しました。痛みはないでしょうし、思い通りに動くことも保証します。しかし、老化だけはどうにもなりません。そこは勘違いしないようにお願いします」

古傷だらけの老体が、健康な老体になっただけ、若返らせたわけではない。そもそも『専属契約』で貸し出されるレベルの治癒術士が、ジルベール法王家の『秘匿《ひとく》魔法』を伝授されているはずもないのだから、当たり前の話である。

「おお、分かってる。古傷が治っただけでも御《おん》の字《じ》よ。あとは体と相談しながら、徐々に調子を上げていくぜ」

「ヴェルンド様。彼は私が『専属契約』を結んでいる治癒術士です。私の弟子入りをお許しくださるのなら、今のような治癒術を定期的にヴェルンド様に施すことが可能です」

ここぞとばかりにアピールするマルガリータ王女に、鍛冶師ヴェルンドも考える。

「むう。しかし、アウラ陛下や双王国の王の許可がなければなあ」

「無論、許可は取ってあります。ただし、ひとまずは今年いっぱいと期限を切られてしまいましたが」

その辺りについての根回しは、しっかりしているマルガリータ王女である。

双王国のジュゼッペ王はマルガリータ王女についてはよく知っている。マルガリータ王女の鍛冶をはじめとしたモノづくりにかける情熱を知っているから説得は諦めた。また逆に、マルガリータ王女が道理をわきまえていることも知っているため、大事には至らないという信頼があったことも事実だ。

ともあれ、両国王の許可があるのならば、ヴェルンドもこれ以上断ることは難しい。

「分かった。弟子入りを認める」

「ありがとうございます、ヴェルンド様！」

喜色満面でにじり寄るマルガリータ王女に、ヴェルンドはぴしゃりという。

「ただし！　弟子になる以上、工房では徹底して弟子として扱う。王族の肩書は、一切忘れてもらう。それが嫌ならこの話はなしだ」

工房では、弟子に罵声はもちろん、拳骨《げんこつ》を食らわせることもあるヴェルンドである。まして、弟子入り期間が半年ほどしかないとなれば、教え方はかなりハードにならざるを得ない。

『ヴェルンド』の名にかけて、たとえ期間限定とはいえ直弟子《じきでし》をろくに成長させずに卒業させることは絶対にない。

「ええ、はい、もちろん、望むところですとも」

そんなヴェルンドの言葉に、マルガリータ王女は狂暴に見えるほどに大きく笑い、答えるのだった。

◇◆◇◆◇◆◇◆

同じ頃。

カープァ王国後宮《こうきゅう》では、女王アウラと王配の側室フレア姫が、対面を果たしていた。

場所は、後宮本棟の中でも、日頃はあまり使っていない応接室だ。応接室ならば、善治郎が地球から持ち込んだ電化製品は、置いていない。

一応現時点では、フレア姫に善治郎が地球から持ち込んだ電化製品は、できるだけふれさせないようにしている。もっとも、フレア姫付きになった侍女に、携帯ゲームの持ち出しを許可しているあたり、機密を守っているというよりただもったいをつけている程度の話だが。電化製品の根幹を担う水力発電機を設置してある中庭は、フレア姫もフレア姫の連れてきた侍女たちも出入り自由なのだから、隠そうとすることが土台無理な話なのだ。

ともあれ、今日のところはまだ、隠すことにした。正式に教えるのは、女王アウラではなく、王配善治郎がやるべきことだ。

ひとまずは、お茶と茶菓子を口にしながら、善治郎の正妻と側室があまり内容のない会話を弾ませる。この辺りはどちらも生まれついての王族だけあって、如才ない。

そこで話を促したのは、女王アウラの方だった。

「さて、フレア殿下。婿殿《むこどの》が国を離れているこの時を狙ってわざわざ私に面会を申し込んだ以上、何らかの意図があると思うのだが？」

女王アウラの言葉通り、この場はフレア姫の希望で設けられていた。ならば、話があるのはフレア姫のほうであるというのは、ごく当然のことである。

フレア姫もそう促されるのを待っていたのか、それまでの笑顔から一転、真剣な表情を作ると、本題に入る。

「はい。実は、どうしてもゼンジロウ様のお耳に入れずに、アウラ陛下にお聞きしたいことがありまして」

「うむ」

女王の相槌《あいづち》を受けて、フレア姫は少し言いよどんだ後、勢いをつけて口を開く。

「その……ゼンジロウ様は、アウラ陛下とご一緒の時は、ちゃんとくつろいでいらっしゃるでしょうか？」

それは、女王アウラをもってしても予想外の問いだった。女王は、その赤に近い茶色の瞳を一度瞬《また》かせると、

「それは無論、くつろいでいるが。まあ、あくまで私の主観だが、そう外れていないという自信はある。そんなことを聞くということは、そっちではそうではないのか？」

そう問い返す。

その言葉に、フレア姫はその銀髪を軽く揺らして首を縦に振った。

「はい、残念ながら」

フレア姫の答えに、女王アウラも真剣な表情を浮かべる。

「それは、婿殿《むこどの》とフレア殿下の『新婚生活』が、あまりうまくいっていない、という意味か？」

フレア姫が善治郎の側室として入ってから今日まで、最初が肝心ということで、かなりフレア姫に「譲ってきた」自負のある女王アウラとしては、看過できない問題である。

だが、その問いには、フレア姫は首を横に振った。

「いいえ、幸い新婚生活はうまくいっています。正直、これ以上ない、と言ってもよいく

らいに。ですが、その上手くいっている新婚生活は、ゼンジロウ様の私に対する気遣い、に支えられているのです」

フレア姫は思い出す。ウップサーラ王国で結婚式を挙げ、カープァ王国の後宮《こうきゅう》に入った最初の日、女王アウラに言われた言葉を。

「この後宮は第一に、婿殿が心安らかに休むための空間である」と。

幸い、連れてきた侍女たちには口を酸っぱくして「下手な対抗心を露《あら》わにして、こちらの侍女と諍《いさか》いを起こすな」と厳命した成果か、今のところ上手く後宮に溶け込んでくれているのだが、肝心かなめの『善治郎の安らげる空間』にはなっていない。

むしろ、フレア姫が少しでも気持ちよく過ごせるように、善治郎が全面的に気を遣ってくれているのが現状だ。

そんなフレア姫の懺悔《ざんげ》の言葉に、女王アウラは表情を緩めた。思っていたよりもずっと良い状況だからだ。

「それは当然だ。婿殿はあの通りの性分《しょうぶん》だからな。フレア殿下がカープァ後宮にしっかり根差し、実家同然に安らげるようになるまで、気を遣うことだろう」

「しかし、それではお約束に反するのでは？　私がゼンジロウ様に気を遣わせるのでは本末転倒ではありませんか？」

したたかさとは別に、誠実さも持ち合わせているフレア姫としては、約束通り善治郎には安らげる空間を提供したい。そんなフレア姫の態度に女王は満足げに一つ頷《うなず》いた。

「それは仕方がない。重ねて言うが、婿殿《むこどの》はあの通りの気性だ。厳しいことを言うようだが、婿殿の寛《くつろ》げる空間を提供したければ、まずは其方《そなた》がくつろいでみせる必要がある。あの時言った通り、婿殿は自分の周囲の人間がいがみ合うことをとりわけ嫌う。今の其方はそれをやっていないだけで、十分に合格点だよ。正直、ここまで見事に侍女たちを御せるとは予想外だった」

　そう言って女王は、少し挑戦的にニヤリと笑う。

「厳選して連れてきましたから。私はゼンジロウ様に嫌われないよう、好かれるよう全力を尽くす所存です」

　女王の言葉を受けてフレア姫も、意識して胸を張ってその言葉を正面から受け止める。善治郎に嫌われるような言動は取らない。それは、女王アウラの忠告を守り、ゼンジロウに尽くすという宣言であると同時に、女王アウラから許可された「善治郎の寵愛《ちょうあい》を女王アウラと競い合う権利」を行使するという宣言でもあった。

「良い返事だ。実際、感心しているのだ。私は一度や二度は、こちらから警告しなければならないと覚悟していた」

　女王アウラの言葉は、全面的な真実である。

後宮《こうきゅう》に新たな寵姫が入ってきて、騒動が起きない確率というのは、残念ながらあまり高くない。その場合、騒動を起こすのは寵姫本人よりも、一緒に入ってくる侍女たちであることが多い。

理由はいろいろだ。主《あるじ》に対する忠誠心が暴走した場合。自分の主が寵愛を得ることで自分も何らかの利益を得ようとしている場合。そうした確たる理由もなく、ただの派閥争いを起こしている場合等等。

特に今回、フレア姫もフレア姫が連れてくる侍女たちも、北大陸の人間である。北大陸人は南大陸を下に見る傾向がある。そんな心情が態度に出て軋轢《あつれき》が生じる、と女王アウラは予想していた。

それが今のところ全く問題は起こっていない。いい意味で予想外の結果である。

「私が言うのもおかしな話ですが、まだ油断は禁物だと思っています。忠誠、能力、人柄、全てにおいて合格した人材を連れてきたつもりではあります。今のところ彼女たちは、こちらの侍女たちと非常に仲良くやっています。しかし、それが本心からのものなのか、私の命令を順守しているだけなのか、それは本人にしか分かりません。

後者の場合、いずれタガが外れる可能性は否定できません」

シビアで現実的なフレア姫の物言いに、女王アウラは首肯《しゅこう》することで同意を示す。

「心強い言葉だな。その調子で頼む。ずいぶん気にしているようだから、特別に教えるが、婿殿の其方に対する好意は、婚姻前と比べて明らかに高まっているぞ。少なくともこれまでの態度は決して間違っていない」

「ありがとうございます」

笑顔で礼を言うフレア姫の内心は、なかなか複雑だった。

こちらを慰めて助言までしてくれる女王アウラの態度が、善治郎から注がれる愛情において自分が勝っているという自負から来ていることが理解できるからだ。

同時に、変わった自分を自覚するフレア姫である。

元々、善治郎に結婚を申し込んだ時、フレア姫の頭にあったのは、「故国に利益をもたらせられる結婚」であることと「結婚後も自分の自由を許してくれる相手」であることだけだった。

こちらを見下さないその態度に、最初から好感は抱いていたが、恋心を抱いていたとは言い難い。恋愛感情よりも打算に基づく結婚の申し込みだった。

それが、今では、女王を向こうに回して寵愛《ちょうあい》を競い合おうとしているのだから、人の心とは分からないものだ。まあ、善治郎に対する恋慕だけでなく、フレア姫の本質が「生粋《きっすい》の負けず嫌い」であることも理由の一つかもしれないが。

「ともあれ、其方《そなた》も後宮《こうきゅう》全体もひとまずは落ち着きを取り戻したからな。今後は、後宮外の活動も原則無制限となる。無論、行先や予定については、事前に報告してもらう必要があるが」

女王アウラの言葉に、フレア姫は喜色をあらわにする。

後宮入りしてから今日まで、フレア姫は決められた公務以外は、後宮で過ごすことを強いられていた。後宮入りした側室というのは、それが一生続くのが当たり前なのだが、フレア姫はそんな人生に甘んじるつもりはない。

いや、正確に言えば昔はその覚悟もあったのだが、善治郎という男を知り、善治郎という男の側室になることに成功した時点で、そんな不本意な未来は放り投げた。

冒険、未知の探求、自らの手で掴《つか》み取り成しえる人生。それが結婚後も続くという幸福に、フレア姫は今一度その身を震わせる。

だが、今すぐ喜び勇んで後宮から飛び出すには、あまりに手ごわい敵が待ち構えていることを思い出す。

手ごわい敵。その名は、『酷暑期の熱気』という。南大陸の暑さには、まだ適応できていないフレア姫である。むしろ、後宮別棟に霧で涼をとる魔道具が導入されたことで、精神的にはより一層熱気に弱くなった気さえする。あと一か月ほど我慢すれば『酷暑期』が終わり『活動期』という過ごしやすい季節になると思えば、さしものフレア姫もすぐさま活動を再開する気になれない。

と、そこまで考えたところで、フレア姫は早急に動く必要のある話があったことを思い出す。

「あの、アウラ陛下。私の活動に伴いまして、一つ事前にご確認させていただきたいのですが。双王国のルクレツィア様のご希望について、アウラ陛下はどのようにお考えなのでしょうか?」

双王国のルクレツィアが、善治郎の側室になることを希望しているのは、今やカープァ王国でも多くの人間が知る事実だ。

ルクレツィアの側室入りが既定のことならば、以後の後宮《こうきゅう》の平和のためにフレア姫もルクレツィアを応援するのもやぶさかではないし、逆に女王アウラがルクレツィアの側室入りに難色を示しているのならば、そちらの方向で歩調を合わせる必要がある。

「うむ……」

フレア姫の率直な問いに、女王はしばし考える。フレア姫はすでに善治郎の元へと嫁いだ身だ。能力も人格もかなり信用できることが分かってきた。まあ、やる気と能力を併せ持っている分、油断は禁物だが。

ともあれ、そうであれば奥向きの話は、下手に隠して進めるよりも、情報を公開して巻き込んでしまったほうがよさそうだ。

そう判断を下した女王は、表情を引き締めて口を開く。

「率直に言えば、婿殿《むこどの》に双王国から側室を取ることは、確定事項のようなものだ。それも、思っていたよりも早く取らなければならなくなった」

理由は言うまでもなく、北大陸の脅威が明確になったからである。できるだけ早く、カープァ王国と双王国は歩調を合わせ、来るであろう脅威に立ち向かう準備をしなければならない。

王家イコール血統魔法である南大陸では非常に珍しいケースだが、善治郎の側室取りは、婚姻外交として必須となっていた。

女王は、感情を乗せぬよう、意識的に平坦《へいたん》にした声で言う。

「その第一候補が、ルクレツィアであることは間違いない。一応もう一人、ボナ殿下も候補ではある。私としては正直ボナ殿下の方が魅力的なのだが、婿殿の個人的な感情を配慮すれば、どうしてもルクレツィアに天秤《てんびん》が傾く」

「え？　そうなのですか？」

女王アウラの言葉に、フレア姫は虚《きょ》を衝《つ》かれたような声を上げた。

実際、フレア姫にとって今の女王アウラの言葉は、かなり意外だった。

フレア姫の見立てでは、善治郎はボナ王女にはかなり気を許している反面、ルクレツィアのことは正直少し苦手にしているようなイメージだったからだ。

まあ、『黄金の木の葉号』での百日近い航海を共にしたことで、ルクレツィアと善治郎の距離はずいぶんと縮まったように見えたが、それを加味して精一杯ひいき目に見ても、ルクレツィアとボナ王女は互角がせいぜいに思えた。

そんなフレア姫の評価が理解できるのだろう。女王アウラは大きく頷《うなず》くと、

「確かに、単純に婿殿《むこどの》にとって相性が良い相手という意味ならば、ルクレツィアではなくボナ殿下になろう。しかし、それ以前の問題があるのだ。それはボナ殿下には婿殿の側室になる気はない、もっと言えばそもそものような事態を考えたこともない、という点だ。

一方、ルクレツィアは婿殿の側室になることを熱望している」

そう説明した。その説明にフレア姫はますます首を傾《かし》げる。

「ゼンジロウ様より、相手の希望が優先される、ということですか？」

女王アウラがそのようなことを言うはずがないと確信しているフレア姫であったが、今の女王アウラの言葉は、そうとしか取りようがなかった。

そんなフレア姫の確信を肯定するように、女王アウラは首を横に振り、説明を続ける。

「いいや、大切なのは婿殿の心の平穏だ。婿殿は望まぬ結婚を強いることに、罪悪感を抱くお人柄でな。相手の意にそぐわない婚姻は、決して受け入れぬであろうよ」

これは、善治郎の受動的な性質が悪い方向に働いているとも言えるだろう。女王アウラとしては、痛しかゆしといったところか。

アウラは、魔力は多少低くとも本人も優れた付与術士であるボナ王女と、本人は付与魔法の使えないルクレツィアならば、断然前者が欲しい。特に、国際情勢の不穏な流れが加速している現状、子供の代に複数の付与魔法の使い手が生まれることよりも、今すぐ付与魔法の使い手を取り込めるほうがありがたいのだ。

しかし、善治郎の心情はそれよりも優先される。

説明されたフレア姫は、すぐに納得した。

「なるほど、そう言われてみれば納得がいきます」

フレア姫は善治郎の側室となってまだ何か月もたっていないが、その前に一年以上それなりの付き合いがあった。だから、善治郎という人間についてある程度は把握している。

自分好みの人間であるか否かよりも、相手が自分との結婚を望んでいるか否かを優先する。そう言われれば、納得できる。善治郎はそういう人間だ。

それを理解したうえで、フレア姫は言う。

「しかし、だからといってゼンジロウ様にとって好ましくない女性が側室となるのは、絶対にあってはいけないと思います。そもそも、ゼンジロウ様は側室をお望みではないのですから」

あまりに我が身を棚に上げたフレア姫の言葉に、女王アウラは笑いをこらえられない。

「クックックッ、よりによってそれを其方《そなた》が言うか？　いや、言っていることは正しいのだがな」

無理やり善治郎の側室に己《おのれ》をねじ込んできたのが、フレア姫なのである。

だが、フレア姫は己を恥じずに堂々と言う。

「これでも常に自分に言い聞かせているのですよ。自分で言うのもなんですが、私はそれなりにゼンジロウ様にご好意を頂戴《ちょうだい》しているという自負があります。まだ、ゼンジロウ様の安らげる場所をご提供できていない未熟な側室ですが、それでもゼンジロウ様が私の何に対して好意を抱いてくださっているのか、どのような態度をゼンジロウ様が好まれるのか、ある程度は理解しているつもりです」

「ルクレツィアはその理解が足りない、と？」

赤髪の女王の言葉を、青みがかった銀色の髪の王女は肯定した。

「はい。意気込みは買いますし、彼女なりに誠実にゼンジロウ様のためになろうとしていることは理解できるのですが、現状のままでは正直ゼンジロウ様の負担になりかねないかと」

「うむ、そこまで言うか」

女王アウラは、独り言をつぶやくような口調でそう言った。

フレア姫も『黄金の木の葉号』で、ルクレツィアと百日を超える航海を共にした人間の一人だ。ルクレツィアの人となりについては、女王アウラよりフレア姫のほうが詳しくなっているだろう。

だから、女王アウラはフレア姫の言葉を否定せず、その詳細について問いただす。

「何がまずい？　其方はルクレツィアの何をそこまで懸念している？」

「ゼンジロウ様について知らなすぎることですね。ゼンジロウ様の特殊性、特にその価値観について、ルクレツィアはほとんど気づいていないかと」

「出航前、一応私も助言をしたのだがな。効果がなかったか」

女王アウラの助言は、「善治郎とうまくやっていきたいのならば、得点の多さよりも失点の少なさに重点を置け」といった趣旨のものだ。日頃は温厚で理性的な言動に終始しているため、気づいている人間は少ないが、善治郎は一度嫌った相手はその後どれだけ良いところを見せても、嫌悪を忘れることが難しい人間である。

女王の言葉に、フレア姫は少し考える。

「いえ……おそらく効果はあったと思います。『黄金の木の葉号』で北大陸に向かう前の話ですよね？　それ以前と以後で、ルクレツィアの積極性がずいぶん変わりましたから」

それまでは全力で空回りしていたのが、空回りの速度は落ちて、たまには善治郎から良い反応を引き出せるようになった。善治郎に対する対応が『臆病』になったことで距離ができて、逆に善治郎にとってちょうど良い距離感になったのだろう。

しかしそれでもなお、ルクレツィアは善治郎に対する理解が足りないのだ、とフレア姫は言う。

フレア姫は少し人の悪い笑みを浮かべて、言葉を続ける。

「ルクレツィアは、私と同じです。いえ、正確に言えば以前の私と同じ。ゼンジロウ様との婚姻を強く望んでいながら、ゼンジロウ様の愛情を必要としていない。彼女の目的は他にある。その目的に接触しなければ、ルクレツィアはどこまでも譲歩してくれるでしょう。そういう意味では、確かにルクレツィアの方がボナ殿下よりも『都合がよい』かもしれませんね」

「『以前の』とつけるのならば、私も同じだな。正直、少々耳が痛い」

その言葉通り、女王アウラは苦笑を浮かべた。

女王アウラ、フレア姫、ルクレツィア。三人に共通することは、全員が善治郎との婚姻を強く望みながら、その理由は善治郎そのものにはなかったことだ。

女王アウラが欲したのは、自分の権力基盤を揺るがさないお飾りの王配。

フレア姫が欲したのは、結婚後の自由を許してくれる夫。

そして、ルクレツィアが欲しているのは、シャロワ王族としての戸籍。善治郎と結婚することで、実家をブロイ侯爵家からジルベール王家へと移し、フィルベルト王弟とヨランダ第一夫人の二人を、公式にお父様、お母様と呼べる立場になることだ。

だから、結婚生活の中身に関しては、ルクレツィア側の譲歩が期待できる。結婚できたという事実だけで、本来の目的は達成できているのだから。

「アウラ陛下もそうだったのですか？」

意外そうに氷碧色《ひょうへきいろ》の双眼を瞬《また》かせるフレア姫に、女王アウラは苦笑を深める。

「それはそうだろう。婿殿《むこどの》は私が『異世界召喚』の魔法で召喚したのだぞ。それまで一面識もなかった男に、最初から恋心を抱いているはずもあるまい。最初にあったのは、王としての打算だけよ。無論、その分誠実に対応はしたつもりだがな」

女王アウラの言っている言葉に、共感できるフレア姫である。出会って、打算から結婚を申し込んで、その後の交際で恋心が芽生え、育み、花開いた。辿《たど》った経路は同じである女王と王女だ。

そこで、フレア姫はふと気が付いた。

「なるほど。そう考えますと、ルクレツィアも私たちと同じになる可能性もありますね。むしろ、そうなったほうが厄介な気もしますが」

「む？　ああ、確かにルクレツィアの気性を考えれば、気にしすぎとも言えぬな」

フレア姫の言葉から、言わんとしていることを察した女王アウラも少し表情を引き締める。

女王アウラ、フレア姫がそろって打算の結婚から恋心を花開かせたように、ルクレツィアも同じ結果になる可能性は、十分にある。

これは別段、善治郎が特別魅力的な男だから、というわけではない。結婚、婚約という契約を結んだ状態で、誠実な対応を取り続けていれば、結構な高確率で絆《ほだ》されるというだけだ。無論、男女の仲には相性というものもあるので、絶対とは言えないが。

「はい。ルクレツィアがゼンジロウ様を『目的を達するための道具』ではなく、『愛する対象』としてしまった場合、果たして彼女が後宮《こうきゅう》に波風を立てずに振る舞えるか？　私は疑問を抱かずにはいられません」

そう言うフレア姫に、女王はきっぱりと断言する。

「疑問の余地はないな。少なくともルクレツィアの性根が今のままならば、確定で波風を立てるぞ」

「あはは」

はっきり言い切る女王に、フレア姫は不謹慎ながら笑いをこぼす。

それに付き合うように少し笑った後、女王は真面目な表情で言う。

「自覚がないようだが、其方《そなた》のような人間は珍しいのだぞ。通常、一人の異性に複数の人間が同時に恋心を抱けば、人間関係というものはもっとドロドロとするものだ。己《おのれ》の感情が満たされることを、正当な要求だと勘違いしている人間が、世の中には多い」

自分はあの人のことをこれほど愛している。だから、あの人は私の愛に応《こた》えてくれるべき。冷静に考えれば、全く前後の因果関係が繋《つな》がっていないただのわがままなのだが、そうは思わない人間は意外と多い。

「そう考えると、苦労しそうですね」

「苦労すべきは私と其方だ。この件に関しては、間違っても婿殿《むこどの》に苦労はさせぬ」

極論を言えば、善治郎が側室を持つことを望んだのは女王アウラであり、善治郎ではない。フレア姫の側室入りは、フレア姫が熱望した結果であり、善治郎はそれを受け入れた側である。ルクレツィアの場合はなおさらだ。

だから、側室の問題で苦労するべきは、自分たちであり、善治郎ではない。

「同感です」

女王アウラの主張に、フレア姫も全面的に同意するのだった。

◇◆◇◆◇◆◇◆

数日後、善治郎はカープァ王国に無事帰国を果たした。

今では王族としてもビルボ公爵としても、それなりに公務が入っている善治郎であるが、移動日である今日はさすがに仕事は入っていない。

そのため、善治郎はまっすぐ後宮《こうきゅう》本棟へと、戻ってくる。

今はまだ酷暑期だ。気温が高すぎて日中の活動は命の危険すらあるため、長い昼休みが設けられている。結果、後宮本棟のリビングルームでは、女王アウラが善治郎を迎えてくれたのだった。

「ただいま、アウラ」

「おかえり、ゼンジロウ」

リビングの中央で愛する妻をその両手で抱き、口づけを交わす。久しぶりに体で味わう愛妻の体温は心地よいのだが、さすがに酷暑期の昼間に、いつまでもこうしているのは少ししんどい。

それは、女王アウラも同じだったのだろう。

「積もる話もあるだろう。向こうに場所を移そうではないか」

そう言って、リビングの隣の寝室へと夫を誘導する。

「賛成」

女王夫妻は、手を取り合って寝室へと移動するのだった。

「あー、生き返るー」

「うむ、ここだけ別世界だな」

エアコン全開の寝室の冷気に、心地よさげに目を細める善治郎に、女王アウラも全面的に同意する。

酷暑期の熱気の中、エアコンが効くこの寝室だけはまさに別世界だ。善治郎と女王アウラは、寝室に持ち込まれた木とツタで作られた椅子に向かい合って座る。

「霧を発生させる魔道具もなかなかの効果だが、さすがにこのエアコンほどではないからな。場合によっては、この部屋にフレアを避難させてやることも考えていたのだが、今のところはどうにかなっているようでよかった」

女王アウラの言葉に、善治郎は小さく反応する。

「ああ、その辺はもう気にしなくていいのかな？」

一応は、フレア姫たちウップサーラ王国陣営には、地球から持ち込んだ物はある程度隠していた善治郎はそう確認する。

「まあ、今更だからな。フレアの人となりも分かってきたし、カープァ王国とウップサーラ王国の関係も密接にする必要がある。その程度の漏洩《ろうえい》はリスクとして許容すべきだろう」

そもそも、これまでにも善治郎はフレア姫の前で、LED懐中電灯や、デジタルカメラを普通に使ってきた。後宮に入ってからも侍女に携帯ゲームの持ち出しを許可したり、水力発電機のある中庭も、特に立ち入り禁止にはしていない。確かにアウラの言う通り、今更といえば今更だ。

「分かった。それなら今度、フレアを本棟に招待するか」

「その役目は私に任せてくれ。其方《そなた》がフレアを本棟に『招待』すると、ちと角が立つ。無論其方が許可することが、大前提だが」

正妻の指摘に、二人の妻を持つ男はその意味を理解した。

「あ、確かに。じゃあそれに関してはアウラに頼むよ」

善治郎がフレア姫を、後宮《こうきゅう》本棟に『招待』する。うがった見方をすれば、善治郎にとって本棟だけが自分の家でそこに、『お客様』であるフレア姫を招く、というふうにもとれなくはない。

「まあ、フレアに関する話は後にして、お互いの近況を報告しようか」

「ああ、そうだな。まあ、こちらの近況報告にはフレアも結構関係するのだが」

そうして、女王夫妻はすっかり慣れた情報の共有を始めるのだった。

「そうか。エレハリューコ公爵とリーヤーフォン公爵から、礼として走竜を贈られたか。それはさすがに断れぬな」

一通り情報交換をしたところで、女王アウラはそう言ってため息を漏らす。

「やっぱり、受け取るしかないよね」

「ああ、エレハリューコとリーヤーフォンの、それも公爵家専用血統の走竜は、彼らにとっては最高の宝物。それを贈るということは、最大限の感謝の印だ。断るのは、両家と関係を断絶する覚悟がない限り、するべきではないだろうな」

「だよねえ。ついでに言えば、受け取った走竜を自分で乗らないで、竜弓みたいに人に貸し出すってのもまずいよね」

「まずいな。其方が老人といえるような年齢だったならば別だが、そうでないならできるだけ避けた方がよい事態だ」

「だよねえ……」

分かっていたことを女王に念を押され、善治郎は頭を抱えた。

つまり、ずっと避けていたのだが、騎竜術の習得に励まなくてはならなくなったということである。

夫の反応に女王は苦笑しながら、

「其方にとっては有難迷惑なのだろうな。だが、通常ならばもろ手を上げて喜ぶ幸運なのだぞ。正直、私もちょっと羨ましい。私の知る限り、カープァ王国内で贈られた人間は、歴史上一人もいないはずだ」

そう言って善治郎を慰める。

「まあ、ありがたい話なのは間違いないだろうね」

肩をすくめる善治郎も、それは認めざるを得ない。実際、走竜に乗るという行為に、興味があることも確かだ。

「陸路で移動する以上、走竜がこちらに来るのは、早くても活動期だろう。まだ数か月は猶予があるし、今のうちに騎竜術を学んでおこうか」

女王アウラの言葉に、それが避けようがないことと悟った善治郎は、前向きに事態を受け止める。

「分かった。身に付けて損のない技術ではあるしね。でも、どこで誰に習えばいいんだろ？」

なにせ善治郎は王族だ。騎竜術の師匠も、ただ騎竜術に優れていればよい、という話にはならない。騎竜術の技術は当然として、王配の師にふさわしい格を有し、それでいてその立場を私利私欲に利用したり利用されたりしない人間でなければならない。

「まあ、最初の基礎は私が教えよう。王家の所有する走竜の中でも特に気性の穏やかなやつを後宮《こうきゅう》の中庭に入れて、それで練習すればよい」

女王の言葉に、善治郎は明らかに意表を突かれた。

「できるの、そんなこと？」

「中庭はそれくらいの広さは十分にあるぞ。まあ、いくつか花壇を撤去しなければならないし、できるのは歩かせることと、ちょっと走らせる程度だが、基礎を身に付けるだけなら十分だろう。そして、それくらいなら私が教えてやれる」

場所は後宮で、師匠は妻。それならば、楽しくできそうだ。問題があるとすれば、後宮でそんな大掛かりなことをやるのであれば、もう一人の妻にも話を通しておく必要があることぐらいか。

「そうなると、フレアはどうなるだろ？　中庭に走竜を入れたら絶対気づくだろうし、気づいて黙ってるフレアじゃないと思うんだけど」

「それは確かに。それならば、フレアとスカジ殿も参加することを考慮しておいた方がよいか」

女王アウラの言葉には、非常に説得力がある。あのフレア姫が、竜種に騎乗できる機会を逃すとは思えないし、女戦士スカジならばなおさらだ。優れた戦士であるスカジならば、この世界で最も頼りになる陸上移動手段である走竜の扱いを覚える機会を逃すはずがない。

「うん、そのほうがいいと思う」

期せずして、善治郎とその正妻と側室が、この後宮で共同作業を行うことになりそうだ。

「もう一頭は、カルロス用の幼竜か。そちらは、カルロスにとっては良き相棒となるだろう」

男の王族である限り、基本的に騎竜術は必須習得科目だ。先代王であるカルロス二世のように特別体が弱かったり、善治郎のように成人するまで別の文明圏で育った人間以外は、まず叩《たた》き込まれる。南大陸の男の王族貴族で走竜に乗れないというのは、現代日本で普通自動車免許を持っていないくらいに珍しい。

走竜は、馬と比べると格段に寿命が長い。幼年期も長いため、騎乗可能になるまで年月がかかるのがネックだが、乗り手が幼少の頃から世話をして共に成長し続ければ、比喩《ひゆ》ではなく相棒と呼べる存在になる。

定命が長い分、現役時代を通して一頭の走竜で過ごす騎士も珍しくないほどだ。

カルロス王子にとってその一頭が、リーヤーフォン公爵家の走竜となるのならば、これは実際の能力はもちろん、箔《はく》付けとしても非常に大きい。

「幼竜はしばらくは後宮《こうきゅう》で飼うことになるのかな？」

素朴な善治郎の疑問に、女王は首を横に振る。

「いや、飼うのはあくまで王宮の竜舎だな。走竜の世話というのも専門職が担うし、残念ながら男社会だ。後宮に入れる飼育員がおらぬ以上、世話は竜舎でするしかあるまい」

当然、善治郎の練習用に後宮に入れる走竜も、毎日日帰りで竜舎に戻すことになる。

「その出し入れをアウラがやるの？　後宮の人間で、他に走竜を扱える人間はいるんじゃない？」

「イネスかマルグレーテにやらせるさ。あの二人も扱える。恐らくだが、ルイサもできるはずだ」

「へえ。意外と女の人でも走竜に乗れる人はいるんだなあ」

感心している善治郎に、女王アウラが言う。

「そもそも、練習台として後宮に連れてくるのは、特に性格がおとなしくて頭の良い個体だからな。上に乗らず、手綱を引いて誘導するだけならば、其方《そなた》でも初日から問題なくできると思うぞ」

「へえ。賢いんだね」

女王アウラの言葉に、いよいよ楽しみになってきた善治郎である。

ともあれ、走竜を贈られる問題についてはひとまず解決したということで、話は次へ移行する。

「問題は、ラルゴ王弟の話だな。宝玉四十個は、今すぐ用意するのならばともかく、ある程度の猶予があれば、無理な相談ではない。そのくらいには量産態勢も整ってきている」

職人たちはある程度手慣れてきたので、製作速度は上がっている。まだ窯《かま》を焼きつぶしながらの作業であるという問題点は解決していないので、これ以上は頭打ちだろうが。その辺りは、ヴェルンドに期待だ。

そういう女王の言葉に、善治郎はふと思い出した言葉を投げかける。

「ガラスの量産については、前にも見せたヤン司祭の紹介状があるんだけど」

「ボヘビア王国のガラス工房への紹介状か。そちらも可能な限り話を進めたいが、なにせ北大陸の話だからな。今はひとまず置いておこう」

「了解」

ともあれ、現状でもラルゴ王弟の申し出を受けることは可能だ。

「その代価は、二年間、付与術士を一人『専属契約』にする、か。魅力的だ。ものすごく魅力的だが、場所がな」

女王は悩ましげにため息を漏らす。こちらにビー玉量産技術がある以上、二年も時間があるのなら、相当数の魔道具を作らせることができるだろう。問題は、『専属契約』を結んでも相手は双王国から出さないと宣言されていることだ。依頼も、ビー玉や出来上がった魔道具の受け渡しも、善治郎が『瞬間移動』で行き来することになる。

「まあ、それが向こうの目的でもあるんだろうね。俺をうまい具合に移動手段に使おうとしてるんだと思う」

善治郎の言葉を、女王も肯定する。

「まあ、そうだろうな。国内に『瞬間移動』の使い手がいる利便性は、奴らも十分に理解しているだろう。そういえば、タラーイェなど、今回の機を逃さず、行き来したからな」

「うん、あの子は強《したた》かというか、儲《もう》けるためなら労を惜しまないよね」

実は、善治郎が双王国に飛んでいる間に、エレメンタカト公爵家令嬢タラーイェは、女王アウラと王配善治郎の瞬間移動を使い、カープァ王都と双王国王都を往復していた。

何でも「売り物が尽きた」らしい。それで、この機会を逃さずに次の売り物を取りに行くあたり、なかなか商魂たくましい。

「双王国上層部の許可がもらえたら、北大陸にも飛ばしてほしいって言ってたな」

「行動力溢《あふ》れる御仁《ごじん》だな。さすがにそれは許可できんが」

女王も苦笑を隠せない。

北大陸でも、エレメンタカトの金細工は飛ぶように売れるだろうし、北大陸にはこちらで売れる商品が多数あるだろうが、仮にも公爵家の令嬢にそんな冒険はさせられない。

「まあ、そっちはいいや。それでどうする『専属契約』？」

「ううむ……」

女王はしばし考え込む。受ける場合のメリット、デメリット。ビー玉は細々とだが量産態勢に入っているため、問題ない。少し待てば数は揃《そろ》う。『専属契約』のうまみは言うまでもない。対北大陸対策はもちろんのこと、それ以外でも女王アウラには、作ってもらいたい魔道具の構想があった。

問題はただ一つ。善治郎の身柄を定期的に、双王国に置かなければならないという点である。このデメリットは大きい。

善治郎自身は全く自覚がないが、現在善治郎の果たしている役割は大きい。女王アウラの名代、ビルボ公爵としての公務、さらに側室フレアの夫として、北大陸にも定期的に顔を出す。いずれも難しい仕事でも特別手間のかかる仕事でもないが、厄介なことに肩書がなければこなせない仕事なので、代わりがいない。しいて言えば、ビルボ公爵としての公務の一部は、ビルボ公爵騎士団団長であるナタリオが務まるくらいか。

気が付けば、権限も仕事量も当初の予定を大幅に越えて顔を引きつらせているナタリオ騎士団長に、善治郎は最近ちょっとした親近感を抱いていた。

それを考慮しても、『専属契約』は魅力的だ。しばし考えた後、女王は結論を出す。

「受けたい。ただし、もう少し詳細を詰めてからだ。間違っても、其方《そなた》が双王国に一か月以上足止めされるような事態は避けたうえでの話だ」

双王国に足止め、というと物騒に聞こえるが、実態はそこまで危険な話ではない。今更、善治郎を物理的に監禁したりするほど双王国の首脳陣も馬鹿ではない。歓待をして善治郎が自主的に残るようにしたり、こちらに配慮した形で善治郎を引き留めようとするだろう。

それでも結果として善治郎が、双王国に長く留め置かれるということは、避けたいと女王は言う。

「ああ、うん。フィクリヤとタラーイェは、何かと俺を公都に招待しようとしているからね」

善治郎は思い出して苦笑を漏らした。

フィクリヤのアニミーヤム公爵家とタラーイェのエレメンタカト公爵家はいずれも「定

住の二公」と呼ばれ、定まった公都を持つ領地の主《あるじ》だ。

巨大塩湖の傍《そば》にあるアニミーヤム公爵領公都と、大金山都市に築かれたエレメンタカト公爵領公都。どちらも最大の問題は、砂漠の奥深くに存在し、双王国王都との行き来が大変だということだ。

一度善治郎を招くことで、公都に直接『瞬間移動』できるようになりたい、という彼女たちの野望は理解できる。

夫の苦笑がうつったように、女王も苦笑を浮かべながら言う。

「まあ、彼女たちの立場ならそれを望むのは当然と言えば当然だな。しかし、物事には順序がある。他国の金山に行くくらいなら、先に自国の銀山に行ってくれ」

「うん、ポトシ銀山だね。四要所のうち、俺が自力で『瞬間移動』できるのはワレンティアだけだからね。一度写真を取りに行くつもり」

女王の言葉に、王配もそう言って笑った。

善治郎たちが住んでいる王都は、おおよそカープァ王国の中心に位置する。その東西南北に四つの要所が存在する。

東にムジュイック砦《とりで》。西に港町ワレンティア。南に銀山都市ポトシ。北に旧王都ララ侯爵領領都。

この四つはそれぞれが国の重要地点であることもそうだが、国を四つに割った時の起点としてちょうどよい。

カープァ王家が誇る『瞬間移動』は、基本的に一度訪れたことがあり、なおかつその風景を鮮明に脳裏に描ける場所にしか移動できない。

そのため、カープァ王家では、国内に『瞬間移動』で円滑に人を飛ばせるよう、東西南北四つの重要拠点への『瞬間移動』を王都に次ぐ優先順位としていた。

自国の王都の次はシャロワ・ジルベール双王国の王都、その次は北大陸ウップサーラ王国の王都と、そういう意味ではずいぶん例外的な順番で善治郎は移動拠点を増やしている。

国内の四方の重要拠点もいつまでも後回しにはできない。現時点で善治郎が『瞬間移動』で飛べるのは、港町ワレンティアのみ。残り三つも『瞬間移動』を可能にしておいたほうがいい。善治郎の場合、「デジタルカメラ」という強い味方があるので、一度移動して写真を撮っておけば、後はどうにかなる。

「話がそれちゃったけど、結局『専属契約』は受ける、ということでいいのかな？」

善治郎の言葉に、女王は小さく首肯《しゅこう》する。

「ああ、頼む。また其方《そなた》の仕事が増えるが、さすがにこれは逃すには大きすぎる好機だ」

「了解。どうせなら、携帯音楽プレーヤーを外部録音オンにして持っていこうか」

夫の意図をすぐに理解した女王は少し考えた後、首を横に振る。

「いや、やめておこう。なかなか魅力的だが、呪文を盗まれたとあっては向こうも良い顔はすまい。それならば、正式に『付与魔法』の呪文伝授を契約に入れておくべきだ」

カープァ王国には現時点でもカルロス＝善吉という付与魔法の素養を持つ赤子がいるし、シャロワ王家から側室を取るのならば、今後付与魔法の使い手が増えることが予想される。

そこで問題となるのが、『付与魔法』の素養があっても呪文を知らなければ、『付与魔法』は使えない、という根本的な問題である。

カープァ王国にはエスピリディオンという魔法研究の大家もいるため、独自開発も不可能ではないが、先人であるシャロワ王家に教えてもらえるのならば、それに越したことはない。

しかし、善治郎が提案したように、呪文を盗むというのも、今後のことを考えると軋轢《あつれき》が生じる。それならば、正式な交渉として呪文を教わってしまったほうがよい。

その教わり方のひとつとして、音楽プレーヤーに呪文を録音させるという手段は十分にありだが。許可も得ずに勝手にやって、後で問題になる方法は、今は取るべきではない。

そう考えた女王は、そこで一つ違和感を覚えた。

「そういえば、こう言っては何だが、少々らしくないな、ゼンジロウ。そういう誠実ではないやり方で実利を得ようとする提案が、其方《そなた》の口から出たことに少々驚いたぞ」

女王の指摘に善治郎はばつが悪そうに頭をかく。

「うん、まあ、ちょっと焦ってたかも」

焦っていた。夫の口から出たその言葉に、女王の表情が引き締まる。

「焦っている、か。直接見てきた人間の感想は貴重だな」

善治郎の焦り。それは、北大陸の発展を見てきたことに由来する。北大陸と南大陸の格差を肌で感じた人間の反応だと思えば、アウラは王として軽視はできない。

「分かった。もう少し気を引き締めるとしよう」

善治郎やフレア姫からの口頭の情報、そして写真で見た街並みから、北大陸の脅威を感じ取っていたつもりの女王アウラである。しかし、それでもなお善治郎ほどの焦りは感じていなかった。

だから、双王国のブルーノ先王との密談でも、「腹を割って」とは言いつつ、あくまで交渉、腹の探り合い、利権の綱の引き合いに終始した。もちろん、「腹を割って」という言葉も嘘《うそ》ではない。日頃行っているそれと比べれば、はるかに率直なやり取りだった。実りのある取引だったことは確かだ。しかし、

「まだ、認識が甘かったのかもしれぬな」

そう呟《つぶや》きを漏らした。

◇◆◇◆◇◆◇◆

数日後の朝早く。

後宮《こうきゅう》の中庭には、少々特異な光景が広がっていた。

後宮という空間には不似合いな生き物が二頭、静かにたたずんでいたのだ。

「間近で見ると本当に大きいですね。竜車には何度か乗せてもらったことがありますけど、こうして騎竜に触れるのは初めてです」

うきうきとした声を上げるのは、フレア姫である。

女王アウラと善治郎が中庭で走竜の騎乗練習をするという話をしたところ、案の定というべきか、フレア姫はものすごい勢いで食いついてきたのだった。

女王アウラ、フレア姫、そして善治郎。三人とも、今日はいつものドレスや民族衣装ではなく、動きやすそうな軍装や騎乗服に着替えている。女戦士スカジも動きやすい騎士服だが、こちらは普段着にすぎない。

久しぶりに見る妻二人のズボン姿に、騎乗服姿の善治郎も遅ればせながら、素直な感想を伝える。

「アウラのそういう姿は久しぶりに見たな。そういう服も凄《すご》くしっかり着こなすね。フレアは航海中に船長服姿はよく見たけど、そっちの服は前にガジール辺境伯領に行ったとき以来かな？　似合ってる」

発する言葉はもちろん本心だが、あえて言葉にして伝えているのは、意図的である。

娶《めと》った二人の妻と同時に接する今日という日を、善治郎はそれなりの覚悟と緊張とともに迎えていた。人目のある公務中ならば今までにも経験があるが、私的空間であるこの後《こう》宮《きゅう》で、妻二人を同時に相手取るというのは、正直かなりのプレッシャーである。

そんな善治郎の不器用な内心を、妻二人は察せないほど鈍くなかったが、幸いそれを追求するほど性格が悪くもなかった。

「ありがとう。たまにはいいだろう？」

「ありがとうございます、ゼンジロウ様。私個人としては、日頃もこの格好をしていたいくらいなんですけれど。あまり慣れすぎると、公務に出る時ボロが出ちゃいそうですから、普段は自重しているのです」

二人の妻は、そう言って夫の不器用な誉め言葉を受け止める。

ホッと善治郎が安堵《あんど》の息を吐いている間に、正妻と側室は素早く目配せで意思の疎通を取る。場合によっては、冗談めかした恋のさや当てのような言動を取ることも考えていた二人だったが、今の善治郎にはそれを冗談と受け止められる余裕はなさそうだ。

この場は真面目に、穏やかに、仲良く、騎乗練習だけを行おう。そんなふうに意思の疎通をはかった正妻と側室は、努めてその通りにふるまう。

「今はまだ酷暑期だからな。あまり時間がない故、すぐに練習に入りたいのだが、よいか？」

そんな妻二人の目配せなど見ていなかった善治郎は、女王アウラの言葉を受けて素直に首肯《しゅこう》する。

「ああ、確かに。今だって十分暑いからね。外で動ける時間は貴重だ」

酷暑期に昼休みはつきものだ。必然的に、活動できるのは午前の早い時間帯と、夕刻の日が落ちるまでの時間に限られる。

後宮の中庭は噴水が設けられている分、他よりは多少涼しいが、噴水のすぐ傍らならばともかく、中庭全体を見れば正直誤差の範囲だろう。

「そういうことでしたら、すぐにでも始めましょう」

この中で一番暑さに弱いはずのフレア姫が、弾んだ声でそう皆を促す。善治郎も予想はしていたが、走竜の騎乗練習というものを、フレア姫はかなり楽しみにしていたようだ。

正直、騎乗訓練がやりたいことではなく、やらなければならないことである善治郎には、フレア姫の積極性が少し眩《まぶ》しく見えた。

騎竜術の初歩の初歩は、走竜の背にまたがるところから始まる。

女王アウラの触れ込み通り、非常に頭が良くて気立ての優しい濃緑色の走竜は、善治郎の前で両足を折り、首を下げて精一杯跨《また》がりやすい体勢を取ってくれるのだが、それでも走竜の背中は非常に高い。元々走竜は、重種馬の倍以上の体躯《たいく》を誇る生き物なのだ。

足を折って体勢を低くしてくれてもなお、善治郎の感覚では走竜の背中は「よじ登る」としか表現のしようのないものだった。鐙《あぶみ》とは別に鞍《くら》からぶら下がっている小さな縄梯子《なわばしご》を頼りに、善治郎はどうにか走竜の背に跨る。

この小さな縄梯子は自転車における「補助輪」のようなものであり、騎竜術を体得した人間には不要の物というが、善治郎には全く信じられない。騎竜術の体得には垂直飛びで六十センチ以上飛べる必要があるように思える。

「あ、ぐっ……」

「どうした？　大丈夫か？」

二人乗り用の鞍の上で悲鳴をかみ殺す善治郎に、先に鞍にまたがっていた女王アウラは、心配そうに後ろから声をかける。

指導と補助役のアウラが後ろで、初心者の善治郎が前。曲がりなりにも成人した人間が二人跨っても、スペースという意味でも重量という意味でも全く問題がないくらいに、走竜は大きく頑丈だ。南大陸では、その暑すぎる気候のため金属製の鎧《よろい》こそ着けないものの、完全武装の騎兵を乗せて長距離を走行可能なのが、走竜という生き物なのである。

善治郎とアウラの二人乗り程度は全く問題としない。

ちなみに善治郎が悲鳴を上げたのは、単純に股が裂けそうな痛みに襲われたからである。

大型動物に跨るというのは、自転車やオートバイに跨るのとは全く違う。自転車のサドルやオートバイのシートと比べると、馬の背幅は圧倒的に広い。走竜の背幅は、その馬よりもさらに広い。

結果、善治郎のあまり長くない足は、股間から嫌な音が聞こえてきそうなほど左右に開かれるのだった。

「だ、大丈夫だけど、これ足が左右に……」

「足の位置が悪い。そのように真っすぐ足を下ろして跨るのではない。椅子に座るように、尻を下ろして両ひざをもっと前に出すようにするのだ」

女王のアドバイスを受けて、座り姿勢を直すと、なるほど少しは股間に優しくなる。

ただし、膝を前に出したことで逆に上半身が後ろに倒れそうな不安定さを感じてしまう。背中を見てそれを察した女王は、そっと後ろから夫の肩を支える。

「大丈夫だ。後ろに倒れることはない。背もたれのない椅子に座っていても、勝手に後ろに倒れたことはないであろう？　万が一そんなことになっても私が支える」

「あ、うん、ありがとう、アウラ」

一から十まで妻にサポートされているというのは、正直恥ずかしいが、その声かけで緊張がほぐれ、少しだけ体の余計な力が抜けた善治郎である。

「よし、それでは走竜を立たせるんだ。やり方は覚えているか？」

女王アウラの言葉を受けて、善治郎は事前に習った合図を思い出す。

「うん、大丈夫……立て！」

そう言って善治郎は鐙《あぶみ》に掛けていた両足で、同時に走竜の横腹をトンと蹴る。

騎乗者の指示に、走竜は極めて従順に従う。

「うわっ！」

「大丈夫、この走竜はしつけが行き届いている。普通にしていれば落ちることはない」

女王アウラの言葉通り、走竜の立ち上がり方は、不自然なほどに乗っている人間に優しいものだった。

両脚を折った状態から、背中に括《くく》り付けた鞍《くら》を地面と水平に保ったまま、ほぼ同時に両足をゆっくりと伸ばしていったのだ。明らかに騎乗の人間を気遣った、動物としては不自然な立ち上がり方である。

実際、国軍や地方領主軍で騎兵が使用している走竜は、気性の強さや走破力を優先するため、この手の訓練は行き届いておらず、勢いよく前後左右に揺れながら立ち上がる走竜も珍しくないという。

その瞬間的なロディオ状態程度で落馬ならぬ落竜するようならば、それは竜ではなく乗り手が悪い、ということらしい。

だが、そんなふうに特別にしつけられた走竜であっても、初騎乗の善治郎にとっては十分に脅威である。何が脅威かというと、それはもう単純に高いのだ。

一般的に馬の体高は170センチ程度だと言われているが、走竜の体高はそれよりもう五十センチほど高い。

二メートルを優に超える安定感のない場所に腰を下ろしていると考えれば、慣れない者が軽い恐怖を感じるのはごく当たり前と言えるだろう。

背中をそっと支えてくれる正妻の手を頼りに、善治郎はどうにか鞍の上で上体を安定させる。

「落ち着いたか？　大丈夫ならば、歩かせてみるがよい」

女王アウラの言葉を背中に受けて、一度大きく深呼吸をした善治郎は、意を決して走竜に指示を出す。

「よ、よし、進め！」

大きな声でそう言いながら、教えられたとおりに小さく右足の踵《かかと》で走竜の腹を蹴る。

頭の良い走竜は、ゆっくりと歩み始めた。

王配善治郎と女王アウラが、二人乗りで走竜の初騎乗を行っている間、フレア姫と女戦士スカジは、ひとまずその様子をただ黙って見守っていた。

走竜はもう一頭いるので、騎竜術を会得しているという二人の侍女に習えば、同時進行もできるのだが、さすがにそれは躊躇《ためら》われた。夫と正妻が仲良く二人乗りをしている横で、こっちは腹心の女戦士と一緒に侍女から騎竜術を習うというのは、ちょっと寂しいものがある。

多少効率を犠牲にしても、心情を優先すべき場面というのは存在するのだ。

フレア姫の視線の先で、善治郎と女王アウラが乗る走竜は騎上指示に従い、進み、曲がり、止まり、また動き出す。

少々失礼だが、予想外にスムーズな動きをしている。

「基本的には、乗馬と同じような感じと思ってよいのかしら？」

「ええ、共通項は多そうです。となりますと、私より姫様の方が上達が早いかもしれませんね」

フレア姫の言葉に、後ろに控える女戦士スカジがそう答える。

ウップサーラ王国の馬は重種馬のため、女としては破格に大柄なスカジが完全武装しても騎乗可能な馬も珍しくはなかった。しかし、当然ながら乗り手は小柄で体重が軽い方が有利なのは言うまでもない。

そのため、乗馬はフレア姫が女戦士スカジに勝る数少ない部分なのであった。

その自負があるフレア姫だったが、首を傾《かし》げるとあくまで冷静な判断を下す。

「それはどうかしら？　私がスカジに勝っていたのは体の小ささだけですからね。馬術そのものはスカジの方が上でしょう。走竜ならスカジが上になるのではないかしら」

重種馬と比較しても倍の体躯《たいく》を誇る走竜は、力においても頑健さにおいても馬の比ではない。二メートル近い巨体を誇るプジョル元帥《げんすい》でも、乗れない走竜はないのだから、スカジ程度ならば全く気にすることはないだろう。

「そう考えると魅力的ですね。しかし、走竜という生き物は思っていた以上に賢いようだ。あれはかなりの部分、言葉を理解しているのでは？」

女戦士の鋭い指摘に、もう一頭の走竜の轡《くつわ》を取っていた中年の侍女は、あっさりと首肯《しゅこう》する。

「はい。特に頭の良い個体に限った話ですが、口頭の命令だけで大体こちらの思い通りに動いてくれます」

そういった後、その中年の侍女は、自分が轡を取っている走竜に声をかける。

「頭を下げて」

その言葉を受けて、走竜は本来ならば見上げるくらい高いところにある頭を、中年侍女と視線が合うくらいにグッと下げる。

「いい子ですね」

「グルゥ」

中年侍女に頭を撫《な》でられた走竜は、気持ちよさそうに目を細めて、喉を鳴らした。

「凄《すご》い。私も撫でていいですか?」

目を輝かせてフレア姫がそう言った時の反応は、さらに驚きのものだった。

「グゥ」

その走竜はぐっと首をフレア姫の方へと伸ばし、自分の頭をフレア姫の前に差し出したのだ。

「え?」

「これは、驚いたな」

目を丸くするフレア姫と女戦士スカジに、中年の侍女は柔らかくほほえむ。

「撫でてあげてください。この子は頭が良くて気性が穏やかなうえに、人懐っこいのです」

「あ、はい」

言われてフレア姫は、走竜の頭を撫でた。サラサラとしていて意外と撫で心地がよい。

触ると温かいのは、酷暑期の太陽光を浴びているからだろう。走竜に限らず、南大陸に生息する竜種は、皆変温動物である。気温によって体温は変わり、活動能力も変わる。

「本当に頭が良いのですね」

撫でながら感心したようにフレア姫がそう言うと、走竜は「いや、それほどでも」と言わんばかりに、ゴロゴロと喉を鳴らす。

「さすがにここまで頭が良い走竜は、稀《まれ》ですけれどね。さらに、この子のように気性も良い個体となると本当に限られます。頭だけ良くて気性の悪い走竜は、逆に厄介ですから」

「ああ、それは分かります」

「あれは大変ですね」

侍女の言葉に、フレア姫と女戦士スカジは実感のこもった声で同意する。走竜は初めてだが、乗馬の経験のある二人である。馬にも個性があるし、能力にも差がある。

だから、分かる。頭が良くて、気性の悪い家畜がどれほど悪質なのか。ある意味で、頭も気性も悪い家畜よりも始末に負えない。

頭の悪い家畜にものを教え込むのは困難だが、一度教えてしまえばその通りに実行する。頭が悪いから、指示の裏をかく、という思考がないからだ。また、人の個体識別もつかず、ひとまとめに「人の言うことに従う」という覚え方をする個体が多く、一度仕込めば他の者にも背中を預けることが多い。

だが、頭の良い家畜は見事なくらいに人を見る。見分ける。そして、区別する。気を許し、服従している一部の人間には驚くほどの従順さを示す一方で、それ以外の人間は馬鹿にしてかかり、言うことを聞かなかったりする。

それどころか、下手に素人《しろうと》が間違った指示を出したりすると、待ってましたとばかりにその間違った指示を全力で実行し、人間を困らせて楽しんだりするのだ。

そうこうしている間に、一通りの練習を終えた善治郎と女王アウラが戻ってくる。

「止まれ」

そう言って善治郎が手綱を引くと、走竜は素直に足を止めた。だが、よく観察すると分かる。走竜は善治郎が手綱を引く前に、「止まれ」という命令をしただけで、足を緩めている。

「あの……あれでよいのですか？」

フレア姫は思わず隣に立つ中年の侍女にそう小声で聞いた。言葉だけで言う通りに動いてくれるのでは、騎竜術の訓練になっていないのではないか？　そんなフレア姫の懸念に、中年の侍女は同じく小声で答える。

「最初はあれでよろしいかと。まずは、思い通りに走竜を動かすという感覚を覚えることが肝心ですから」

この辺りは、フレア姫には分からない感覚かもしれない。元々フレア姫は体格こそスヴェーア人女性としては小柄だが、運動神経が優れているうえに、異常なほど度胸がある。

そのため、乗馬にも、騎竜術にも全く拒絶反応がない。だが、普通はこれほど巨大な生き物に乗るというだけで、恐怖を感じるのものなのだ。

だから、最初にことさら出来の良い走竜をあてがい、走竜に乗ることそのものの恐怖を払拭《ふっしょく》するというやり方は、決して間違いではない。

段階を踏んで「普通の走竜」の扱いを覚えていかなければ、走竜を甘く見て逆に痛い目を見るやり方であることも確かだが。

まあ、善治郎に限っていえば、そちらの心配は無用だろう。今も、直立した状態の走竜から、降りるだけでおっかなびっくりになっているくらいだ。

「お疲れさまでした。ゼンジロウ様」

気を利かせた中年侍女がそっと手渡してくれたタオルを手に、フレア姫はどうにか自力で走竜から降りてきた善治郎に、小走りで近づくのだった。

第四章　次への準備

その日の午後、女王アウラは、カープァ王家が保有する孤島にいた。一人きりである。

まだ酷暑期だというのに、わざわざ一番熱い昼間を狙ったのも、一人でここに来たのと同様の意図に基づく判断である。すなわち、可能な限り秘匿《ひとく》する行動ということだ。

この島はカープァ王家の私有島の中でも大きい部類なのだが、海流の関係で漁業にも貿易の拠点にも向かないということで、無人のままになっている。そのため、カープァ王家は、秘匿したい魔法の実験に、この島を利用していた。

基本的には王族自らが使うことが大半だが、時と場合によっては王族の許可を得た魔法使いが使うこともある。宮廷筆頭魔法使いであるエスピリディオンやその妻であるパスクアラなどはその常連である。珍しい例では、優れた魔法使い兼魔法研究者でありながら体の自由の利かなかった先代王カルロス二世は、新しい魔法を思いつくたび、腹心の侍女と二人で、この島を訪れていたらしい。

そんな、ある意味いわくつきのこの孤島に一人立つ女王は、手に小さなビー玉を持っていた。

人差し指と中指、そして親指の三本でつまむそのビー玉は、フランチェスコ王子に秘密裏に作らせた『爆炎《ばくえん》』の魔道具である。ビー玉は金属製の立方体の骨組みで囲われており、その八個ある角の一つだけが、赤く塗られている。

女王アウラは手の中で慎重にその赤い角が前を向くように持ち直す。間違っても赤い角を自分の体に向けてはいけない。

つい、いつも魔法を使うときのように精神を集中しそうになり、女王はあえて一度その緊張の糸を切った。できるだけ意識をそらして魔法について考えないようにし、その駄目な精神状態のまま、発動の言葉を唱える。

「『劫火《ごうか》よ』」

次の瞬間、女王の視界は赤で埋め尽くされた。その呪文の名前通り、爆音と共に広がる炎が、孤島の空間を深紅に埋める。

アウラが平然としていられるのは、元々『爆炎』はアウラが得意とする魔法だからだ。魔道具に頼ることなく自分の魔法として、今まで使用してきた。だから、この現象そのものは、驚くに当たらない。さらに具現化している時間は極めて短かった。魔法の効果が終わった後に、その残滓《ざんし》を感じさせるのは、酷暑期の気温すら軽く上回る熱気と、僅《わず》かな焦げ臭さだけ。

『爆炎』は、アウラが戦時中何度も使用したことのある魔法だ。その効果範囲も威力も十分に理解している。十分に広い空間で、ある程度地上から離れたところを始点にしたおかげで、周囲の木々や下草も延焼させずに済んだ。

理想を言えば、木なり岩なり物理的な目標に直接火を放ってその威力を確かめたいところだが、さすがにそれは自重した。南大陸の樹木は水分が豊富なため、簡単なことでは燃え広がらないのだが、それでも万が一ということがある。アウラ一人で消火活動はちょっときつい。

ともあれ、魔道具の発動実験は無事成功したと言ってよいだろう。だが、アウラの表情はどこまでも冷静だった。

「まったく他のことを考えていても、発動の魔法語さえ正しく唱えれば発動する。魔道具だから、自分で魔力量を調整する必要もない、か。自力で魔法を使うのとでは、まるで別次元の使い勝手の良さだな」

これまでにもカープァ王国には、『治癒の秘石』や善治郎に貸した絨毯《じゅうたん》など、いくつかの魔道具は存在したが、攻撃用の魔道具はなかった。少なくとも女王アウラが知る限りはこれが最初の攻撃魔法魔道具である。

感想としては『脅威』の一言である。魔法を発動させるには、正しい発音、正しい魔力量、正しい認識の三つが必要とされる。そのため、戦場で魔法を駆使するには、人間離れした強靭《きょうじん》な精神力が必要とされる。

比較的安全な後方から大規模魔法を叩《たた》き込むことができる人間すら滅多におらず、まして や白兵戦《はくへいせん》のさなか、魔法の使用が可能な人間となると、女王アウラはウップサーラ王国の女戦士スカジを含めて三人しか知らない。

それほど、戦場で魔法を駆使するというのは、至難なのだ。それが、魔道具の場合、正しい発音さえできれば、発動させられる。

さすがに誰にでも簡単に、とは言えないが、それ専用の訓練を積んだ兵士ならば、まず間違いなく発動できるようになるだろう。

「少数とはいえ、これが毎月量産できるようになるのか」

酷暑期の太陽の下、『爆炎』の熱気もまだ残る無人島で、女王はブルリとその身を震わせる。

「間違いなく、根本的に戦場が変わるな」

その独り言は、確信に満ちている。と同時に、改良点も多数思いつく。

「しかし、実際に戦場でこのまま使用するのは危険だ」

ビー玉を金属製の骨組みで覆っただけの魔道具は、非常に小さいので持ち運びには便利だ。だが、魔法が射出する赤い角を正しい方向に向けて持つのに、少し苦労する。落ち着いて使用できる環境ならばさほど気にする必要もない欠点だが、戦場はどう考えても落ち着ける環境ではない。このままでは、事故が多発することは、素人《しろうと》目にも明らかだ。

一応解決方法は二つある。

一つは、魔道具化するときに『狙う』という効果も組み込むこと。魔法の射出角度を魔道具に任せるのではなく、使用者の視線や認識によって変化できるように改良することは、付与魔法としてはそれほど難しいことではないらしい。実際、『治癒の秘石』などはそのような処理がほどこされている。そうでなくば、貴重な『治癒の秘石』の無駄撃ちという、とんでもない悲劇が発生しかねないからだ。

そうすることで生じる大きなデメリットは二つ。

一つは、単純に付与魔法が複雑化して、コストが上がること。今回は、フランチェスコ王子は実質一日で魔道具化を完成させたが、視線や認識で狙える機能を組み込むのならば、媒体にビー玉を使用しても三日程度の時間はかかるだろう。

一日と三日。この違いは、一つ二つ作るのならばともかく、少数ながら量産態勢を整えようとするなら結構な違いとなる。

二つ目のデメリットは、「意識的に狙う」という、使用者の手間が増えることだ。先の大戦でアウラも実感しているが、戦場というのは、とかく視野が狭《せば》まり、思考が滞る空間だ。誰にでも使用できるようにするには、使用者の能力に頼る部分は少なければ少ないほどよい。

もう一つの解決方法は、もっと単純だ。

魔道具を短杖《たんじょう》の先などに固定してしまえばよい。そうすればどうやっても、魔法は必ず杖《つえ》の先から発射されるようになる。こちらはデメリットも分かりやすい。短いとはいえ杖なのだから、どうやっても嵩張《かさば》る。

現在アウラが量産態勢を整えようと思っている魔道具は、原則一回きりの使い捨てだ。そうなると、可能ならば複数携帯させたい。

ビー玉に金属の骨組みをかぶせただけの品ならば、一人で何十個でも携帯が可能だろうが、杖の先端に固定するのならば、どれだけ短くて細い杖だとしても、相当嵩張る。戦場で持ち運ぶということを考えれば十本も持っていけないだろう。弓兵の矢のように輸送用の竜車にストックするのならば、話は別だが。

「付与魔法の使い手は他国にしかいない現状、こちらの工夫でどうにかできる方向でひとまずは進めるべきか」

ひとまずそう結論を出したところで、女王は今更ながら酷暑期の太陽を見上げる。

酷暑期の真昼の陽光は、そこで生まれ育った南大陸人にとっても十分な脅威だ。まして、ここ数年はエアコンのきいた寝室で寝起きしている女王アウラにとっては、正直耐えがたい。

「帰るか」

用事を済ませた女王は、『瞬間移動』を発動させ、無人島を後にするのだった。

◇◆◇◆◇◆◇◆

女王アウラが孤島で秘密裏に魔道具の実験しているとき、王配善治郎は王宮の中庭にいた。

壁がなく、薄い天井だけが存在する中庭の東屋《あずまや》は、近くの噴水から絶えず風が吹き込むようになっているため、酷暑期の昼間でも、比較的過ごしやすい。

そんな東屋で、王配善治郎と、シャロワ・ジルベール双王国が誇る大貴族ブロイ侯爵家令嬢ルクレツィア・ブロイは、軽食を取っていた。

「こうして、コップで水をいただくときに、なにも気にしなくてよいことがどれほどありがたいことか。私が、この度の旅で学んだことの一つです」

しみじみそう呟《つぶや》きながら、水の入った銀杯を礼儀正しく口に近づける金髪の少女に、善治郎は苦笑しながら同意を示す。

「確かに。あの船旅で、水を自分にかけてしまった回数で言えば、私とルーシーが双璧だったな」

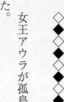

外洋航行の揺れる船内で、液体を飲むというのは油断すると失敗する行為だ。『真水化』の魔法の使い手が複数いる上に、『真水化』の魔道具まであった『黄金の木の葉号』だから笑い話で済ませられるが、そうでなければお客様であっても何らかの制裁があってもおかしくないほどの頻度で、善治郎とルクレツィアは水をこぼしていた。

「せめてもの救いは、船酔いをしなかったことだな」

「それは私もですね」

善治郎とルクレツィアの言葉を受けて、ルクレツィアの後ろに控えていたルクレツィア付きの侍女フローラは、コホンと小さく咳《せき》ばらいをした。

同時に、善治郎の後ろに控えているナタリオ騎士団長も、ばつが悪そうに視線を泳がせる。

この二人も、『黄金の木の葉号』で大陸間航行に同行した同士である。そして、残念ながら、船酔いしたグループに属していた。この場では、護衛騎士、お付きの侍女という立場から私的な発言は許されないが、『黄金の木の葉号』ではその辺りの規律もかなり緩かったため、もっと打ち解けていた。

当然、善治郎とルクレツィアの距離感も、以前と比べればかなり縮まっている。それは、今後のことを考えれば良いことなのだろう。

善治郎とルクレツィアを取り巻く環境は、ほぼ外堀が埋まっている状態と言える。

女王アウラという妻を持ち、ついこの間フレア姫という二人目の妻を娶《めと》ったばかりの身で、なんとも後ろ暗い気持ちがぬぐえない善治郎だが、状況はそれを許さない。

そういう意味では、大陸間航行を通してルクレツィアとの距離が縮まったのは、良い変化というべきだろう。善治郎には埋まった外堀からひたひたと敵が進軍してきたような印象があるが。

「しかし、大陸間航行の船内生活が一番思い出深いのは確かだが、北大陸の国々も印象深かった」

「はい。特に共和国については、とても印象に残っています」

共和国。正式名称はズウォタ・ヴォルノシチ貴族制共和国。その名前が、ルクレツィアの口から発せられたことに、善治郎は大きく反応しそうになり、どうにか意志の力でそれをねじ伏せた。

シャロワ・ジルベール双王国が『白の帝国』の末裔《まつえい》であり、ズウォタ・ヴォルノシチ貴族制共和国にとっては潜在的な敵勢力であることを、善治郎たちに最初に伝えたのがこのルクレツィアである。

そのルクレツィアの口から「共和国の印象」という言葉が出ると、どうしても裏を勘ぐってしまう。とはいえ、護衛の騎士や侍女の耳がある場所で、そうした裏事情に関わる話を振るわけにはいかない。

「確かに、非常に目を引く街並みだった。門外漢の私が見ても分かるくらいに、建築方式がこちらと違ったな」

「はい。とても綺麗《きれい》な街並みでした」

善治郎とルクレツィアが共有した時間の多くは、今回の北大陸行だ。そのため、必然的に共通の話題の多くは、航海中の船内と、北大陸での出来事になる。

そのように十分に楽しく会話が弾むようになったのは、善治郎にとっては進歩、ルクレツィアにとっては攻略の進行と言ってよいだろう。しかし、政情の変化の速度は、残念ながらそれ以上に早い。

そのため、多少無理をしてでも距離を詰める必要がある。

「そういえば、今ちょうどマルガリータ殿下もこちらに来ているのだが」

善治郎は、今のルクレツィアにとって『血のつながった他人』の話をあえて振る。

どのような反応が返ってくるか内心戦々恐々だった善治郎だったが、ルクレツィアの反応は思っていたよりもずっと落ち着いたものだった。

「はい。一度お会いして、ご挨拶《あいさつ》しました」

「そうか」

それだけ？　そんな不審そうな視線か表情が、出ていたのだろう。

金髪の少女は、小さく笑うと、

「マルガリータ殿下には、この度の一件で本当によくしていただいていますから、せめてものお礼です」

そう言ってルクレツィアは、その蒼《あお》い双眼をわざとらしく善治郎の右手首に向ける。

善治郎の右手首。そこには、鈍色《にびいろ》の武骨《ぶこつ》な腕輪が巻かれている。『風の鉄槌』。そんな名前の強力な魔道具だ。マルガリータ王女から贈られたその魔道具は、善治郎にとって非常に大きな助けとなった。

マルガリータ王女が善治郎にその強力な魔道具を贈った代償として求めたことは、「ルクレツィアの願いを三度受け入れること」であった。

今の言動からすると、ルクレツィアもそんな経緯を知っているようだ。ルクレツィアとマルガリータ王女。血縁上は姉妹、戸籍上は赤の他人。そして、心情的にはどちらも相手を姉、妹として慕っているらしい。

だから、良くしてくれた血縁上の姉に、ルクレツィアが「せめてものお礼」をしたがるのは理解できるのだが、それが「一度会って挨拶した」という状況とどうつながるのかが分からない。

そんな善治郎の疑問に、金髪の少女は苦笑交じりに説明する。

「マルガリータ殿下は、念願がかなってヴェルンド様に弟子入りが許されました。あの人にとって最高のお礼は、今の時間を少しでも邪魔しないことですから」

「ああ、そういうことか」

善治郎は納得した。そういえば、マルガリータ王女は、シャロワ王家の中でも、あのフランチェスコ王子と並び称される、若手最高峰の付与術士らしい。フランチェスコ王子に匹敵するような「武勇伝《ぼうそう》」の噂《うわさ》も聞いたことがある。

噂といえば、善治郎はふと思い出す。

「そういえば、近頃ルクレツィアは以前にもまして、あちこちで開催される昼食会や夜会に顔を出していると聞くが、それもひょっとしてそちらの流れか？」

善治郎の思い付きを、金髪の少女ははにかむように笑いながら肯定した。

「はい。お礼の一環として、私がマルガリータ殿下の代わりが務まるご招待には、代わりに出席しておりました」

「それは大変だったな」

ルクレツィアの返事に、善治郎は心底感心する。

結婚して傍流に落ちたとはいえ、れっきとした王族であり、優れた付与術士として名声を得ているマルガリータ王女と、有力貴族家であっても一貴族令嬢でしかないルクレツィアでは、重みに明確な違いがある。王女を招待したはずなのに、ただの貴族の少女が来た。そういう軽い失望のような空気というのは、隠したつもりでも感じ取れるものだ。高い確率で、空気の悪い夜会や昼食会になったことだろう。

だが、ルクレツィアが夜会や昼食会で諍《いさか》いやもめごとを起こしたという報告は入っていない。ということは、この金髪の少女は『望まれぬ代役』を無難にこなしたということだ。

善治郎のねぎらいの言葉に、ルクレツィアは心底嬉《うれ》しそうにその薄い胸を張る。

「いいえ、こういったことは得意ですから」

ルクレツィアの言葉に嘘《うそ》はない。交渉事のようなしっかりとした公務はさほどでもないが、夜会や昼食会のような場を盛り上げて、出席者を楽しませることには長《た》けているルクレツィアである。もっとも、双王国内では、余りに露骨に男に媚《こび》を売るということで、同性にはかなり嫌われていたが。

幸い、ここカープァ王国には、そうした悪評は広がっていないため、男女問わずそれなりに好意を持って迎えられている。

「大したものだな。私は正直いって苦手な行為だ」

善治郎はそう愚痴めいた言葉を漏らす。元々、双王国や共和国で複数回パートナーとして夜会に出席したことのある善治郎とルクレツィアだ。善治郎がそうした場を得意としていないことは、とっくに察しているだろう。

だが、ルクレツィアの返答は少し善治郎の意表を突くものだった。

「そうですか？　私の知る限りでは、ゼンジロウ陛下の対応は十分なものであったと記憶しています。失礼ですが、ゼンジロウ陛下は夜会や昼食会が『苦手』なのではなく、『お嫌い』なのでは？」

珍しく、鋭くも厳しいルクレツィアの指摘に、善治郎は苦笑を隠せない。

「否定は難しいな」

個人的には苦手であることも間違いではないと思っているが、苦手と嫌いのどちらがより正確な表現かと聞かれれば、後者と答えざるを得ない善治郎である。

話が弾み、距離感が近づいてきたところで、善治郎はルクレツィアではなく、その後ろに控える侍女と、自分の後ろに控える騎士に向けて「大事な話がある」と告げる。

元からそういう場であると察している侍女や騎士たちは、素直に一礼すると善治郎とルクレツィアから離れた。ルクレツィアの腹心ともいえる侍女フローラと、善治郎の騎士でありビルボ公爵騎士団の団長でもある騎士ナタリオなのだから、今更と言えば今更な対応だが、形式というものもある。

侍女と騎士が十分に離れたのを確認したところで、善治郎は姿勢を正し、小さな声で告げる。

「率直に聞きたい、ルーシー。君は、今でも私の側室となることを希望しているのだろうか？」

対面に座るルクレツィアに、ギリギリきこえるくらいの小さな声だ。

「はい。もちろんです」

なんだかんだ言ってルクレツィアももう、善治郎とはそれなりに長い付き合いだ。善治郎が、自分の側室入りにあまり積極的ではないことは察している。

だから、こうして二人だけで腹を割った話し合いの場を設けてくれたことに、ルクレツィアは状況の前進を感じる。

ここが勝負どころだ、と気合を入れなおしたルクレツィアは、ぐっとテーブルに身を乗り出し、力説する。

「それが私の一番の望みです。そのためならば、私のできることはなんでもいたします」

その熱意は本物だが、言葉は確実に本当ではない。

だから善治郎は頷《うなず》きつつも、その点について指摘する。

「ルーシーの一番の望みは、シャロワ王家に復帰することだろう。私への側室入りもその手段でしかなかったはずだ」

シャロワ王家に生まれたが、血統魔法である『付与魔法』の素養を持ち合わせなかったルクレツィアは、生まれてすぐにブロイ侯爵家へと籍を移された。これはシャロワ・ジルベール双王国の長い歴史を見れば、前例がない話ではない。

そして、その歴史から、王家に生まれて貴族家に流された子には、一つだけ元の戸籍に復帰する手段が定められた。

それは、王族に嫁ぐこと。嫁いだことで、改めて王族になるのではない。嫁ぐ前に、養子に出されていた貴族家から、戸籍を正式に生家である王家に戻すのだ。そうすることで、貴族家が王族に対して影響力を持ちすぎることを防ごうという狙いらしいが、これがルクレツィアにとっては唯一の希望であった。

この場合の、嫁ぐ王家というのは、通常はシャロワ王家に限られる話だ。南大陸では、王族とはイコール血統魔法の保有者であるため、他国の王族との婚姻というのは御法度《ごはっと》だからだ。だが、善治郎はその例外だった。そもそもが異世界に駆け落ちしたカープァ王家の王子とシャロワ王家の王女の子孫が善治郎なのだから、今更の話である。

カープァ王家の『時空魔法』を欲するシャロワ王家と、シャロワ王家の『付与魔法』を欲するカープァ王家の密約で、事実上、善治郎に限りシャロワ王家の血を引く側室を持つことを認められている、いや、むしろ推奨されているのが現状である。

だから、ルクレツィアは善治郎の側室になることを希望しているのだ。あくまで生家に戸籍を戻すために。結婚そのものは手段にすぎないはずなのだ。

「例えば、シャロワ王家の男との縁談があるのならば、そちらでも構わないのではないか？」

そんな善治郎の言葉に、ルクレツィアは焦りを募らせる。これで善治郎の表情に、不快感が浮かんでいたのならば、まだ救いがある。ルクレツィアにある種の執着を持っているということだからだ。だが、善治郎の表情は不快感や嫉妬とは全く無縁だった。むしろ、本気でこちらを気遣っているような、真摯《しんし》な表情の意味するところは、ルクレツィアを自分の側室とすることに、執着していないということに他ならない。

だから、ルクレツィアは焦る。

「無論、私も貴族の娘ですから、母国の養父や国王陛下からそのような話を持ちかけられれば、否とは言いません。ですが、もし私自身に選ぶ権利があるのだとしたら、私はゼンジロウ陛下の元に嫁ぎたく存じます」

それは、善治郎にとっては、かなり意外な答えだった。

善治郎は自分をそれほど低く見ているわけではない。もちろん、自分自身に一人の男として魅力が備わっているとうぬぼれてはいないが、大国の王族という地位だけで、「良い嫁ぎ先」と見なす人間はいるだろう。容姿や能力はともかく、人格はそこまでひどくないつもりだし、良い結婚相手ではなくとも、無難な結婚相手ではあるつもりだ。

しかし、ルクレツィアの場合は、前提条件が違う。ルクレツィアは血のつながった家族に執着している。善治郎の側室になれば、戸籍上は血縁上の家族と家族になれるが、物理的には南大陸の中西部と中中部というところでの生活が待っている。

一方、シャロワ王家の人間と結婚すれば、家族との戸籍は戻せた上で生活環境も家族と同じ双王国王都。ルクレツィアにとってどちらが望ましいかは、明らかなのではないか、と善治郎は思う。

「私の方が良いと？　ルーシーにとってはシャロワ王家の方が条件を満たすと思うのだが？」

「シャロワ王家で私と婚姻が可能な殿方については、全員見知っているつもりです。その全員と比べた時、私はゼンジロウ陛下を選びます」

ルクレツィアはそう言って、何度も練習した自分が一番魅力的に見える笑みを浮かべる。

そのルクレツィアの言葉は嘘《うそ》ではないが、本当でもない。

これまでの付き合いでルクレツィアは、善治郎という男に一定の好意を持つようになったことは確かだ。その好意は、シャロワ王家の男たちと比較しても高い。この点に関しては嘘は言っていない。

しかし、その一方で善治郎の指摘もまた正鵠《せいこく》を射《い》ている。ルクレツィアにとって一番大事なのは血縁上の家族であって、そちらと比較すれば、善治郎に対する好意とシャロワ王家の男たちに対する好意の差など誤差の範囲である。

それでも、ルクレツィアがシャロワ王家の男たちとの結婚ではなく、善治郎への側室入りを熱望する理由は極めて単純。話がここまで進んだ以上、すでに善治郎への側室入り以外の芽はもう残っていないからだ。

そもそも、善治郎にシャロワ王家の血を引く人間をあてがうと決定したのは、ブルーノ先王とジュゼッペ現王である。その駒として率先して手を挙げたのがルクレツィアである以上、ルクレツィアには今更「やっぱりやめた」という権利はない。

善治郎への側室入りが失敗したあかつきには、それこそ王家の都合で、適当な貴族家に嫁ぐことになるだろう。ルクレツィアは善治郎に一点賭けしているのだ。

そんなルクレツィアの内情は知らなくても、熱情は十分に伝わったのだろう。

「そうか。それは光栄だな」

ルクレツィアが変わらず、自分への側室入りを熱望していることを確信できた善治郎は、その前提で話を続ける。

「ルーシーは結婚後の生活について、どのような展望を抱いているのだ？」

善治郎の口からその問いを発するのは、正直かなり勇気のいる行為だった。聞きようによっては、善治郎がルクレツィアの側室入りを現実的に受け入れようとしているともとれるからだ。

案の定、ルクレツィアはその言葉を精一杯前向きに捉え、思い切り上体をテーブルに乗り出しながら、ハキハキと答える。

「いかようにもしてください」

全てあなたに委《ゆだ》ねます。それは、この世界の男の王侯貴族ならば、婚姻相手にもっとも言われたい台詞《せりふ》の一つだろう。しかし、残念ながら、善治郎にとってそれは、頬がひきつるくらいに、巨大なプレッシャーとなる台詞にすぎなかった。

「それは、結婚生活に対する明確な望みはない、と？」

「嫁いだ時点でこの身はすでに捧げられたもの。夫となる殿方の望むがままに振る舞う所存です」

否定の言葉が聞きたくて重ねた問いに対する答えは、嫌な予感をそのまま具現化するものだった。

(結婚生活プラン、こっちに丸投げかあ……)

許されるならこの場で頭を抱えたい心情の善治郎である。

これは、正直言ってルクレツィアは何も悪くない。この世界の男ならば、今のルクレツィアの言動は「殊勝で己《おのれ》の立場をわきまえた女」という評価になるだろう。むしろ、あまりにお行儀がよすぎて「口ではそんなことを言っているが、実際に結婚したらどうなるかな？」などという目で見られるかもしれない。

だが、そんなこの世界の男たちと善治郎は、根本的に前提条件が違う。

この世界の男も善治郎も、どうせ結婚するのならば、そこに幸せな結婚生活を営もうとする意識は共通している。違うのは、幸せな結婚生活の定義を誰が決めるか、だ。

この世界の男にとって、幸せな結婚生活とは男が決めるものである。それが当然の権利だと思っている。いや、当然の権利という意識すらなく、言語化して考えたこともない常識になっているといったほうが正しいかもしれない。

だから、今のルクレツィアのような、結婚生活に具体的な希望を述べず、すべてを男に委ねるという女の態度を好む。結婚後も自分の好きなように振る舞えるからだ。

それに対して、善治郎は幸せな結婚生活とは、夫と妻の共同作業であり、そのために必要なことは両者の意識、価値観のすり合わせだと考えている。

だから、今のルクレツィアのような、結婚生活に具体的な希望を述べず、すべてを男に委ねるという女の態度は、途方もなく大きな負担となる。

例えてみれば、デートプランを恋人に「なんでもいい。あなたの好きなところで」と言われて、「ラッキー、それなら俺の行きたいところで遊んで俺の食べたい店に行こう」と考えるか、「うわあ、ノーヒントで、相手の満足する遊び場所とレストランを選ばないと駄目なのか。これはちょっと大変だぞ」と考えるかの違いだ。

大前提として、妻となる女性とはともに幸せになりたいと考えている善治郎にとって、「全て任せる」という言葉は、負担でしかない。

この世界では異端というしかない善治郎のそんな心情は理解できなくても、自分の言葉が、相手に良く響いていないことは理解できたのだろう。

「あの、ゼンジロウ陛下？」

心配げにこちらの名前を呼ぶ金髪の少女に、善治郎は笑顔を作り答える。

「いや、何でもない。これはあくまでただの参考なので、軽い気持ちで答えてほしいのだが、ルーシーは結婚生活にどのような展望を描いているのだろうか？」

重ねて問われた金髪の少女はその大きな青い双眼を何度も瞬《またた》かせながら、少し真剣に考える。

「それは、本当に特別なことは何も考えていませんよ？」

「ああ、それでよい。特別でなくてもいいから、できるだけ具体的に教えてもらえないか？」

「分かりました。ええと、日頃は後宮《こうきゅう》で静かに生活していることになると思います」

この時点ですでに嫌な予感がする善治郎である。それでも一縷《いちる》の望みを持ちながら、黙って話を聞く。

「ふむ、それで？」

続きを促す善治郎に、ルクレツィアはまったく悪意なく次の言葉を述べる。

「贅沢《ぜいたく》を言わせていただけるのでしたら、年に何度かは嫁いだ先の殿方と特別な時を過ごしたいと思います。あとは、貴族王族の妻としての責務は果たす所存です」

それは、いっそ無個性と言えるほど、貴族女性が思い描く結婚後の生活そのものだった。恐ろしいほどに具体性がない。

「そうか、ありがとう。参考になった」

辛《かろ》うじて、そう答えながら善治郎は内心で頭を抱える。

今の答えで善治郎は確信する。

（ルーシーにとって結婚は、完全無欠にゴールなんだ。そこから先の展望は何もない。でも、漠然と結婚後の生活は幸せなものだと決めつけている）

具体的な望みはなにもなく、それでいて結婚すれば幸せになれると思っている。

結婚する以上、相手はできるだけ幸せにしてあげたい、と考える善治郎からすれば、非常に負担の大きなタイプの人間だった。

◇◆◇◆◇◆◇◆

翌日の昼下がり。善治郎は後宮本棟のリビングルームにいた。女王アウラも一緒である。後宮本棟付きの侍女たちも後ろに控えている。ここまでは何ら珍しいことではない。

むしろ、日常の一部と言えるだろう。

非日常なのは、そこにフレア姫と女戦士スカジの姿があることだ。

「これは、何といいますか、本当に不思議な」

そう言いながら、フレア姫はその短い銀髪を揺らすようにして、キョロキョロと辺りを見渡す。隣に立つ女戦士スカジも、そこまであからさまではないが、見慣れない家電製品が溢《あふ》れるリビングルームを、戦士らしい落ち着いた警戒をもって注視している。

「ははは。見慣れない物が多く存在するだろう。全て婿殿《むこどの》の私有品だ。説明は婿殿から受けてくれ。今はひとまず席についてくれないか」

そう言って、赤髪の女王は銀髪の女王にソファーに座るよう促す。

「はい、それでは失礼します」

ひとまず好奇心の視線を電化製品から切り離したフレア姫は、促されるまま革張りのソファーに腰を下ろす。

「スカジ殿はすまないが席を外してくれ」

「はい。承知しております」

女王アウラの言葉を受けて、女戦士スカジは、出口へ向かう。これからなされる話し合いは、あくまで王族同士、家族内での話し合いだ。女戦士スカジといえども、後宮《こうきゅう》侍女たちと同じ扱いで、会話が聞こえる範囲内にいることは許されない。ここで話された内容を、フレア姫が後でスカジに話すのは、フレア姫の判断にゆだねられる。

女戦士スカジは、一礼するとリビングルームから出て行った。

それを見て、女王アウラはフレア姫と同じソファーに並んで座り、善治郎はその対面のソファーの真ん中に腰を下ろした。

フレア姫と女王アウラが隣り合い、善治郎一人がそれと向かい合う形だ。

今はまだ酷暑期。氷扇風機しかないリビングルームよりも、エアコンが設置されている寝室にこもりたいところだが、さすがにそれは自重した。

善治郎は、女王アウラともフレア姫とも閨《ねや》を共にしている間柄だが、女王アウラとフレア姫を同時に寝室に招くというのは、まだちょっと早い。

果汁入りの氷水が入った銀杯が、侍女の手によって三人の前に置かれる。普段、善治郎とアウラは、色違いの薩摩《さつま》切子《きりこ》の夫婦《めおと》グラスを愛用しているのだが、あれは当然ながら二つしかないので、今は使えない。

善治郎とアウラが一目で分かるおそろいのグラスを使い、フレア姫だけ普通の銀杯を使うなど、控え目に言っても側室いじめだろう。

ひとまず、女王アウラとフレア姫が果汁入り氷水で口を湿らせたところで、善治郎は話を切り出す。

「ええと、改めて言うのもなんだけど、今後はここで定期的にこんな話し合いの場を設けたいと思う。意見のすり合わせをやったり、情報を交換したり、今の心境を明かしたり。できる範囲で隠し事はないようにね」

善治郎の宣言に、あらかじめ通達を受けた二人の妻は笑顔で首肯《しゅこう》する。

「ああ、分かった、ゼンジロウ」

「承知いたしました、ゼンジロウ様」

これは、かつて善治郎と女王アウラがここ後宮《こうきゅう》リビングルームで定期的に行っていた話し合いに、フレア姫を参加させるという試みである。

フレア姫が善治郎の側室となった以上、三人体制になるのは必然と言える。ただし、隠し事に関しては『できる範囲で』と言った通り、これまでの二人体制ほど、胸襟《きょうきん》を開いたものにはならないだろう。

今のフレア姫は善治郎の側室で、カープァ王家の一員とは言っても、ウップサーラ王国の第一王女という過去が消えたわけではないのだ。どうしても、立場の違いから話せない部分は残る。

ともあれ、最初に口を開いたのは、善治郎だった。

「昨日、ルクレツィアと会ってきたよ。向こうの意思は変わらない。俺の側室になることを熱望している」

この報告のために、善治郎はこの場を設けたのだ。

フレア姫を側室にとった翌月に、次の側室候補と二人きりで会ってきた。

話を進めているのは正妻であるアウラで、それに賛同しているのが側室であるフレア姫なのだが、こうして妻二人に次の側室候補との逢瀬を話すのは、善治郎としては後ろめたさを感じずにはいられない。それでも、黙っているのはさらに後ろめたい。

だから、善治郎は一切合切《いっさいがっさい》を包み隠さず、説明する。

「…………といった感じだったね。シャロワ王家の誰かに嫁ぐよりも、俺の側室になる方が良いとまで言っていた。何がそこまでに気に入られたのかな」

夫の話を聞き終えた赤髪の正妻と、銀髪の側室は、ばつが悪そうに顔を見合わせる。

「ええと、どうかした？」

首を傾《かし》げる夫の前で、「お前が言えよ」「いや、そっちこそ」と目線でしばし譲り合いを繰り広げた後、観念したように口を開いたのは、赤髪の正妻──女王アウラだった。

「あー、その、なんだ、ゼンジロウ。端的に事実だけを伝えるのだがな。恐らくだが、ルクレツィアには、シャロワ王家の男の元に嫁ぐ未来はすでにないぞ」

「え？」

理解の及ばない声を上げる夫に、女王は努めて淡々と説明する。

「シャロワ王家の推薦する女を、ゼンジロウ、其方《そなた》の側室として迎えるという話は、ブルーノ先王とジュゼッペ現王肝いりの話だ。カープァ王国の王である私も受け入れている。

そして、その側室候補として、自ら立候補して、先王、現王に候補者として認められたのがルクレツィアなのだぞ。

其方《そなた》の側室にならなかったとしても、王主導の婚姻政策に失敗したルクレツィアが、シャロワ王家の男との婚姻を許されるはずもなかろう」

「あ………」

淡々とした妻の指摘に、善治郎は小さく息を漏らす。

「あの、ゼンジロウ様。本当に思いつかなかったのですか?」

「………」

恐る恐る尋ねるフレア姫に、善治郎は羞恥で顔を赤く染めながら、無言で首肯《しゅこう》する。

冷静に考えてみれば、簡単に思いつく推測である。それについて、全く思い至らなかった理由は多々あるが、最大の理由はやはり、善治郎が「ルクレツィアに好意を持たれている」といつの間にか本心から思うようになっていたことだろう。

気分は、水商売の女性の色恋営業にやられて、いつの間にか、相手に愛されていると思い込んでいた勘違い男である。

しかもその事実を妻から指摘されたというのが、さらに痛みを増大させている。

無言のままソファーの上で悶《もだ》えて痛みに耐えている善治郎を見かねたのか、フレア姫はこれ以上その問題には触れずに話を先に進めようとする。

「ですが、そうなりますと、ルクレツィアの側室入りはすでに時間の問題、と思った方がよいでしょうか？」

「……アウラ？」

痛みに耐えて顔を上げた善治郎は、最終決定権を持つ正妻に問いかける。それに対する答えは、女王としてのものだった。

「正直言えば、そうなってくれなければ困る、というところまで話が進んでいる。双王国との関係を密にするのは、今後の国策の大前提だ。しかし、後宮《こうきゅう》の平穏はそれ以上に大切だ。そういう意味では、善治郎次第なのだ」

「あの、アウラ陛下？　それではゼンジロウ様があまりにも」

その言いようでは、事実上の命令、脅迫のようなものではないか。それでいて、最後の最後だけ、「善治郎の意思にゆだねる」という形を取っている分、なおさら質《たち》が悪い。

そんなふうに、できるだけ柔らかな表現で、フレア姫は女王アウラの言葉を咎《とが》める。

「ああ、そうだな」

そう言って女王アウラはフレア姫の指摘を認めたが、善治郎が逆にそれを受け入れる。

「フレア、ありがとう。でも、この場はこれでいいんだ。ここでは可能な限り、自分の心情、希望、欲望をあらわにするべきなんだ。それで、利害調整をして、方向性を決める。ここはそういう場だ。

というわけで、俺の率直な希望も言うね。ルーシーとはそれなりに打ち解けてきたし、側室入りも絶対に嫌だというほどではない。でも、避けられるなら避けたいのは前と同じ。もちろん、そうすることで国や王家に多大な迷惑がかかるくらいなら、受け入れる方がずっと良い」

善治郎にとってルクレツィアは、すでに「以前は苦手だったけど、今はそれなりに楽しくやっている女友達」くらいにはなっている。

問題は、ルクレツィアの語る結婚後の生活が、善治郎には、どうにも「重く」感じられるということだ。

「『重い』？　どういうことだ？」

「もう少し詳しく説明してください、ゼンジロウ様」

善治郎の告白を聞いた妻二人は、首を傾《かし》げて説明を求める。

善治郎は、どう説明すれば伝わるのか、しばし考えた後、少々要領を得ない口調で説明する。

「ええと、なんて言えばいいのかな？　ルーシーには結婚後の展望がないんだ。アウラやフレアと違ってね。それで、結婚後の生活は夫になる人間に全て委《ゆだ》ねるって言ってる。それって、人一人の人生を丸ごと背負わされるってことでしょ？　さすがにそれは重いかなって」

「む？」

「ええと……」

善治郎としてはかなり具体的に説明したつもりなのだが、妻二人の反応はあまり芳《かんば》しくない。言葉の意味は通じているのだが、ニュアンスが通じていない感じだ。

「ゼンジロウ様？　ルクレツィアの言葉があまりに殊勝すぎて信じがたい、ということではないのですね？」

これまでの流れからそういう話ではないと分かっていながら、フレア姫があえてそう尋ねたのは、善治郎の忌避感が正直全く理解できなかったからだ。

「うん、全然違う。確かに、『全てお任せします』というのは、殊勝と言えば殊勝なのかもしれないけど、俺には丸投げにしか感じられない。結婚後の夫婦生活の試行錯誤と建設的な方向にもっていくための労力が、全部こっちに来ると思うと、疲労感が凄《すご》い」

「それは、むう……すまぬ、ちょっと考えさせてくれ」

女王アウラも一時的なギブアップ宣言をすると、その言葉通り、目を瞑《つぶ》って考え込む。

これは、根本的な前提条件が違いすぎるせいで生じているズレだ。

善治郎は、結婚する以上、結婚相手の幸せのため、自分が尽力することは当然の義務と考えている。いや、考えているという次元ではなく「結婚とはそういうものだ」という認識なのだ。

しかし、そんな善治郎の考え方は、この世界の王侯貴族では異端もいいところだ。冷静に考えてみれば、分かる。この世界の王侯貴族は、一夫多妻が基本なのである。夫婦は支え合うもの、という常識が成り立つのは、一夫一妻の場合だけだ。

一人の夫と複数の妻がお互いを「支え合う」などということをやらかしたら、数多くの妻の重さにたった一人の夫が押しつぶされるに決まっている。そうならないのは、精神的にも甲斐性《かいしょう》的にも常人離れした一部の超人のみだ。あいにく善治郎は、どこまでも凡人であり、超人ではない。

そして、大多数の王侯貴族の男も超人ではない。それなのに一夫多妻制の結婚生活を負担なく過ごすことができるのか？

その理由は極めて単純で、複数の妻をめとる男の大多数は、妻に対して善治郎ほどの『責任』を感じていないからだ。そんな男からすればルクレツィアのような「要望は何もない。そちらの好きなように扱ってくれ」という言葉は、ありがたい。ただその言葉通りの意味にしか、とらないのだから。

「……ある意味、私が日頃ゼンジロウに感じている感覚に近い、か？　何も要求してくれないので、対処のしようがない」

かなり長い間考えた後、女王アウラはあまり自信がなさそうな口調でそう言う。

今度は善治郎が、考え込む番だ。

「それは……ああ、近いと言えば近いかも。うん、そう考えたらそれもアウラには随分負担をかけてたんだね。ゴメン」

我が身を顧みて、思わず善治郎は謝罪の言葉を漏らす。今まで、アウラに「何か望みはないか？」と聞かれるたびに「ない」と答えていたが、逆の立場になってみると分かる。これは確かに、困る。アウラが「なんでもよいから希望を言ってくれ」というはずだ。

しかし、善治郎とルクレツィアでは大きな違いがある。善治郎がアウラに促されても要求をろくに口にしなかったのは、単純に今の結婚生活に満足しているからだ。あくまで現在の問題である。

一方、ルクレツィアの結婚生活は未来の問題だ。まだ始まっていないのだから「現状に満足」しているわけでもない。その状態で、希望はないと言われれば、困ってしまう。

ともあれ、根本にあるのが価値観の相違なのだから、この食い違いを埋めるのは非常に難しい。

「アウラ陛下は政略上可能な限りルクレツィアを側室として迎えたい。ゼンジロウ様は、ルクレツィアの側室入りをできれば避けたい。でも、そうすることで国やアウラ陛下に多大な迷惑をかけるくらいならば、受け入れる。

お二人の話を合わせますと、現状は、ゼンジロウ様はあまり気乗りしていないけれど、ルクレツィア様を娶《めと》る方向で話を進める、ということになるのでしょうか？」

身もふたもなくまとめたフレア姫の言葉に、善治郎は苦笑しながらも首肯《しゅこう》する。

「うん、まあ、そうだね。付け加えるなら、ルクレツィアに対する印象は最初よりずいぶんと良くなってきている」

これで、結婚後に対して女王アウラやフレア姫と同程度に自主性があったら、意外と喜んで受け入れられたかもしれない。

そういう善治郎に、フレア姫は顎に手を当てて、しばし考え込んだ。

「フレア？」

善治郎に名前を呼ばれ、フレア姫は顔を上げる。ただし視線を向ける先は、対面の善治郎ではなく、隣に座る女王アウラだ。

「アウラ陛下。ルクレツィアの側室入りは、急がなければならないのですか？」

唐突に思えるフレア姫の問いに、女王は少し首を傾《かし》げながらも素直に答える。

「まあ、急いだほうが良いことは間違いないな。今更フレア殿下に隠すことでもないが、我が国は双王国と対北大陸の同盟を結ぼうとしている。ルクレツィアの側室入りも、それを強固にするための手段だ。そして、同盟というのは結ぶにも時間がかかるし、結んだあとから確固たる形になるまでもまた時間がかかる。

その時間を確保することを考えれば、側室取りは前倒しできれば、それに越したことはない」

「それは理解できます。その上で、全く猶予はありませんか？　とお聞きしているのです。と申しますのも、ゼンジロウ様の問題は、時間をかければ解決する部分が、かなりあると思うのです」

フレア姫の言うことも一理ある。

善治郎とルクレツィアの関係は、当初はもっと悪かった。ルクレツィアは距離感を掴《つか》めずに空回りしていたし、善治郎はそんなルクレツィアを明確に持て余していた。それが、今ではそれなりに親しく、ある程度楽しげに付き合えるようになっている。

そこにはもちろん、双方の努力あってのことだが、時間で解決する人間関係であることも示している。

「それは一理あるだろうが、それならば結婚後でもよいのではないか？」

アウラもフレア姫の提案の意図は分かっているだろうに、議論を進めるため、あえてそのような提案をする。

アウラの言葉を受けて、善治郎が口を開く。

「いや、それはかなり違いがあるよ。もちろん、結婚後も歩み寄る努力はするつもりだけど、結婚したことでどうしても強制的に距離が縮まる部分があるからね。その部分の不安を解消してから結婚できるのは大きい」

善治郎の言葉は決して、「いやなことはできるだけ後回しにしたい」という後ろ向きな発想だけではない。それもあることは否定はできないだろうが、結婚すればどうしても住まいが一緒になる。今は、アウラ、フレアと交代で過ごしている夜も、アウラ、フレア、ルクレツィアと三交代で過ごすようになるだろう。

心理的な距離が縮まる前に、物理的な距離を強制的に縮めてしまえば、事故を起こす可能性は高まる。

善治郎の言葉に納得するように何度も首を縦に振りながら、女王は懸念を伝える。

「もっともな意見だと思う。ただ、双王国との同盟は急速に深めながら、ルクレツィアの側室入りは遅くするというのは、あちらを納得させる何らかの理由が欲しいな」

「私では理由になりませんか？　私が直接の理由では後々問題なのだとしたら、祖国の父か兄……はもう無理ですね。弟から不快感を示してもらえば、双王国も納得してくれないでしょうか」

「それは確かに。フレア殿下ご自身よりも親族の方に任せた方が軋轢《あつれき》は少ないだろうな」

フレア姫の提案に、女王は納得を示す。

冷静に考えてみれば、一人目の側室を取ってすぐに二人目の側室の話を進めるのは、一人の側室が不快感を示して当然の話である。

しかし、ここでフレア姫自身が不快感を示すと、以後の王宮、後宮《こうきゅう》での動きに支障をきたす。少なくとも、一定期間は「フレア姫とルクレツィアの確執」という噂《うわさ》は出るだろうし、フレア姫自身も何らかの「許す」きっかけがなければ、表向きはルクレツィアに不快感を示し続けなければならないことになる。

それよりもフレア姫の父であるグスタフ王や、弟であるユングヴィ王子が不快感を示している、とウップサーラ王国から発してくれた方が、外交上の効果もあるし、フレア姫の王宮、後宮生活にも支障が少ない。

「問題はそうなりますと、我が祖国であるウップサーラ王国とシャロワ・ジルベール双王国の間で国交を持つ必要がある、ということになりますが」

フレア姫がそう懸念事項を伝える。表向き、ウップサーラ王国の王や王子が双王国のルクレツィアに不快感を伝えるのだから、裏で「これはポーズだ。本心ではない」と伝えておく必要がある。それには、ウップサーラ王国とシャロワ・ジルベール双王国がしっかりとした形で国交を結んでおく必要がある。

ウップサーラ王国とシャロワ・ジルベール双王国の国交。その言葉に、善治郎と女王アウラは少し沈黙の時を過ごした。

「ゼンジロウ様？　アウラ陛下？」

その不自然な沈黙を見逃さなかったフレア姫の問いかけに、女王は一つ咳《せき》払いをして、

「あー、フレア殿下。ウップサーラ王国が双王国と正式に国交を結ぶのならば、事前に知っておくべきことがある」

「アウラ？」

言うの？　視線でそう問う夫に、女王は小さく肩をすくめると、

「ここまで来たら、隠しておく意味はあるまい。フレア殿下、無理だと思うが、可能な限り落ち着いて聞いてくれ。シャロワ・ジルベール双王国は、『白の帝国』の末裔《まつえい》だと判明した」

「…………は？」

余りに突飛な情報が頭の中で咀嚼《そしゃく》しきれなかったのか、フレア姫はものすごく遅れて、非常に間抜けな声を発するのだった。

その後、時間をかけて女王アウラと善治郎は、フレア姫に、シャロワ・ジルベール双王国と『白の帝国』の関係について、聞いた限りの説明をした。

善治郎は、ルクレツィアから聞いた話だけだが、女王アウラはブルーノ先王との秘密会談で聞いた情報も付け加える。

それらの話を聞き終えたフレア姫は、まだ完全には信じきれないのか、何度もその銀色の髪を揺らすように頭を振る。

「お二人がこのような場で虚言を吐かれるとは思っていませんが、正直完全に信じることは難しい話です。それが事実だとしたら、大変なことです。そう、本当に大変です」

そう言うフレア姫の顔色は、いつも以上に白い。『白の帝国』は、北大陸西部最大最強国家ズウォタ・ヴォルノシチ貴族制共和国が強烈に敵視している存在であり、『教会』の説法で「かつて大陸を支配していた暗黒国家」として語られる存在だ。

フレア姫が知る限り、それはあくまで伝説やおとぎ話の類にすぎず、実在を信じている人間には会ったことがない。しかも『白の帝国』は徹頭徹尾悪役として語られているので、北大陸の人間ならば、『白の帝国』の末裔と聞けば、反射的に『敵』と判断する可能性が高い。

「事実はどうであれ、私は一度国に戻って父に話をしなければいけません。おそらく、いえ間違いなくこっぴどく怒られることになりますが」

そう言うフレア姫の表情には、悲壮感が漂う半笑いが浮かんでいた。

フレア姫は、双王国から『凪の海』という魔道具を譲り受けている。それが実は『白の帝国』の『遺産』だという。

それが事実だとしたら、『凪の海』を『教会』勢力に見つかったら、もう言い訳の余地がないくらいに、ウップサーラ王国も『白の帝国』の末裔《まつえい》の一味と見なされること請け合いだ。

　知らなかったと言えばそれまでだが、『凪の海』をありがたく受け取ってしまったフレア姫が迂闊《うかつ》だったと言われれば、少なくとも全面的な否定は難しい。

「ウップサーラ王国と双王国が密なることは、基本的には歓迎すべきことだ。無論、我がカープァ王国を外されては困るがな。フレア殿下がこの話を、ウップサーラ王国のグスタフ王に伝えてくれるのならば、好都合だ」

「ちょっと話が大きすぎます。私を通しての又聞きで判断できる案件ではないと思われます。ですから双王国の、最低でも王から全権を預かった人間と、父か弟と直接対談できる状況を整える必要があるかと」

　第一王子であるエリク王子がすでに隣国に籍を移している今、第二王子であるユングヴィ王子が事実上の王太子として扱われている。つまり、最低でも現王か次期王が直接対応すべき案件だということだ。

　そして、遠く北大陸でも北に位置するウップサーラ王国の王や王子と、南大陸中部の双王国の人間が簡単に連絡を取る手段など、現状では一つしかない。そして不幸中の幸いというか、そのただ一つの手段を持つ人間は、機密情報を知る数少ない一人であった。

　必然的に、負担はそのただ一人の人間にのしかかる。

「ゼンジロウ」

「ゼンジロウ様」

「はい、了解。ウップサーラ王国への交渉役は俺が引き受けるから安心して。ただ、その場合それ以外の仕事は滞るから、そっちのフォローはお願いね」

善治郎は、降参するように両手を上げて、その状況を受け入れる。

『瞬間移動』は非常に便利な魔法だが、便利すぎてその使い手が都合よく使われすぎるのが問題だ。『瞬間移動』を習得してからの善治郎は、カープァ王国でも指折りの忙しい人間になってしまった。

「すまんな」

「お手数をおかけします」

小さく頭を下げる二人の妻に、善治郎はヒラヒラと手を振って、「気にするな」と答えた。

政治的な判断の絡む難しい話は、ひとまず終わった。

そこで、女王アウラとフレア姫はわざとらしく目配せをすると、意味深な笑みを浮かべながら、二人同時に立ち上がる。

「ええと、アウラ？　フレア？」

戸惑う善治郎をしり目に、間にあるテーブルを迂回《うかい》して、二人の妻は一人の夫の左右へとやってくる。

「アウラ陛下から教えていただきました。真面目な話をするときは向かい合って、砕けた話をするときは隣り合って。ですよね？　お隣に座ってもよろしいですか？」

「アウラ？」

フレア姫の言葉に、善治郎は逆側から近づくもう一人の妻に問いかける。

「まあ、そういうわけだ。隣に座ってもいいか？」

赤髪の女王はそう言って笑う。どうやら、二人の間では、とっくに話がついているらしい。となれば、善治郎が拒絶しても話しがややこくなるだけだ。

「どうぞ」

夫の許可を得て、二人の妻は夫の左右に腰を下ろす。右を向けばアウラの赤い長髪が、左を向けば、フレアの短い銀髪が視界一杯に広がる。

さすがに二人とも、わざと体を押し付けるほど下品な真似はしないが、座っている距離は十分に近い。匂いと体温が左右から感じられて、正直心臓によくない。

アウラと二人、隣り合って座るのは善治郎にとって最も幸福な時間だ。フレアと二人、隣り合って座るのも、十分に心躍る楽しい空間だ。

だが、アウラとフレアに左右に座られた現状は、ただひたすらプレッシャーしかないのはなぜだろう？

そんな善治郎の緊張感を見て取ったのだろう。右に座る女王アウラが拳一つ分だけ座り位置を横にずらし、善治郎から距離を取ると、左に座るフレア姫も、それに合わせて同じくらい善治郎から離れる。おかげで善治郎は、少し肩から力が抜けた。

女王アウラは小さく笑う。

「すまん、少しふざけ過ぎたようだな。ただ、今後もこういう席は増えることは間違いない。できるだけ慣れてもらいたい」

後宮《こうきゅう》で三人でくつろいだ会話を交わす。その機会が今後ないとすれば、確かにその方が問題だ。しかし、真面目な話は向かい合って、くつろいだ話は隣り合って、というのは善治郎とアウラが、一対一だから成立した条件なのではないだろうか？

「ええと、三人の場合も、そのルール続ける？　さらにもう一人加わったら俺、全員と隣り合って座ることも物理的に無理になるんだけど？」

「その場合は、誰か一人はゼンジロウ様の膝の上、でしょうか？」

「フレア!?」

血相を変える善治郎に、銀髪の妻はコロコロと笑う。

「冗談です。そういうのは二人きりの時、ですね」

「フレア」

「はい、ごめんなさい」

善治郎の声のトーンが下がったところでフレア姫は、殊勝な態度で謝る。

善治郎がため息をついている隙に、女王アウラとフレア姫は素早く目配せして意思の疎通を図る。

二人の妻が当初想定していた以上に、夫は今の状況にプレッシャーを感じているようだ。

「しかし、私たちはこうして後宮という同じ空間で生活を営んでいくのだ。常に密に情報を交換し、互いを思いやる必要があることは確かだろう」

女王アウラは話を元に戻すという建前で、善治郎を軽く困らせていたフレア姫の悪ふざけを流す。

「まあ、それは確かにね」

言っている内容は、至極もっともなので、善治郎も話に乗る。

「では、適当に近況について話し合おう。できるだけ率直にな。そうした会話の中で、細かな常識や価値観の差異が見つかるであろう」

女王アウラの言葉に、善治郎が答える。

「ああ、確かに俺とアウラの常識の違いも、生活している間にいろいろ見つかったよね」

「であろう？　ゼンジロウとフレアの常識、価値観の違いは日常的に露出して埋まっていくだろう。二日に一日は一緒に生活しているのだからな。問題は、私とフレアの常識、価値観の違いだ。この辺りをすり合わせたい」

「なるほど。それでは、少々ぶしつけな質問をしてもよろしいでしょうか？」

フレア姫の言葉に、善治郎と女王アウラは座り直し、姿勢を正す。

「なんだ？」

「なに？」

「この部屋にある不思議な品々について、教えていただきたいのですが」

そう言ってフレア姫が視線で示すのは、リビングルームのあちこちに置かれた『電化製品』の数々である。

「ああ、それは確かに」

「説明するべきだったね」

女王と王配は、顔を見合わせてそう言った。

その後、電化製品について、善治郎と女王アウラはどうにかフレア姫に説明し終えた。

もちろん、口頭の説明で全てを理解させることなど不可能に決まっている。しかし、最低限、これらの品々が善治郎が故郷から持ち込んだ私物であること、善治郎の故郷は『時空魔法』を使わなければならない遠方にあること、そこは南大陸とも北大陸とも異なる文明圏であることは、どうにか理解してもらえた。

「なるほど。確かに魔力は見えません。これが魔道具ではないとは、驚きです」

銀髪の姫君はしみじみとそう言いながら、とある電化製品の前でしゃがむ。

「フレア。感心してるふりしながら、冷蔵庫のドア開けっぱなしにして顔を突っ込まないでほしいんだけど」

冷蔵庫を全開にして冷気を顔に浴び、頭をなでられた飼い犬のように目を細めるフレア姫に、善治郎が苦笑交じりにそう言う。電気代がかかるわけではないのだが、開けっ放しになっているせいで、さっきから冷蔵庫の後ろでファンがうるさいぐらい回っているし、これ以上開けっ放しにされたら、収納している食材が温まってしまいそうだ。

「ほら、フレア」

「そこをどかぬか」

「いやー、もう少しー」

アウラが力づくでフレア姫を引きはがしている隙に、善治郎は冷蔵庫のドアを閉める。

どうにか落ち着かせて、話を再開しようとするアウラだったが、フレア姫はカリカリと絨毯《じゅうたん》をひっかき、なおも冷蔵庫ににじり寄ることをやめない。

「ええい、往生際が悪い」

「ちょっと、もうちょっとだけですから」

口調も態度もふざけているフレア姫だが、にじり寄る力の強さは、全く冗談ではない。これまでどうにか酷暑期の暑さに耐えてきたフレア姫だが、冷蔵庫の冷気を浴びてしまったことで、一時《いちどき》に忍耐と我慢が尽きたらしい。

体格も腕力もアウラが一回り勝っているので、引きはがすことはできるのだが、引きはがしても手を離した瞬間、また冷蔵庫に突撃するのでは、ただのいたちごっこである。

意外というべきか当然というべきか、根負けしたのは女王アウラだった。

「はあ、仕方があるまい。以後の話は場所を移すか」

そう言って女王が視線を向けるのは、寝室につながる扉だ。

「……いいの？」

少し驚いて問う夫に、女王は小さく肩をすくめる。

「今更であろう。この部屋のデンカセイヒンをすべて見せて説明までしたのだ。一つだけ隠す意味もあるまい」

「いや、そうじゃなくて……」

善治郎は困ったように頭を掻《か》く。

女王アウラは、寝室にあるエアコンについて「いいの？」と聞かれたのだと思ったようだが、善治郎としてはフレア姫を寝室に入れること自体を「いいの？」と聞いたつもりだった。

寝室は夫婦の最もプライベートな空間だ。夫妻のベッドがある寝室に、夫が関係を持っているもう一人の女――たとえそれが公式のもう一人の妻だとしても――を招き入れるというのは、なんともアンモラルで背徳感の漂う行為であると善治郎は感じる。

とはいえ、この酷暑期の昼間、長期間過ごすのならば、エアコンのある寝室が一番であることは確かだ。実際、善治郎も女王アウラも、酷暑期に後宮《こうきゅう》で食事をとるときは、寝室を使っているので、寝室にもベッドだけでなく椅子とテーブルもある。

「……まあ、いいのかな。フレア、それじゃ場所を移そう。大丈夫、冷蔵庫の前と同じくらいには涼しいから」

そう言って、善治郎はリビングルームから寝室へと続くドアを開けた。

エアコンの効いた寝室は、別世界だった。

エアコンの冷気を逃がさないため、酷暑期は空気の入れ変え時以外は常時厚い木戸をしっかりと閉めているため、LEDスタンドライトで明かりを灯《とも》す。ここだけ季節は酷暑期ではなく活動期であり、昼ではなく夜のようだ。

そんな寝室に初めて招かれたフレア姫は、まるで肺の奥まで涼しい空気を送り込もうとするように、何度も深呼吸を繰り返している。

「ゼンジロウ様。椅子をお持ちしました」

「ああ、ありがとう。そっちに置いておいて」

そうしている間に、後宮《こうきゅう》侍女が椅子を一脚寝室へ運ぶ。

元々、寝室には善治郎用とアウラ用の二脚しかなかったのだ。追加で一脚加えたことで、三人が椅子に腰掛けることができる。

寝室の椅子はカープァ王国では一般的な、木と蔦《つた》を組んで作られたものだ。当然、リビングルームで腰を下ろしていたソファーよりも座り心地はよくないのだが、善治郎にとってはこちらの方が数倍居心地がよい。

その理由の九割は、エアコンの冷気によるものだが、残りの一割は二人の妻と隣り合って座らなくてよい環境によるものだ。たとえどちらも妻だといっても、善治郎のような小心者にとって、女の間に挟まれるというのは、あまり居心地のよいものではない。

「ふわああ………」

椅子に腰を下ろしたフレア姫は、恍惚《こうこつ》とした表情を浮かべる。

フレア姫の住む後宮別棟も、霧を発生させる魔道具である程度涼しくはなっているが、さすがにエアコンの利いているこの寝室とは比べ物にならない。久しぶりに「暑くない空間」に身を置くことができたフレア姫が、その心地よさに溶けてしまうのも、まあ理解できることではあった。

「……私、ここの子になります」

「駄目に決まっているだろう」

駄々っ子のようなことを言うフレア姫に、女王アウラがあきれた表情でたしなめる。ここは、善治郎とアウラの寝室である。本来フレア姫がいてよい空間ではない。

ともあれ、この涼しい空間ならば、三人ともリラックスして会話に集中できる。

「私、ホットワインが好きだったんですけど、南大陸では飲む機会がないと思っていました。でも、この部屋だったらおいしく飲めそうです」

それは、真夏にあえてエアコンがギンギンに効いた部屋で、鍋物を食べるような贅沢《ぜいたく》だ。あるいは真冬にコタツに入りながら、アイスクリームを食べるような。

エアコン初心者にして、早速上級者の楽しみ方を考えるフレア姫を、善治郎は内心「侮れない」と感心していた。

一方、南大陸で生まれ育った女王アウラには、わざわざ酒を熱して飲むというのが今一魅力的に感じられない。

「むう、私はそれよりも冷やした酒に氷を浮かべて飲むのが好みだな。ゼンジロウからもらったブランデーは美味であった」

「あれは、特に高いやつだから。俺用に持ってきたウイスキーの十倍くらいするんだよ」

「ブランデーにウイスキーですか。ゼンジロウ様の故郷にもあるのですね」

北大陸には、すでにブランデーやウィスキーのような蒸留酒が存在している。ただし、できてからまだ百年もたっていない、比較的新しい酒類らしい。そのため、まだ試行錯誤が続いており、一部には出来の良い物もあるが、粗悪品も多く出回っている。

「私はやっぱり、ワインですね。蜂蜜酒も好きなんですけれど、あれはあまり量を作っていないので、特別な時しか飲めませんし」

「ああ、結婚式で出たあれか。あれは不思議なお酒だったな。美味しくないわけじゃないんだけと、鼻と目が騙《だま》されるというか」

善治郎がそう言うのも無理はない。ウップサーラ王国で愛飲されている蜂蜜酒は、色は濃い黄色で強い蜂蜜の香りを漂わせているのに、味は別段甘くないのだ。

決して悪い味ではないのだが、見た目と匂いで甘い蜂蜜を期待させられてしまうので、舌が裏切られて、「美味しい」より「これは違う」、という感想が先に出てしまう。

「酒は味はもちろん、香りと見た目も大事だからな。見た目と言えば、ゼンジロウが持ってきたあの酒も興味深かったな」

アウラの言葉に、善治郎はポンと手を打つ。

「ああ、ポモージエ侯爵からもらった金粉入りのやつね。確かにあれはちょっと面白いよね。香草の臭いと味がちょっと癖あるけど」

善治郎にとってその金粉入りの酒は、たまに飲みたくなるが、常飲する類のものではなかった。

「あれ本当に希少なんですよ。北大陸なら接待に出したらそれだけで話のネタになるくらいには」

「ああ、グスタフ陛下もそんなことを言っていたね」

善治郎は、ウップサーラ王宮でグスタフ王に振る舞ったときにも、同じようなことを言われたことを思い出す。

「ゼンジロウ様は、お父様と二人きりで話しているんですよね。あの、お父様は私についてなにか言っていました？」

父と夫の会話が気にならない妻はいない。恐る恐る聞いてくる二人目の妻の言葉に、善治郎はちょっと考えて首を横に振る。

「んー……ああ、いろいろ言われたけれど、ここでは言えないな」

善治郎とグスタフ王の秘密会談は、「ここで話し合う内容は他言無用《たごんむよう》」という前提での会談だったのだ。だから、そう言ったにすぎないのだが、ちょっと言い方とタイミングが悪すぎた。

「お父様から何を吹き込まれたのですか⁉」

当然ながらフレア姫は血相を変える。

そう聞かれて善治郎も、自分の発言がものすごく意味深に聞こえることを悟ったが、もう遅い。

「あっ、いや、そんな深い意味はなくて、ただあの場での会話は口外できないってだけで、本当、大したことは言ってないから」

このタイミングでは、言えば言うほど疑惑を深めるだけである。

「誤解ですから。私確かに小さい頃はおてんばでしたけど、今はかなり改善してますから！」

フレア姫の場合、父が自分の悪口を言った心当たりが多数あるからなおさらだ。

物心がついてから今日まで、フレア姫は間違っても模範的なお姫様ではなかった。両親に多大な心労を強いてきたという自覚はある。そんな自分の生き方に後悔はないが、その過去を夫に告げ口されることを受け入れられるかどうかは、全く別の問題だ。

「うん、ほんと大丈夫だから」

実際、あの場でグスタフ王はフレア姫について、特別悪口と言えるほどのことは言っていなかった。せいぜい「本当にあの娘と結婚したいのか？」と念を押された程度だ。

「はい……」

一応引き下がったフレア姫だが、その目つきは絶対にまだ誤解したままだ。大した眼力を有してない善治郎でもそれは分かる。とはいえ、ここでこの話を続けても泥沼になることを理解した善治郎は、強引に話を切り替える。

「ところで、フレアは蒸気風呂《サウナ》をよく使うけど、やっぱりお湯のお風呂よりも好み？」

かなり無理のある話題転換に、不満げな表情を隠さないフレア姫であったが、話題転換には乗る。

「そうですね。お湯を張ったお風呂も嫌いではないのですが、やっぱり慣れている蒸気風呂の方が私は好ましいです。特に今は暑いですからね。真っ先に水風呂に飛び込んで、体を芯まで冷やして、蒸気風呂で体を温めるのが、気持ちいいです」

フレア姫の提案で、蒸気風呂用の水風呂は、常に水を流しっぱなしにすることで、より一層冷たい状態を維持できるようになっている。霧の魔道具だけでは我慢できない時など、昼間から水風呂で涼んでいるフレア姫である。

「でも、この部屋の居心地のよさはそれ以上ですね」

「駄目だからな」

露骨に何かを訴えるフレア姫の視線を受けても全く動じず、女王は切って捨てる。

外交的にも家庭的にも、フレア姫とは仲良くやっていきたいと考えている女王アウラだが、さすがに寝室を三人で共有するほど仲良くしたいとは思っていない。

それでも、フレア姫が酷暑期の暑さでダウンした場合には、このエアコンの効いた寝室を一時貸し出すくらいのことは考えているのだから、同じ男を夫とする妻としては、かなり懐の深い人間だろう。

「残念です」

フレア姫は小さく肩をすくめた。

そもそも、このように夫と正妻と側室の三人が、余人を交えず三人だけで話し合いの場を設けるというだけで、異常事態と言えるくらいに普通はあり得ない話だ。

女王アウラとフレア姫が、感情的な衝動に駆られず理性的な判断が勝る人間だからできることだが、それに甘えすぎると徐々に問題が出てくるかもしれない。事あるごとにそのように自分を戒める善治郎は、アウラとフレアからすると、少し真面目過ぎるように感じられる。

「蒸気風呂《サウナ》も嫌いじゃないけど、俺はやっぱりお湯の風呂の方がいいな。大陸間航行では、寝床の次ぐらいに、お風呂に入れないのが辛《つら》かった」

しみじみと言う善治郎に、フレア姫は苦笑する。

「今回の航海は、ものすごく恵まれていたのですよ。『真水化』の魔道具と『不動火球』の魔道具があったおかげで、頻繁にお湯で体をぬぐうことができたのですから。私はやっぱり寝床が辛いですね。あれは本当に閉口します」

航海王女フレア姫をもってしても、船の寝床はやはり辛いものだったらしい。

そこで善治郎は、船内で考えていたことを、今更ながら思い出す。

「それなら、ハンモックはどうかな？　こう、網とか布を吊るして、寝台にするんだ。確か、俺の世界で昔の航海で使われていた寝具らしいだけど」

大陸間航行の最中、何度も箱ベッドのヘリに頭をぶつけて目を覚ました時は、「絶対にハンモックを提案する」と考えていた善治郎だったが、いざ北大陸に到着して、以後自分は『瞬間移動』で行き来できるようになったとたん、すっかり忘れていた提案である。

喉元過ぎれば熱さを忘れる。我が身に降りかからない話には、動きが鈍るのは善治郎も例外ではなかった。

一方、フレア姫にとっては今後も他人事《ひとごと》ではない。カープァ王宮と後宮《こうきゅう》での立ち位置が定まれば、いずれまた航海に出たいと考えているフレア姫である。

「なるほど。中に吊ることで、船の揺れを吸収する。それに、体が中で固定されることで、箱ベッドのように頭や体をぶつける可能性も軽減できますね。網や布、それに固定する場所の強度が心配ですが」

当たり前の話だが、使用中にハンモックが破損した場合、使用している人間は怪我《けが》をする恐れがある。頻繁に壊れるくらいならば、慣れている箱ベッドの方がまだましだ。

「いろいろと大変なものなのだな」

船については とんと疎《うと》い女王アウラは、そんな素朴な感想を漏らす。

「とりあえず、ワレンティアに『黄金の木の葉号』が到着したら、その辺りを試してみる？」

善治郎としてはごく当然、順当な流れのつもりでそう言ったのだが、フレア姫の反応は予想と全く異なるものだった。

「それは……まあ、最初は確かにそれでもいいかもしれません、ね」

「何か問題ある？」

苦いものを含んだフレア姫の言葉に、善治郎はちょっと心配そうに問いかける。

フレア姫としても、隠しておくことではないため、素直に答える。

「『黄金の木の葉号』はあくまでウップサーラ王国の船なのです。私はゼンジロウ様の元へと嫁ぎ、カープァ王国の人間になりましたから」

「あ、そうか」

言われてみれば当然の話である。四本マストの大型船である『黄金の木の葉号』は、ウップサーラ王国の国有で、フレア姫の私物ではない。

「大切な第一王女の結婚なのだ。船の一隻《せき》ぐらい、嫁入り道具として船員ごとつけてくれもいいだろうに」

分かっていて無茶を言う女王アウラに、フレア姫はその氷碧色《ひょうへきいろ》の双眼を不服そうに細めて言う。

「無茶をおっしゃらないでください。カープァ王国と違ってウップサーラ王国は貧乏なんですよ。『黄金の木の葉号』は自由に動かせる唯一の大陸間航行船なんですから」

ウップサーラ王国には一応もう一隻、『死せる戦士の爪号』という四本マストの大型船が存在するが、こちらは国の旗艦《きかん》、王のお座敷船である。おいそれと外に出せるものではない。ウップサーラ王国が大陸間航行に本格参戦しようとしている今、『黄金の木の葉号』がウップサーラ王国にとってどれほど貴重な存在であるかは、言うまでもあるまい。

「そうか。あれ？　でも、フレアは今後も航海に出たいんだよね？　その場合、船と船員はどうするの？」

善治郎が口にする当然の疑問に、フレア姫は待っていましたとばかりに勢い込んで、

「はい。ですから、」

と言ったところで、体ごと視線を女王アウラの方へと向けると、

「船、ください」

菓子をねだる子供のように、率直におねだりした。

「ふむ？　それはむしろフレア殿下次第であろう。我が国には大陸間航行船を作る技術はない。その技術を持った人間の大半は、『黄金の木の葉号』でこちらに向かっている最中だ。そこで造られる船のうち、半数は技術料として、ウップサーラ王国に贈与することになっている。そこから一隻、融通してもらったらどうだ？」

すっとぼけてそう言う女王アウラに、フレア姫は怒りを隠さず抗議する。

「先ほど言ったでしょう。私はすでにカープァ王国の人間なのです。私にお父様――グス

タフ王が大切な船を譲ってくれるはずはありません。私自身、そんな筋違いのおねだりをするつもりはありません」

「まあ、筋を間違えないようにしていることは、評価するが」

そう言って女王アウラは、意味ありげに視線を善治郎に向ける。

「…………」

善治郎は我関せずをアピールするように、意識的に視線をそらして苦笑する。女王アウラもあえて説明しない。下手に説明をすると、フレア姫の気遣いが無意味になる恐れがあるからだ。

フレア姫がアウラに「船をください」というのは、冗談でも本気の交渉でもさほど問題はないのだが、間に善治郎を挟むと途端に問題はややこしくなる。大陸間航行船ほどの、金額的にも影響力的にも強大なものをねだる側室と、ねだられる正妻の間に、夫である善治郎が挟まれば、どちらについても軋轢《あつれき》が生じる。

善治郎が口出しをしないことを確認したところで、女王アウラは少し本気で交渉に入る。

「まあ、実際フレア殿下にとっては船が大切な存在であることは理解できる。だから、今後ワレンティアで作られる大陸間航行船を一隻《せき》譲ることもやぶさかではない」

「本当ですか⁉」

椅子から尻を浮かせ、両手をテーブルについて思い切り身を乗り出すフレア姫に、女王アウラは冷静な声で答える。

「本当だ。ただし、こちらが用意できるのは、船だけだぞ。それに先約もあるので、どんなに早くても三隻目だ。それに、船員に関してはそちらで用意してもらう。正直なところ、海に関する人材については、こちらが頼りたいくらいなのだ」

一応、カープァ王国とウップサーラ王国の間で一定の人材の融通や、教導員の派遣などの話し合いは行われているが、当然その数には限りがある。女王アウラの方から、フレア姫に人材を回してやる余裕はない。

「人材ですか。私の個人的な伝手《つて》は『黄金の木の葉号』の船員たちくらいしかありません。ですが、船乗りというのは横のつながりの強固な人種ですからね。彼らに聞けば、心当たりはあるかもしれません」

『黄金の木の葉号』の人材を引き抜くのは難しいが、『黄金の木の葉号』の船員に人材を紹介してもらうことは可能。悪くない話だが、疑問もある提案だ。

「あえて『黄金の木の葉号』の船員に紹介してもらう必要があるの？　それなら、グスタフ王とかウップサーラ王国の海軍のお偉いさんに頼む方がよさそうに思えるけど」

善治郎の問いに、フレア姫が答えるより早く、女王アウラが口をはさむ。

「それは違うな。そちらのラインでの人材は、国と国とのやり取りでおこなわれる。フレア殿下の提案はその外の話だろう？」

女王アウラの言葉に、フレア姫は首肯《しゅこう》する。

「はい、その通りです。私が狙うのは、ウップサーラ王国の船乗りに限りません。諸外国の、それも国籍を持たないか、持っていても国への帰属意識が希薄な船乗りです。特に、狙い目は、船を失った熟練の船乗りですね。船長クラスがいるといいのですが」

フレア姫の説明は、合理的だが少々黒いものだった。

一般的に大陸間航行をはじめとする長期航行船の船乗りというのは、船と人生を共にすることが大半だ。船が沈めば、自分も沈む。だが、一部の例外として、船は沈んでも船員は助かるというケースも存在する。

沈没した船の近くを、他の船が通りかかった場合。脱出用ボートでたどり着けるくらいの沖合で沈没した場合。そして、そもそも停泊している港で船が沈没した場合。

そうした場合、「命が助かっただけ幸い」とも言い切れない。船が沈没するということは、航海が失敗したことを意味するし、貿易品を全て失ったということでもある。

船も積み荷も全て自己資金で用意している船長ならば、まだ傷は浅いが、そういう恵まれた船長というのは極めてまれだ。大概は、船は借金をして購入したものであったり、積み荷は商社から預かった品であったりする。

船が沈没すれば船はなくなり、積み荷もなくなり、借金だけが残る。

「そうした技術があって、経験があって、船がなくて、借金がある元船長もしくは幹部船員が、数は少ないですが必ずいるはずなんですよ。あいにくと言っては何ですが、ウップサーラ王国は大陸間航行を始めたばかりなので、当然失敗した人間もいません。狙うならば、他国の港。それも大陸間航行を主導している北大陸南方諸国か、ズウォタ・ヴォルノシチ貴族制共和国の港がねらい目ですね」

船乗り、特に国と国の間を行き来するような長期航海を前提とした船乗りというのは、国境という壁の意識が薄い人間が多い。誘えば、他国の船でも気にせず話に乗ってくる者はいるだろう。さすがに行く先が南大陸と言えば、二の足を踏む者も多いだろうが、受け入れる者もいるはずだ、と言う。

「それ、本当に大丈夫なの？　中にはただの不運で船を沈めちゃった人もいるだろうけど、純粋に腕が悪い人もいそうなんだけど」

善治郎としては、前者は問題ないが後者をスカウトしてしまっては困る、という意味で言ったのだが、そこは根本的に価値観がかみ合わない。

「そうですね。腕が悪いのならば改善の見込みもありますけれど、運の悪い船長は正直忌避感があります。ですけれど、こちらもあまりえり好みできる立場ではありませんから」

「え？」

「え？」

言ってから、お互い似ているようで正反対の懸念をしていることに気づいた善治郎とフレア姫は、顔を見合わせる。

「ええと、運が悪い人の方がまずいの？　本人の能力以外での失敗だから、スカウトするならそっちだと思ったんだけど」

「運の悪さを克服する方法ってないじゃないですか。それなら、多少腕が悪い方がまだ改善の余地があると思うんですけど」

これは、単純に運というものをどの程度信用しているかの違いだ。

善治郎は、運の個人差というものを根本的に信用していない。もちろん、人生を通して恐ろしく運がよかった人間も、悪かった人間も「結果として」いたことは理解しているが、それはあくまで結果だと思っている。

一方フレア姫は、運の個人差はあると思っている。運の良い人と悪い人がいて、それは力が強い人とか、頭の良い人のように、そう簡単には変わらないその人の能力だと思っている。

だから、善治郎は、運悪く船を沈めてしまった人間を厭《いと》わない。それは本人の責任ではないからだ。昨日まで運が悪かったとしても、今日から運が悪いかどうかは、他の人間と同じ条件のスタートだと思っている。

だから、フレア姫は、運悪く船を沈めてしまった人を厭う。それは改善の方法が見つからない本人の資質によるものだと考えるからだ。

しばらく話し合うことで、お互いの思考の違いを知った二人だが、反応もまた二人で違う。

「ああ、そうか。確かに、そういう考え方もあるか。なるほど、これが意識していない価値観の違いか」

と簡単にフレア姫の考えを理解できた善治郎に対し、

「ええと、運を無視するのですか？　さすがにそれは……」

フレア姫は善治郎の考え方に忌避感を示す。いや、忌避感というよりも根本的にあり得ないことを言われたという反応だ。

フレア姫は、理性的な判断力を有する人間だが、やはり帆船時代の船乗りなのだ。どうしてもゲンを担ぐ部分はある。それも無理はあるまい。

大海原という大自然に対して、木造の帆船はあまりにぜい弱だ。北大陸の最新鋭船である四本マストの大型船『黄金の木の葉号』でも、そこまで大きな差はない。その大海原という強大すぎる障害に対し、人ができることはあまりに少ない。ならば、多少の技量の差よりも運の方が大事だということだ。

運の個人差が本当に存在する前提ならば、フレア姫の意見が正しい。そして、フレア姫は運というものが存在すると考えている。だから、善治郎の意見が全く理解できない。

「ええと、無視するというか、それはゲン担ぎ以上の意味はないと思っているというか」

この件について、フレア姫の理解を得ることは難しそうだ。それを察した善治郎は、ひとまずこの場では、フレア姫に譲る。

「まあ、フレアの船の船員なんだから、フレアの価値観で選ぶべきなんじゃないかな」

運というものを信じていない善治郎でも、ゲンを担ぐ大切さは理解している。運を信じている船員たちの士気に影響するからだ。

「はい。問題は、船員を雇う予算なのですが……」

そう言ってフレア姫は視線を女王アウラに向ける。その認識は正しい。カープァ王家を一つの家族とみる場合、一家の大黒柱も、その財布を握っているのも全て女王アウラだ。

女王はわざとらしく小さく肩をすくめると、

「その辺りは、アルカト公爵の年間予算内で賄《まかな》うべきだろうな。アルカトの発展とどちらを優先すべきか、よく考えることだ」

そう冷静に切って捨てる。

フレア姫は思い切り口をとがらせ、文句を言う。

「もー。別途支給してくださってもいいじゃないですか。絶対国にとって役に立ちますよ、私の船」

フレア姫は善治郎の側室となり、フレア・アルカト・カープァとなった。カープァ王家の一員であると同時に、アルカト公爵となったのだ。

アルカトはカープァ王国のとある湾岸の地名である。フレア姫は、善治郎の側室となった段階で、アルカト公爵の称号と共に、領主という地位も得た。

現時点ではただの無人の湾岸地だが、良港になりうるポテンシャルがあるし、カープァ王国（実質女王アウラ）から開発許可はもちろん、資金、人的支援も取り付けている。

フレア姫の狙いは、アルカトの国際港化だ。ちなみに、資金提供者である女王アウラは、アルカトの北に存在する伝統ある港町ワレンティアこそを国際港化しようとしており、アルカトは巨大な造船ドックにしてしまいたいと企んでいる。

カープァ王国女王にしてワレンティア公爵である女王アウラと、元ウップサーラ王国王女であり現カープァ王族にしてアルカト公爵であるフレア姫とでは、大筋における利害の調整は可能でも当然細部でぶつかり合う。

今はあえて冗談として言葉をぶつけ合っているのだが、同じようにこの二人が公式で取り引きをすれば、国家予算のパーセントが変動するのだから、はたから見ると豪快な話でもある。

「悪いがこちらの予算も、そこまで潤沢ではないのでな。絞れるところは絞らせてもらう」

「はい、それ嘘《うそ》ですよね。アウラ陛下の個人裁量で動かせる金額だけで、ウップサーラ王国の国家予算数年分あるじゃないですか。ここだけの話、アルカト公爵の年間予算だけでも、ウップサーラ王国の海軍予算を遥《はる》かに超えてるんですよ」

元からある程度察していたフレア姫だが、善治郎の側室となり、具体的な数字を見ることができるようになって、思い知らされた事実である。もちろん、アウラはアウラで予算には常に悩んでいるのだが、フレア姫に言わせれば、それは贅沢《ぜいたく》な悩みだ。

「ああ、国力の違いかあ」

嘆くフレア姫を見ながら、善治郎は漠然とだが納得していた。あやふやな知識だが、善治郎の生まれ育った地球でも、世界で指折りの金持ちが、中小国の国家予算より大きな富を私有しているというのは、特に珍しい話ではなかったはずだ。

ましてカープァ王国は、法律による国と王家と王の区分があいまいなのだ。アウラが個人的に動かせる金が、中小国家の国家予算を超えることは普通にあり得ることだった。

納得しつつも善治郎は首を傾《かし》げる。

「あれ？　でもカープァ王国の財政状況って、今あんまり良くなかった覚えがあるんだけど？」

なんだかんだで、ある程度財政に関する書類にも目を通している善治郎である。その数値から判断するに、カープァ王国の財政状況は、先の大戦のダメージが完全に抜けきったとは言えない状況に見えた。戦争により、成人男性の人口が減ってしまった穴は、簡単には埋まらない。

それは女王アウラも認めるところである。

「まあ、それはそうだな。海上貿易や鉱山などの収益は戦前まで戻っているし、陸上貿易もかなり戻ってきているが、肝心かなめの農業は人手不足のままだからな。農村の人口減は簡単には戻らん」

だから、女王アウラは可能な限り孤児を保護し、父親を亡くした家を優遇した。子供たちさえ十分な人数がいれば、五年後、十年後には労働人口の回復が見込めるからだ。だが、それは近い将来の話であり、現在の話ではない。むしろ、孤児の保護に予算を費やす分、国庫の負担になっている。

「ああ、そうですか……あれでもまだ復興の途中ですか。それはようございました」

その話にすっかりいじけてしまったフレア姫である。カープァ王国とウップサーラ王国の国力差を思い知らされたのだ。こればかりは仕方がない。

カープァ王国とウップサーラ王国では、国土面積、総人口、食糧生産能力、その全てが違う。正確に言えば、豊かな土壌資源と水資源に恵まれたため食糧生産量が増えて、その分人口が増えるという好循環で回ったのがカープァ王国で、痩せた土地柄と厳しい気候にさらされたせいで食料生産量が少なく、その分人口増加がすぐに天井を打ってしまい、悪循環から抜け出せなかったウップサーラ王国の違いである。

「フレア。グスタフ王の進めている無寄港大陸間貿易が上手くいけば、ウップサーラ王国もお金持ちになるよ」

善治郎がそう言って慰めるが、

「その時は、こっちの大陸間貿易もうまくいっているということだから、カープァ王国との差は縮まることはないだろうがな」

女王アウラはそう言って胸を張る。

「ううう……」

おもちゃを取られた子犬のように上目遣いでうなり声をあげるフレア姫の背中を、隣に座る女王アウラは苦笑しながらポンポンと叩《たた》く。

「気持ちは分かるし、すぐに切り替えろとは言わぬが、今の其方《そなた》はウップサーラ王国の姫ではなく、カープァ王族の王族なのだぞ。あまりウップサーラ寄りの発言ばかりするでない」

「ああ、そうですね。すみません」

フレア姫に素直に反省するが、実際これは非常に難しい問題だ。

現代でも、国際結婚をして国籍が変わった人間でも、オリンピックやサッカーのワールドカップなどを見る時は、今の国籍ではなく元の国籍の国を応援している人間が多いらしい。

程度は違うが、大人になって、生まれ育った県と違う県で生活していると、同種の感覚を覚えるかもしれない。地方に住んでいたのは高校までで、大学も就職先も東京で、そこで結婚して子供がいるような歳になっても、高校野球を見る時応援するのは東京ではなく、高校まで過ごした地方の高校代表を応援してしまう。そんな人間は多いのではないだろうか。

一庶民ならば「人間そんなものだ」と割り切ってもいいが、国政を司《つかさど》り国の財政を一定数自由に差配できる王族の場合、それは許されない。

最低でも、「カープァ王国の王族という立場から、ウップサーラ王国を多少贔屓《ひいき》にする」程度の判断が、常にできなければならない。

「酷なようだが、フレアの場合、身近な人間にもその辺りの心情はこぼさないでもらいたい」

言葉通り酷なことを告げる女王アウラだが、その言葉に偽りはない。

現在のフレア姫にとって一番身近な存在は、言うまでもなくウップサーラ王国から連れてきた後宮《こうきゅう》侍女たちだ。そんな故郷を同じくする侍女たちとの内輪の会話で、フレア姫がウップサーラ王国の姫であるような言動を続けたら、悪い意味でフレア姫とウップサーラ王国出身侍女だけで結束してしまう。

その辺りは、十分心得ているフレア姫である。

「あー、そうですね。でも、アウラ陛下やゼンジロウ様に対してなら、逆に大丈夫ですよね？　こういう場所ではちょっと、気を抜かせてください」

それは、フレア姫からの信頼の証《あかし》ともいえる言葉だった。その言葉を受けて、女王も小さく口元を綻《ほころ》ばせる。

「ああ、私、ゼンジロウ、後はスカジ殿。この辺りしかいない時は、好きにするとよい」

女王アウラと善治郎は、フレア姫の本音を知っていたほうがいいし、スカジはフレア姫に近すぎる。スカジが相手のときまで自分の本音を明かせないとなれば、さしものフレア姫も精神が摩耗する。

「ありがとうございます」

プライベートにおける自分の言動すら制限がつくことを、当たり前のように話す生粋《きっすい》の王族二人に、善治郎は圧倒されるばかりだ。

「凄《すご》いな、王族の国際結婚。俺は、かなり軽く考えてた」

自分とは覚悟が違う。感嘆の声を漏らす善治郎に、フレア姫は小さく笑う。

「ウップサーラ王国のような、血統魔法を持たない国では、王族は国際結婚の方が多いのですよ。中には、グラーツ王国のように血統魔法を有しているのに、気にせず王族の婚姻外交を繰り広げている国もあるくらいです」

おかげで北大陸諸国の王族には、グラーツ王国の血統魔法である『拡大魔法』の使い手がチラホラ存在するらしい。

「ですから、私たち女性王族は、物心がついた時点で、いずれ他国に嫁ぐ未来を想定した教育を施されます。男性王族は、基本的には自国にとどまりますね。エリク兄様のような例外もありますけど」

だから、他国の王族となることに対する耐性がある。それは、良い面もあるし悪い面もある。良い面としては、今の会話にあったように、覚悟がある分他国の王族として振る舞うことへの耐性があること。悪い面としては、ウップサーラ王国の教育係がよほどのお人好しでない限り、その教育には「根底はウップサーラ王国に帰属意識を根付かせる」処置が施されていることだ。

その辺り、善治郎はともかく、女王アウラはとっくに気づいている。フレア姫の理性と誠実さには一定の信頼は置けるが、完全に信じ切るわけにはいかない。

「ふむ。血統魔法の流出阻止に力を入れる南大陸とは、随分と趣旨が違うのだな。となると、ウップサーラ王国の王宮も、他国人を受け入れやすい土壌があると思ってよいのかな？」

顎に手をやりながらそう確認する女王アウラに、フレア姫は意図して少し困った表情を浮かべてから、首を横に振る。

「一般的な意味ならばその通りですと答えるのですが、アウラ陛下がお聞きしたい意味におきましては、残念ながら否、と言わざるを得ません。他国の王族との婚姻が盛んとはいっても、それは同一文化圏に限ります。ウップサーラ王国ならば、北大陸の精霊信仰国家である北方五か国——ウトガルズはさらに別枠ですけれど——内部でしか基本的に婚姻外交は行われていません。

『教会』勢力圏の国家もそれは同様で、『教会』勢力圏の中で婚姻外交を行っています。もちろん、先ほども申し上げた通り、どことでも婚姻外交を繰り広げるグラーツ王国や、北方五か国の一角でありながら、国民の二割ほどが教会の信徒であるオフス王国など、例外はありますけれど。

いずれにせよ、南大陸にあるカープァ王国は、別な文化圏ですから、『受け入れやすい』とは言えないでしょう。アウラ陛下が、お聞きしたかったのはそういう意味でしょう？」

最後にそう確認を取る銀髪の姫君に、赤髪の女王は小さく首を縦に振ることで、肯定の意を示した。女王アウラが聞きたかったのはまさにその通りである。

カープァ王国の人間が嫁いで、受け入れられる土壌がウップサーラ王国にあるのか？

アウラが気にするのはその一点だ。そこが否と言われる以上、北方五か国内部では、国際結婚が頻繁だと言われても、あまり意味はない。

「あ、ひょっとしてユングヴィ王子の話？」

さすがにピンときた善治郎が、そう口をはさむ。

フレア姫の双子の弟であり、ウップサーラ王国の次期国王の最有力候補であるユングヴィ王子が、カープァ王国から側室を取りたいと希望していることは、噂《うわさ》として流れてきている。

無論、ウップサーラ王国の外交官が意図的に流している噂だ。噂という形で、まず情報をカープァ王宮に流し、反応を見ているのだ。

当然その噂は、女王アウラの耳にも善治郎の耳にも届いていた。

「そうだ。カープァ王家としては悪くない話だからな。ただし、我が国からウップサーラ王国に嫁ぐ娘の心身の安全が保障されることが大前提だが」

女王アウラはそう言って、問いかけるようにその赤に近い茶色の双眼を、フレア姫へと向ける。

フレア姫は、小さく息を吸うと、

「……苦労することは間違いないでしょうね。肌の色、髪の色、瞳の色。あらゆる意味で、ウップサーラ王国では南大陸の人間は目立ちます。そして、ゼンジロウ様もご存じの通り、北大陸は南大陸を下に見る風潮がございますから」

はっきりとそう言い切った。

共和国とウップサーラ王国。北大陸の二国に滞在した経験のある善治郎には、多少は思い当たる節がある。

善治郎の場合、北大陸の王族であるフレア姫の保証があったため、どこでも王族としてもてなされた。それでもごく少数だが、態度や言葉の端々に、こちらを下に見る意識を感じさせる者がいた。

エリク王子のような、「優れた戦士であるか否か」という明確な価値観に基づく、分かりやすい見下し方ではない。何の理由もなく、だが常識の一つとして染みついているレベルで、北大陸は南大陸よりも上の存在だと認識している、そんな輩《やから》だ。

「ああ、ほんのりと上から目線の人は結構いたね。公式に王族として認められていた俺が短期間滞在しただけでもそう感じたんだから、高位貴族の娘さんが向こうで生涯を過ごすとなると、結構な軋轢《あつれき》はあるかも」

感性の根っこが一般的な現代人である善治郎からしてみれば、かなり心配な話である。政略結婚の大切さを頭では理解しているが、嫁入り、婿《むこ》入りする人間にかかる心身の負担は無視できない。

少々意外だが、女王アウラもその辺りは同感である。感情的に認められない善治郎と、経験則から折り合いの付かない政略結婚を強行しても、害の方が大きいことを理解している女王アウラという違いはあるが。

「ふむ。となると、慎重に事を進めなければならぬな。ゼンジロウから一通りは聞いているが、せっかくだからフレア殿下からもお聞かせ願おうか。ユングヴィ殿下の人となりを」

そう尋ねられたフレア姫は、しばし沈黙を保った。

「…………そうですね。あくまで身内の欲目が加わっている前提ですが、私はユングヴィを、信用してもいい人間だと思っています。王族としては少々変わり者であることも事実ですが」

「変わり者、フレア殿下のような？」

「方向性は違いますが、まあ同じくらいには」

「それは、無条件で信用するのは危険だな」

「ひどくないですか⁉」

傷ついた表情で抗議するフレア姫だが、内心同感な善治郎は、沈黙を保つ。

一方女王アウラは、フレア姫の抗議をあしらう。

「妥当な評価だろう。そうなると、判断が難しいな。ユングヴィ殿下が、フレア殿下のように奔放だったら、怖くて側室は送り込めないぞ」

カープァ王国の女貴族がユングヴィ王子の側室となった場合、一番頼りになる味方は夫であるユングヴィ王子に他ならない。その王子が、フレア姫のように飛び回る人間だとすれば、側室の危険は一気に上昇する。

だが、そんな女王アウラの懸念は、フレア姫が一蹴する。

「あ、それは大丈夫です。ユングヴィは、そういう方向の変わり者ではありませんから。ユングヴィの興味はウップサーラ王国そのものに向いています。ウップサーラ王国で主導的な立場になること、ウップサーラ王国を強大にすること。それがユングヴィの望みです。ですから、カープァ王国から来る側室の存在が、ウップサーラ王国の国力増大の一助となる間は、誠実に彼女に対するでしょう」

人としては冷徹、王族としては誠実なことを言うフレア姫に、女王アウラは小首をかしげる。

「ん？　それのどこが変わり者なのだ？」

生粋《きっすい》の王族である女王アウラには、今の説明は変わり者ではなく、一般的な王族の反応としか思えない。

だが、その言葉に、フレア姫は少し困ったように眉をひそめた。

「ええと、確かに言葉にすればそうなんですけれど……どう説明すれば伝わるでしょうか？　……ユングヴィはちょっと限度を超えるのです。そもそも、北大陸の常識で考えれば、自ら南大陸の貴族の側室取りを希望することがすでに、常識から外れているのですよ」

「ふむ」

フレア姫の言葉に、女王アウラは、少し考えこんだ。

「つまり、度が過ぎる野心家、ということか？」

言いながら、女王アウラの脳裏に浮かぶのは自国の元帥《げんすい》である。ユングヴィ王子があれの同類だとすると、側室を嫁がせるとしても、厳選する必要がある。

「野心、というのとは少し違う気がしますね。もっと純真で、子供っぽくて、真っすぐな、だから厄介な衝動のような」

「ああ、なるほど。方向性は違うが、フレア殿下に似ているか。確かにな」

「……ひどくないですか？」

「妥当な評価だ」

意外と気安い正妻と側室のやり取りを、善治郎は苦笑しながら見守る。

「でも、そうなるとやっぱりこの話を進めるには、ユングヴィ殿下についてもっと詳しく知らないといけないよね。俺がウップサーラ王国に行く頻度を上げた方がいいかな？」

どの道、双王国と『白の帝国』の情報、大陸間貿易の締結、北大陸の情勢についての情報収集などのため、善治郎がウップサーラ王国へ定期的に足を運ぶことは、決まっている。

その際、意図的にユングヴィ王子との対談を増やせば、その人となりについてはある程度把握できるようになる。そんな善治郎の提案に、女王アウラは同意しつつも、別な案を提示する。

「そうしてもらえるとありがたいが、贅沢《ぜいたく》を言えば、私自身がユングヴィ殿下と直接相対してその人柄や能力を測りたいのだが」

「それなら、エリク殿下にやったみたいにユングヴィ殿下を一時的にこっちに飛ばす？　もちろん、向こうの許可が下りたらの話だけど」

善治郎の提案に、フレア姫がパンと手を鳴らす。

「それいいですね。ユングヴィならまず問題なく受け入れると思います。北大陸では国際結婚の際、受け入れる側の夫、妻が一時期的に相手側の国に滞在して、顔見せをすることは、比較的よくあることですし」

これは、王侯貴族の国際結婚が多く、国を超えた人の往来が比較的整備されている北大陸ならではの風習だ。

もっともそれは北大陸内部での話だし、王族、それも次期国王がそこまで婚姻先に配慮するのは、第一夫人に限ることが大半だ。そういう意味では、側室のために次期国王最有力候補であるユングヴィ王子が、南大陸のカープァ王国に短期とはいえ滞在するというのは、本来現実味がない。

だが、そこはフレア姫が太鼓判を押す変わり者のユングヴィ王子だ。実益さえ伴えば、常識や慣習は平気で蹴飛ばす類の人間らしい。

「アウラ？」

念のため尋ねる善治郎に、女王は小さく首肯《しゅこう》する。

「ああ、一度ユングヴィ殿下をこちらに『飛ばす』方向で話を進めてくれ。念のため、こちらは受け入れの準備をしておく」

「準備でしたら、ゲストルームに霧を発生させる魔道具は絶対に用意してください。ウップサーラ王国の人間が、こちらの酷暑期を凌《しの》ぐには必須です」

少し早口でそう提案するフレア姫の言葉に、女王アウラは小さく頷《うなず》く。

「承知した」

通常、魔道具はそんなに簡単に手に入るものではない。

フランチェスコ王子かボナ王女にビー玉を渡して作ってもらうしかないのだが、それについてはさすがにフレア姫の前では打ち明けられない。

フレア姫がカープァ王家の一員となったといっても、カープァ王家が開発中の最新技術と、シャロワ王家が長年秘匿《ひとく》し続けてきた『裏技』について、明かすわけにはいかない。

「間に合うかどうかはさすがに保証できぬが、手は回しておこう」

そう予防線を引きつつ、女王は内心で、最低一日はユングヴィ王子に、霧を発生させる魔道具なしの夜を過ごしてもらう算段を立てていた。

ウップサーラ王国の『冬』という季節は、カープァ王国の人間にとって理解不能なくらいに厳しい季節だという。方向性は真逆だが、それはウップサーラ王国の人間にとってのカープァ王国の酷暑期が、同じくらい過酷だというのならば、将来カープァ王国から側室を取るユングヴィ王子に、それを味わってもらうことは以後の説得の材料になりそうだ。

そもそも、輿入《こしい》れするフレア姫や、年単位でこちらに滞在する外交官と違って、ユングヴィ王子の場合、酷暑期を避けようと思えば招くのを活動期まで遅らせればよいだけなのだが、あえてその方法はとらない。

少々姑息なやり方だが、リスクの少ない手は打てるだけ打っておこう。女王はそう考えていた。

第五章　灰色猫の招待状

数日後。第三正装を纏《まと》った善治郎は、フレア姫の故国である、ウップサーラ王国にいた。

カープァ王国では酷暑期、ウップサーラ王国では夏である。あくまで善治郎の体感だが、カープァ王国の酷暑期が三十度台の後半から四十度越えなのに対し、ウップサーラ王国の夏は二十度台の前半から中盤ぐらいに感じられる。しかも今日は夏とはいっても、もう夏の終わりが近い次期だ。

さらに、王都ウップサーラがメーター湖という、琵琶湖《びわこ》も超える巨大な湖の湖岸都市であることも一因で、風向きによっては夏でも湖上からの涼しい風が都市を吹き抜けるため、涼しいを通り越しで、若干肌寒く感じるくらいだ。

「最初に来たのがここだったら、エアコンじゃなくて電気ストーブを持ってきたたな」

そんな独り言を漏らす善治郎が今いるのは、ウップサーラ王国からカープァ王国に貸し出されている王宮――『広輝宮《こうききゅう》』の別棟。今では公式にカープァ王国大使館と認められている建物である。

この扱いは、北大陸諸国に小さくない衝撃を与えていた。

当たり前と言えば当たり前だろう。ウップサーラ王国は、北大陸の諸国ともそれなりの外交を築いており、王都ウップサーラにはそれらの国々の大使館が存在する。それらの大使館はあくまで王都ウップサーラ内の建物にあり、広輝宮内ではない。

北大陸の国際社会では新参者としか言いようのないカープァ王国をそこまで特別扱いする理由は、大陸間貿易が半分、カープァ王国の血統魔法――もっとハッキリ言えば『瞬間移動』の存在が半分といったところか。

善治郎は、大使館の接客室で、賓客《ひんきゃく》を迎える準備をして待つ。数日前、書状を持たせた侍女を先ぶれとして飛ばしているので、話は通っている。こちらから「何日何時にお伺いします」という書状は出せても、「はい、お待ちしています」という返事を貰《もら》えないのが、『瞬間移動』での訪問の少し不便なところだ。

あちらからの了承の言葉をもらっていないのに押しかけるというのは、失礼な話なのだが、実際問題北大陸と南大陸を行き来する手段は、現状善治郎の『瞬間移動』しかないのだから、仕方がない。

ちなみに先ぶれとして飛ばした侍女は、フレア姫が連れてきたウップサーラ王国出身の侍女である。侍女にしてみれば、嬉《うれ》しい一時帰国だ。当然ながら、先ぶれに選ばれなかった同僚からは、親族に渡す手紙やウップサーラ王国で買ってくるお土産のリストが押し付けられているらしい。

やがて、善治郎が待つ応接室に二人の人間がやって来た。ウップサーラ王国国王グスタフ五世と、その息子であるユングヴィ第二王子である。

面会希望の書状は、国王と王子別々に出したのだが、二人一緒に会見する可能性も十分考慮の上だったので、特に動揺はない。

簡単な挨拶《あいさつ》を済ませて席に着いた後、善治郎から口を開く。

「ようこそお越しくださいました。お忙しいところ、お招きに応じていただき、ありがとうございます」

善治郎の言葉に、王と王子は笑顔で対応する。

「いや、娘婿《むすめむこ》といえば息子も同然。こうして顔を合わせることができるのは私にとっても幸いだ」

とグスタフ王が鷹揚《おうよう》に笑いながら言う。

「そうですよ。そもそも、ゼンジロウ義兄上《あにうえ》が何の理由もなく僕たちを呼びつけるはずないですからね。なにか、面白い話があるのでしょう」

とユングヴィ王子は、フレア姫と同じ氷碧色《ひょうへきいろ》の双眼を光らせる。

「さて、ご期待に添えますかどうか」

善治郎は苦笑するしかない。善治郎にはどうもこの義理の弟は、自分を過大評価している気がしてならない。

とはいえ、今日のところは、ユングヴィ王子の期待に添える話ができそうだ。

椅子の上で軽く姿勢を正して善治郎は口を開く。

「実は、先日カープァ王宮でフレア殿下の『お披露目』が無事終わりまして」

「おやおや、それは本当に？」

冗談めかしてそう問い返すのは、ユングヴィ王子だが、視線に懐疑の念を込めているのは、隣に座るグスタフ王も動揺だ。

どうやらフレア姫は、「無事終わらせる」という点に関して、親族に随分と信用されていないらしい。

「ええ、間違いなく。フレア殿下は、わきまえていられる方ですから」

その善治郎の言葉は間違いなく本心なのだが、それに対する王と王子の答えは非常に似通った疑念の視線だった。

「フレアがわきまえている？」

本気で首を傾《かし》げるグスタフ王の隣で、一転笑顔になったユングヴィ王子が小さく手を打つ。

「フレアは本当に幸せな結婚をしましたね。あのようなきっかけで結婚して、結婚式であのようなことをした妻を『わきまえている』と本心から言ってくださる夫など、南北大陸中探してもゼンジロウ義兄上《あにうえ》ぐらいでしょう」

ユングヴィ王子が指摘しているのは、フレア姫が歓迎会で女王アウラが隣にいる場で、善治郎に結婚式のパートナーに立候補したこと（事実上の結婚の申し込みだ）と、自分の結婚式で、剣を持って肉を切り分けたことだ。

南北どちらの大陸でも、基本的には非常識と切って捨てられる言動である。

「まあ、そうした事実があったことは確かですが、フレアは頭が良くて、自分の意志を明らかにしてくれるので、信頼できます」

それはフォローの言葉であるが、善治郎としてはまぎれもない本心でもあった。

フレア姫は良く言えば理性的、悪く言えば打算的な判断で、自分の言動を縛ることのできる人間だ。

公衆の面前で善治郎に事実上の結婚を申し込むという非常識なことを行ったのは、そうしなければ自分の望みがかなわなかったからだ。ならば、フレア姫が望む未来が常識的行動の先にあることを事前に説明できれば、フレア姫は常識的な行動しかとらない。

フレア・アルカト・カープァは、好んで乱を起こす人間ではないのだ。乱を恐れる人間でもないが。

善治郎としては、フレア姫のことは話のきっかけの意味しかなかったのだが、随分と脱線してしまった。

「その『お披露目』で、フレアの口からユングヴィ殿下のことも、洩れまして」

少々強引であることは自覚したうえで、善治郎はそう話を本筋へと戻す。

幸い、ウップサーラ王国の王と王子は、特に気分を害することもなく、その話題に乗ってくれた。

「ほう、フレアが僕のことをですか。不安になってきましたね。カープァ王国の皆さんに僕の実像は正しく伝わっているでしょうか」

「大丈夫ですよ。フレアと双子で、容姿も似ていると聞いた若い娘たちが、非常に強い興味を示しています」

「へえ？　それは嬉《うれ》しいですね」

その言葉通り、ユングヴィ王子は嬉しそうに笑いながら、ぐっと身を乗り出す。

笑顔は本物だが、喜んでいる理由が、単純に異国の少女たちに人気だから、ではないことはさほど観察眼のない善治郎でも見て取れる。

この場、このタイミングで、善治郎の口から「ユングヴィ王子に、カープァ王国の若い女たちが興味を示している」と伝えられる意味が分からないユングヴィ王子ではない。

目を輝かせるユングヴィ王子の期待に応えるべく、善治郎は言葉を続ける。

「いかがでしょう。お忙しいこととは思いますが、ユングヴィ殿下も一度カープァ王国にいらっしゃいませんか。来てくださったら光栄です」

　ユングヴィ王子が両国の関係強化のため、カープァ王国から側室を取りたいという『噂《うわさ》』をあえてカープァ王国に流した。

　その答えが、善治郎の今の言葉だ。

　カープァ王国では、ユングヴィ王子に興味を示している若い娘がいる。だからユングヴィ王子に、一度カープァ王国に来てほしい。翻訳すれば「カープァ王国はユングヴィ王子に側室を送ることに否はない。ただし、そのために一度本人がカープァ王国に顔を出せ」ぐらいの意味になるだろう。

　善治郎の口から色よい答えが聞けたユングヴィ王子は、その氷碧色《ひょうへきいろ》の双眼に喜色を浮かべて、張りのある声を発する。

「いいですね。お伺いしますよ。よろしいですよね、父上？」

　この場で是の返事を返しながら、最後にオマケのように隣に座る父王に確認を取る。

　息子の言葉に、グスタフ王は苦笑を隠さないまま、

「まあ、大陸間貿易の重要性を考えれば、其方《そなた》が一度カープァ王国を訪れておくというのは、有効な選択肢ではある。ただし、公務に穴をあけないよう、調整をしてからだ」

そう釘《くぎ》をさす。

「承知しました、父上。というわけで、ゼンジロウ義兄上《あにうえ》。その話、喜んでお受けします。正確な日時については後日。ゼンジロウ義兄上には、お手数をおかけしますが」

両国間を行き来する手段が、事実上善治郎の『瞬間移動』しかない現状、善治郎に頼るしかない。

「いいえ。構いません。ただ、私もあまり長期間こちらに滞在していることはできません。後日改めてお伺いすることになるかと思いますが」

「ああ、それで問題ないですす。そこまで焦る話でもありませんから。いやあ、楽しみだな。フレアほどじゃないけれど、僕もどちらかというと好奇心旺盛な方ですから、南大陸には興味津々だったんです。エリク兄上も、非常に有意義な時間を過ごした、と言っていたくらいですし」

ユングヴィ王子の言葉を受けて、善治郎は笑顔で答える。

「そう言っていただけると嬉《うれ》しいですね。エリク殿下は、走竜騎乗をことのほかお喜びのようでした。よろしければ、ユングヴィ殿下にもご用意しますが？」

「いいですねえ、お願いします。欲を言えば、僕は走竜よりも小飛竜に興味があるんですけど、そっちは見学できませんかね？」

「小飛竜ですか？」

予想外のことを言われた善治郎は、目を瞬《またた》かせる。

「ええ。聞けば小飛竜というのは、こちらでいう伝書鳩《でんしょばと》の役割を果たしているとか。大きさこそカラス程度らしいですけれど、肉食で飛行距離や速度も鳩より随分上のようです。非常に興味深い存在です」

キラキラでなく、目をギラギラさせるユングヴィ王子に、善治郎ははっきり釘を刺す。

「見たり触ったりするのは構いませんが、北大陸に持ち帰ることは許可できませんよ」

「……駄目ですか？」

「駄目です」

ガッカリされても駄目なものは駄目だ。

小飛竜も竜種である以上、気候も植生も異なる北大陸には棲息《せいそく》できないとは思うのだが、念のためはっきりと拒絶する。

走竜や鈍竜と違って小飛竜は、空を飛ぶ生き物だ。用途は伝書鳩のように書物を運ばせるという使い方からも、定期的に帰ってこない個体が存在する。

帰ってこない個体が、他の肉食獣に捕食されたり、何らかの事故で死んでいるのならばまだいいのだが、最悪なのはそのまま別の場所で生存、野生に戻ってしまうケースだ。善治郎としても、無駄に北大陸の生態系にダメージを与えたくはない。

ともあれ、これでユングヴィ王子のカープァ王国訪問は、本決まりになったと思ってよいだろう。それはつまり、カープァ王国の高位貴族がユングヴィ王子の側室になる可能性が一気に高まったことを意味する。

自分の言動で、人一人の人生を大きく左右する。それ自体は、フレア姫を側室に迎えた時に経験しているが、フレア姫の時と違うのは、以後のその人間の人生に、善治郎が責任を持つことができないという点だ。

不幸な結婚にならないよう、双方の人となりをできるだけ正確に把握しておこう。善治郎は、自分の精神衛生上のためにも、そう誓った。

ひとまず、これでユングヴィ王子向けの用事は済んだ。次はグスタフ王向けの用事だ。

グスタフ王と共有したい情報には、『白の帝国』と双王国の関係やウトガルズなど、安易に広められない情報が多数ある。

とはいえ、ユングヴィ王子は、事実上の次期国王だ。その彼にまで秘密にするべきことなのかどうか、それはこちらよりもむしろ向こうが判断すべきことだろう。

「グスタフ陛下のお耳に入れたい話がございます。可能な限り内密でお願いしたいのですが」

そう言って善治郎は視線をユングヴィ王子の方へと向ける。

善治郎の視線を受けて、銀髪の王子はにっこりと微笑《ほほえ》む。その笑みは「僕はここを去るつもりはないぞ」と言っているようなものだった。

そんな息子の様子に、グスタフ王はため息をつくと、

「これは、次代のウップサーラ王だ。私の知るべきことは、これも知るべきであると判断していただきたい」

少し不本意そうにそう言った。

実際、グスタフ王としては一抹の不安の残る決断なのだろう。

グスタフ王から見ても、ユングヴィ王子は次期王として、才覚はあるように見える。やる気は十分にある。問題はやる気があり過ぎることだ。その過剰なやる気が、グスタフ王には、少々危なっかしく見える。

「これからお話しする内容は、『白の帝国』、シャロワ・ジルベール双王国、ウトガルズが絡む話です。よろしいですか？」

念を押す善治郎の言葉に、ユングヴィ王子の反応は劇的だった。

元から笑顔だった表情がさらに大きな笑顔となり、同時に両手で椅子のひじ掛けをがっちりと掴《つか》む。絶対にこの場を動かない、という確固たる意志表示だ。聞き分けのない駄々っ子状態ともいう。

「お聞かせ願いたい、ゼンジロウ陛下」

グスタフ王は、駄々っ子状態の息子にしばし頭痛をこらえるような表情を浮かべた後、何かを諦めたような表情でそう言ったのだった。

「…………」

「…………」

善治郎から一通りの情報提供を受けた王と王子の反応は、長い沈黙だった。

グスタフ王はもちろんのこと、さすがのユングヴィ王子も厳しい表情だ。

まあ、無理もあるまい。話はあまりに荒唐無稽《こうとうむけい》で、事実だとすれば話が壮大すぎる。そして、事実でなかったとしてもその話を事実として信じる人間がいるだけで、この世界に与える影響があまりに大きな話なのだ。

シャロワ・ジルベール双王国が、『白の帝国』の末裔《まつえい》であるという情報は。

ただし、受けている衝撃の種類が、グスタフ王とユングヴィ王子では異なる。

「フレアから話を聞いた段階で、もしやとは思っていたが、まことに双王国が『白の帝国』の末裔であったとは……」

そう言ってしきりに頭を振るグスタフ王に、ユングヴィ王子は少し驚いたような表情で声を発する。

「父上は信じるのですか？　あ、申し訳ございません、ゼンジロウ義兄上《あにうえ》。決して義兄上を疑っているわけではないのですが」

珍しくドタバタとした余裕のない表情でそう言うユングヴィ王子に、善治郎は鷹揚《おうよう》に答える。

「いえ、構いません。ユングヴィ殿下の反応が普通ですから」

暗にグスタフ王の反応が普通ではないと言いながら、善治郎はグスタフ王の言葉を待つ。

グスタフ王は、息子と娘婿《むすめむこ》の視線を受けて、率直に述べる。

「そうだな。世の常識からすると、本来信じられる話ではない。私がゼンジロウ陛下のお話を信じることができたのは、土台となる知識があったからだ。ウップサーラ王国の国王だけに伝わる口伝《くでん》の知識が」

「ほう」

「ほほう」

善治郎が軽い驚きを示すと同時に、ユングヴィ王子は小さな喜びの声を発する。

現状が極めて特殊な場であり、特殊な状況ゆえのグスタフ王の判断であることは間違いない。だが、それを踏まえても「王だけに伝わる口伝」について、この場でグスタフ王が言及したのは、事実上ユングヴィ王子を次期国王と見なしているということだからだ。

グスタフ王は一つ咳《せき》ばらいをすると、告げた。

「詳しく説明すると話の本筋から離れる恐れがあるゆえ、簡単に説明させてもらう。ウップサーラ王家の先祖は、かつて『白の帝国』の末裔《まつえい》と関係があったらしいのだ。末裔を助けたとも、末裔に助けられたとも伝わっている」

「なるほど、それで――」

そんな口伝《くでん》が伝わっていれば、とりあえず『白の帝国』はただのおとぎ話、という世間の価値観に染まらずに済む。無論、それは世間の通説よりも、王家の口伝が正しいと信じていればの話だが。

ひょっとしたら、口伝だけでなく、ウップサーラ王国には、王だけが存在を知る『白の帝国』の実在を裏付ける物証があるのかもしれない。

善治郎は何となくそんなことを考えたが、何の根拠もない話だし、その勘が当たっていたとしても、グスタフ王が教えてくれるはずもない。今は、双王国が『白の帝国』の末裔だという話を、簡単に信じてもらえた幸運を喜ぼう。

善治郎はそう思考を切り替えて、話を続ける。

「それでは、ご理解いただけたという認識で話を続けたいと思います。双王国は、『白の帝国』の末裔であり、我がカープァ王国は、双王国と同盟を結んでいます。そのため、我々は『教会』勢力との軋轢《あつれき》をある程度覚悟しているのですが、グスタフ陛下とユングヴィ殿下の考えをお聞かせ願いたい」

「ふむ……」

善治郎の言葉にグスタフ王は一度目を瞑《つぶ》り、姿勢を正した後、ゆっくりと口を開く。

「南大陸に、『白の帝国』の末裔の国家がある。それは事実であっても、ただの自称であっても、『教会』勢力が聞けば、利用価値を見出《みいだ》すことは間違いないだろうな。どのような動きを見せるかは不明だが、最悪『白の帝国』の末裔討伐を大義名分に、南大陸『解放』の声明を出すことも考えられる。取り越し苦労になるとしても、想定はしておくべきか」

南大陸『解放』。要は、南大陸に侵略戦争を仕掛けるということだ。

自然と、善治郎の表情が強張《こわば》る。だが、事前にその想定をしていたため、ある程度頭は冷静に働く。

「必ずしも南大陸『解放』に向けて、動き出すわけではない、と？」

グスタフ王の物言いから、その可能性をあまり高く見積もっていないことを感じ取った善治郎がそう尋ねる。

娘婿《むすめむこ》の言葉にグスタフ王は首肯《しゅこう》する。

「うむ。もちろん油断は禁物だが、その可能性は低いと考える。南大陸にとっては幸いなことに――我が国にとっては幸いとは言えないが――北大陸西部も、そこまで情勢が落ち着いているわけではないので。それは『教会』内部も例外ではない」

だから、すぐさま『教会』が南大陸にちょっかいを掛ける可能性は低いはずだ、とグスタフ王は分析する。論理的には正しい。無論、判断を下すのは人間、それも複数の人間が集まった組織のため、必ずしも正しい判断ばかりを下すとは限らない。

『教会』の中でも、教義を絶対視する過激派が主導権を握れば、南大陸に対して総攻撃の檄《げき》を飛ばすかもしれないし、逆に打算的な派閥が主導権を握っても、南大陸諸国を与《くみ》し易《やす》しと見切れば、植民地化を狙ってやはり総攻撃を指示するかもしれない。

未来のことは分からない。だが、分からないと開き直らずに、可能な限り予測を立てて対策を取らなければならないのが、為政者の辛《つら》いところだ。

「ああ、『教会』と一言で言っても、いくつかに分かれているのでしたね。確か『爪派』と『牙派』でしたか」

以前、ヤン司祭から説明を受けた『教会』の情報を思い出しながら、善治郎はそう言った。

「そうだ。だが、『爪派』と『牙派』の対立は歴史があるので、逆にお互いに距離感が掴《つか》めている。小競り合いはともかく致命的な暴発は逆に起こりづらい。現状、『教会』を揺るがしているのは、『爪派』『牙派』それぞれ内部の権力闘争。さらに、そうした古い枠を超えて、教えを見直そうとしている勢力だな。

そういえば、ゼンジロウ陛下は、共和国でヤン司祭とお会いしているのだったな。ヤン司祭は、教えの見直しを訴えている筆頭だよ」

ちょうど思い出していた名前が出てきて、善治郎は驚きを隠せない。

「ヤン司祭が？」

善治郎の印象では、ヤン司祭は知的で温厚そうな、いかにも聖職者らしい人物だった。ただ、確かに思い返してみれば、ポモージエ侯爵はヤン司祭のことを「山のような、同時に嵐のような御仁」と言っていた。

ほんの数日顔を合わせただけの善治郎には、見抜けなかった一面を持ち合わせていたと考えることは、そう難しくはない。

「むしろ、難しい対応を迫られるのは、我がウップサーラ王国ですね。南大陸と比べれば、こちらは『教会』勢力圏の隣ですから」

真剣な顔で、ユングヴィ王子がそう呟《つぶや》く。

その言葉に、善治郎は少し体を固くする。北大陸では『教会』勢力が幅を利かせている。『教会』に睨《にら》まれないために、ウップサーラ王国はカープァ王国と距離を取る。

そんな可能性もありうるのだ。

だが、そんな善治郎の杞憂《きゆう》はすぐに払拭《ふっしょく》される。

「まあ、難しいかじ取りになることは確かだな。こちらとしては非常に悩ましい話だ。『白の帝国』と双王国の関係については、永遠に秘匿《ひとく》することは無理にしても、可能な限り露見は先延ばしになるよう、ご協力をお願いしたい」

途中まではユングヴィ王子に、最後の言葉は善治郎に向かって、グスタフ王はそう言う。

その言葉は、ウップサーラ王国とカープァ王国の連携は、密なままであることが前提の言葉だ。そんな善治郎の安堵《あんど》と疑問が、表情に出ていたのだろう。

グスタフ王は笑いながら付け加える。

「ゼンジロウ陛下とフレアの結婚式は、北大陸諸国の代表を招いてこの広輝宮《こうききゅう》の庭で執り行ったのだよ。我が国とカープァ王国の関係はゆるぎない」

その物言いはかなり大げさだが、方向性としては間違えていない。

ウップサーラ王国は北大陸の国際社会に、堂々とカープァ王国と婚姻外交を結んだ、と発表してしまった。その外交方針を今更転換するのは容易なことではない。もちろん、最悪の場合は、第一王女であるフレア姫ごと『損切り』する必要もあるだろうが、ウップサーラ王国にとっても相当な出血が伴う判断である。

よほどのことがない限り、方針転換はない。それを理解した善治郎は、肩の力を抜く。

「両国の良き関係が今後も続くよう、私も全力を尽くす次第です」

「頼もしい返事だ。ゼンジロウ陛下がそう言ってくださるのならば、両国の蜜月は今後も続くと確信できる」

実際、カープァ王国とウップサーラ王国の友好関係における最重要人物を一人挙げろと言われれば、それはフレア姫を側室として娶《めと》った善治郎に他ならない。

ひとまず、ウップサーラ王国はカープァ王国の友好国という前提は覆《くつがえ》らないという認識でこの場は話を続けるべきだ。そう悟った善治郎は、努めて笑顔で口を開く。

「幸いなことに、我がカープァ王国は貴国ウップサーラ王国と強固な友好を結び、同時にシャロワ・ジルベール双王国とは同盟関係にあります。そこで、我がカープァ王国は、ウップサーラ王国とシャロワ・ジルベール双王国の橋渡しをする準備があります」

善治郎の提案に、グスタフ王は駆け引きをすることなく、即答した。

「それはありがたいお申し出だ。ぜひともお願いしたい」

双王国が『白の帝国』の末裔《まつえい》だと判明した以上、双王国と直接対談の場を設けなければならないのが、絶対だ。そして、北大陸のウップサーラ王国と、南大陸のシャロワ・ジルベール双王国の直接対談の場を設けられる人間は、現状善治郎しか存在しない。

駆け引きの余地すらないのだ。

「承知いたしました。双王国に話を通しておきます。双王国の権限を持った人間を、カープァ王国大使館として使わせていただいているここに飛ばすことになると思いますが、よろしいでしょうか？」

「ああ、それで構わない。ただし、最初からかなり突っ込んだ話になる。自分では判断ができないので持ち帰る、という返答しかできない人物では困る、と伝えておいていただきたい」

要は、その場で国策を決定できる権限を持った人間をよこせ、と言っているのだ。

それは必然的に、双王国の王族、それも直系に近い政治畑の王族ということになる。外交ということは、シャロワ王家よりむしろジルベール法王家の人間の出番だろうか？

善治郎はそこまで考えたところで、これより先は双王国内部の問題だと、思考を打ち切った。

「承知いたしました。そのように伝えておきます」

「よろしく頼む。ああ、ついでに礼も言っておいていただけるかな。『凪の海』、実に素晴らしい魔道具であった。もはや手放すなど考えられぬ。おかげでこちらの外交方針も固まった、と」

「必ず、伝えておきましょう」

グスタフ王の言葉に、善治郎は苦笑を隠せない。言っていることは、言葉通り、何一つ間違っていないのだが、その裏に隠されている感情が、感謝ではなく抗議であることは明らかだからだ。

双王国がフレア姫に、魔道具『凪の海』を贈ったのは、事実上のだまし討ちである。双王国が『白の帝国』の末裔《まつえい》であるという情報が隠された状態で、白の帝国の遺産である『凪の海』を受け取ってしまったのだ。

白の帝国を強烈に敵視する共和国や、竜敵とみなす『教会』にばれた場合、ウップサーラ王国も双王国とほぼ同列の扱いを受けることは想像に難くない。

その状態を避けようと思えば、最低でも『凪の海』を返却し、双王国に国交断絶宣言する必要があるのだが、そうするには『凪の海』の恩恵に与《あずか》った『黄金の木の葉号』の船員たちの反発が容易に想像できてしまう。

『凪の海』は、周囲の水と風の動きを強制的に停止させる魔道具だ。船が大嵐に巻き込まれても船の周囲は完全に凪《なぎ》の状態にできるうえ、発動中は効果圏内で呼吸や飲食に支障もないという、非常に都合の良い効果を発揮してくれる。

いくら『黄金の木の葉号』が最新の大型船とはいえ、所詮は木造の帆船だ。それで、百日を超える大陸間航海をするのだから、『凪の海』がどれほどありがたい存在であるかは言うまでもない。今更、政治的な問題から『凪の海』を取り外せ、などと言えば、最悪『黄金の木の葉号』の船員たちは、暴動を起こしかねないくらいだ。

だまし討ちで『凪の海』を贈られ、帰りの航海で『黄金の木の葉号』の船員たちがその恩恵を味わってしまった時点で、ウップサーラ王国の対双王国の外交方針は、半ば決められてしまったようなものだった。

南大陸でも指折りの大国であり、『付与魔法』と『治癒魔法』の使い手を有するシャロワ・ジルベール双王国との関係が密になることは悪いことではないが、だまし討ちで交友関係を結ばされてしまったことに変わりはない。

これ以上舐《な》められないためにも、何らかの形でこの落とし前はつけるべきだ。以後の両国の友好のためにも。

そんなグスタフ王の内心は分からないが、ひとまず善治郎としては、ウップサーラ王国と双王国の問題に関しては、あまり突っ込んだことも言えない。

「ともあれ、大陸間貿易に関しても、『教会』への対応にしても、我が国とカープァ王国だけで完結する問題ではない。しかし、主軸はあくまで我が国とカープァ王国であることを忘れないようにしたいものだ」

「我が国にとって北大陸の窓口は、あくまでもウップサーラ王国であると認識しております」

善治郎の返答に満足したのか、グスタフ王は鷹揚《おうよう》に頷《うなず》いた。

大陸間貿易はともかく、対『教会』勢力との対立が明確化した場合、カープァ王国、ウップサーラ王国、シャロワ・ジルベール双王国の三国だけでは相当分が悪い。特に、辛《つら》い立場に立つのが、唯一北大陸に位置するウップサーラ王国だ。

最低でも同じ精霊信仰国家である、オフス王国、トゥールック王国、ベルッゲン王国、ウトガルズの北方五か国は味方に引き込みたい。理想を言えば、精霊信仰国とも婚姻外交を結んでいるグラーツ王国、独自の国教会を設けて『爪派』『牙派』のどちらからも距離を取っている赤竜王国、白竜王国あたりも味方に付けたいところだ。

そうして同盟や大陸間貿易に参加する国々が増えたとしても、中心となるのはウップサーラ王国とカープァ王国であるべきだ。グスタフ王はそう念を押し、善治郎はその意見を肯定しながらも、断言は避けた、というのが今の会話である。

「そういえば、ゼンジロウ陛下とフレアの結婚式では、オフス王国の代表がなにやら騒ぎを起こしていたな。その後、話し合いの場を持たれたようだが、お聞かせ願えるだろうか？」

グスタフ王の物言いは、非常にわざとらしい。

善治郎とフレア姫の結婚式で、オフス王国の老戦士ケヴィンが起こした騒ぎは、グスタフ王もユングヴィ王子も目《ま》の当たりにしている。

当然、その後の調べで、老戦士ケヴィンがどのような人物なのか、あの騒ぎは何だったのか、全て判明している。

老戦士ケヴィンはかつて、オフス王国の第一王子に仕える戦士だった。第一王子とその妻子が死亡した海難事故で同じ船に乗っていた人間だ。そこから生還した数少ない一人であり、第一王子の亡骸《なきがら》を引き上げた人間でもある。

そして、亡骸の上がっていない第一王子の娘――マルグレーテ王女の生存を信じて、未《いま》だに探し続けている人物であった。

それらの行動は特に隠れて行っていることではないため、少し調べれば簡単に判明する。当然、今のグスタフ王やユングヴィ王子は、その事実を突き止めていた。

「侍女のマルグレーテ。本当に、マルグレーテ王女なのでしょうか？　事実だとしたら、エリク兄上の従妹《いとこ》ってことですよね？　確かに目の色や髪の色は、エリク兄上とすごくよく似ているようですね。顔立ちは、似ても似つかないですけれども」

興味津々といった様子で、ユングヴィ王子も横から口をはさむ。その表情は、純粋な興味だけでなく、それが事実であれただの噂《うわさ》であれ、自国の国益に誘導できないかと思案している顔だ。

この件に関しては、すでに女王アウラやマルグレーテ本人と話し合ってきている善治郎は、素直に内情を明かす。

「まず、マルグレーテ本人には、そうした自覚、記憶はありません。そして、こちらではマルグレーテは珍しい北大陸出身の孤児、という認識しかありませんでした。当然、マルグレーテがマルグレーテ王女である証拠は何もありません」

「ですが、違うという証拠もないのでしょう?」

少し楽しそうにそう言うユングヴィ王子の言葉に、善治郎は首肯《しゅこう》する。

「決定的な証拠という意味ではその通りです。ただし、こちらの集めた証言と戦士ケヴィンの証言のどちらもが事実だとすると、少々時間的な矛盾が生じます」

マルグレーテ王女が海難事故に遭ったのは、北大陸で初冬の時期。一方、マルグレーテがカープァ王国で発見されたのは、南大陸の活動期前期の初めだ。

暦が違うため厳密な日数を確定することは難しいのだが、最大限長く見積もっても、北大陸でマルグレーテ王女が行方不明になってから、南大陸でマルグレーテが発見されるまで、十五日ほどしか時間が経《た》っていない。

現状大陸間航行は、最新鋭の『黄金の木の葉号』でも九十日から百日はかかることを考えれば、オフス王国のマルグレーテ王女とカープァ王国の侍女マルグレーテが、同一人物というのは少々無理があるだろう。成立させるには、それこそ善治郎のような『瞬間移動』の使い手が必要だ。

そう説明されれば、さすがにユングヴィ王子もひとまずは納得するしかない。

「そうですか。うーん、残念ですね。もう少し引っ張りたかったんですけど」

「これ、ユングヴィ。しかし、それはありがたい情報ですな。さしもの戦士ケヴィンもそれを聞けば、納得してくれるだろう」

ガッカリするユングヴィ王子とは裏腹に、グスタフ王はあからさまにホッとした声を上げる。

すでに、オフス王国は、エリク王子を次期国王として正式に認めたところなのだ。今更オフス王国の『本当の王位継承権一位』などに、出てきてほしくない。

幸いというべきか、オフス王国の王家も、ウップサーラ王国の王家と同じ、血統魔法を持たない一族だ。王族の血の濃さに、切実なこだわりはない。

「そうなるのならば、こちらとしてもありがたい話です。話を戻すのですが、双王国に伝わる『ウートガルド』と北方五か国のウトガルズの関係について、グスタフ陛下はなにか心当たりはございませんか？」

面持ちを引き締め直した善治郎の問いかけに、グスタフ王はしばし沈黙を保つ。

「…………」

「父上？」

その沈黙は、隣に座る息子に促されるまで続いた。

横から息子、正面から娘婿《むすめむこ》、二人の視線の圧力に屈したのか、やがて王は口を開く。

「『ウートガルド』という名には聞き覚えはない。しかし、双王国に伝わる『ウートガルド』の伝承と、ウップサーラの王に伝わるウトガルズの伝承に、多くの共通項があることは認めざるを得ないな。無論、名前が似ていることは言うまでもない」

「では、ウトガルズとは、双王国に伝わる通り、巨人族の末裔《まつえい》なのですか？」

善治郎の直接的な問いに、グスタフ王はしばし黙考した後、小さく首を傾《かし》げる。

「こちらの伝承では、そこまではっきりとは伝わっておらぬな。ウトガルズは『白の帝国』よりも古い時代から存続し、知恵ある竜族――真竜とも対等な関係であった伝えられている。そして、『白の帝国』の末裔を庇《かば》ったとも伝えられている」

「なるほど」

善治郎は相槌《あいづち》を打ちながら考える。

どうやら、ウップサーラ王に伝わる伝承と、双王国に伝わる伝承は、かなりの部分で整合性が取れるようだ。ただし、ウップサーラ王に伝わる伝承では『ウートガルド』という名前ではなく、ウトガルズで名前は統一されているし、元々は異なる世界に本拠地があったというところは伝わっていないようだ。

もちろん、事実を語っているのが双王国なのか、ウップサーラ王国なのかは、現時点では全く分からない。

だから、注目すべきところは相違点ではなく、類似点だ。双王国のブルーノ先王と、ウップサーラ王国のグスタフ王が示し合わせることは、限りなく不可能に近い。

それなのに、類似している部分は、一定以上の真実が含まれている、という推測が成り立つ。

もっとも謎の多いウトガルズの歴史に興味はあるが、今優先すべきはウトガルズの過去ではなく、現在である。

「ウトガルズが極めて特殊な組織であることは分かりました。そのウトガルズは、現在の北大陸で、また北方五か国の中でどのような存在なのでしょうか？」

カープァ王国とウップサーラ王国の大陸間貿易にどのような形でどの程度関わるのか？『教会』と対立関係になった時、どのようなスタンスを取るのか？　そして、その影響力はどのくらいある勢力なのか？　今後のために確認しておきたいことはたくさんある。

もちろん、フレア姫や女戦士スカジからも一通り話は聞いているが、ウトガルズに関する情報は不自然なほどに少ないのだ。

「現状のウトガルズの立ち位置か。北方五か国で唯一の『血統魔法』の保有国。そして、北方五か国の筆頭、ということになっている」

「実体は、ただの引き籠《こ》もり。同じ北方五か国との交流も最小限で、周囲への影響はないに等しい存在ですね。そのくせ式典で席を用意しておかないと、抗議だけはちゃんと来るんだから」

「これ、ユングヴィ。言葉が過ぎるぞ」

「申し訳ございません、父上」

息子の言葉をたしなめるグスタフ王だが、発言そのものは否定しない。

ということは、グスタフ王の説明も、ユングヴィ王子の言葉も、基本的には正しいと思ってよいのだろう。

つまり、現在のウトガルズは、大陸間貿易に関わることはなく、対『教会』の同盟に参加してもらえる可能性も低い、ということか。

ならば、後回しにしたいところなのだが、どうも双王国と『教会』の知られざる歴史に、ウトガルズが絡んでいるような情報が多い。

「できれば、ウトガルズとも国交を持ちたいのですが、難しいでしょうか？」

「それは難しいな。我が国をはじめとした北方五か国はかろうじて、ウトガルズと連絡を取る手段を持っているが、その筋で他国を紹介することを、当のウトガルズがどう捉えるか……」

善治郎の言葉に、グスタフ王がそう答えた、その時だった。

善治郎の視界の隅に、何か動くものが映る。それを視線で追うように、善治郎は自然と首をそちらの方へと向ける。

「……猫？」

それは猫だった。部屋の隅にあるテーブルの上に行儀よく四本足で立っている。毛並みは灰色、体はごく一般的な大きさだ。猫は南大陸にはいないが、北大陸ではそれほど珍しい生き物でもない。目を引くのはその口に、緑色の石をくわえていることだろうか。その石は、透明で光り輝いている。もしかすると宝石なのかもしれない。だとすれば、あの大きさは国宝クラスなのではないだろうか。

王宮に紛れ込んだ猫が、国宝の宝石に悪戯《いたずら》をしている。

「グスタフ陛下？」

そんな認識を持った善治郎はグスタフ王の方へ向き直り、そんな小さな出来事ではないことをすぐに悟った。

「ッ‼」

見たこともない驚愕《きょうがく》の表情で腰を浮かせかけているユングヴィ王子と、

「騒ぐなっ！　人を呼んではいかん！」

間一髪《かんいっぱつ》、小さな鋭い声でそう息子の動きを制する、グスタフ王の姿があった。

どう考えても、いたずらな猫一匹に対する反応ではない。

これは、正直言って善治郎の反応が鈍すぎる。この場は、カープァ王国に貸し出された大使館だが、ウップサーラ王国の王宮の一角であり、現状は両国の王族が密談を行うため

に、周囲をがっちり警護しているはずなのだ。

そこに、ただの猫が紛れ込むはずもない。万が一、紛れ込んだとしても、その場合は警護の騎士から「申し訳ありません、猫がそちらに行きました」と報告が入らなければおかしい。

だから、とっさに人を呼ぼうとしたユングヴィ王子の反応こそが、常識の範囲における模範的な反応であり、それを直前で制止したグスタフ王の反応こそが不可解なものであった。

「父上？」

疑問の声を発する息子に応えず、グスタフ王は額に汗をにじませながら、じっと灰色猫を睨《にら》む。

善治郎、グスタフ王、ユングヴィ王子と三人の視線が集中する中、灰色猫は口を開いた。必然的に、口にくわえていた緑色の石が落下する。

ネコが乗るテーブルの天板でカツンと硬質な音を立てたその石は、そのままテーブルの端から転がり落ちる。

テーブルから落下した緑色の石は、柔らかな絨毯《じゅうたん》の敷き詰められた床に音もなく着地した。落ちる石に視線を奪われていた善治郎が、ふと視線をテーブルの上に戻すと、そこにはすでに灰色猫の姿はなかった。

「………」

さすがの善治郎も、この異常さは分かる。落下する緑色の石に目を奪われたとはいえ、灰色猫から視線を外していたのは一秒もなかったはずだ。その間に、灰色猫は忽然《こつぜん》と姿を消した。どう考えても超常現象以外の何物でもない。

善治郎とユングヴィ王子が緊張を高める中、ただ一人グスタフ王だけは肩の力を抜き、小さく安堵《あんど》の息をついた。そして立ち上がると、すたすたと猫が残した緑色の石の元へと歩み寄る。

「父上、危ないのでは」

「大事ない。灰色猫は、『ウトガルズの使い』だ」

「!!」

グスタフ王の言葉に、善治郎は驚愕《きょうがく》する。つい先ほどまでウトガルズの話をしていた密室に、ウトガルズの使いが姿を現した。これを偶然と思うほど善治郎も馬鹿ではない。

「『ウトガルズの使い』？　知りませんよ、そんなもの」

「それも王だけの口伝《くでん》だからな。儂《わし》も現物を見るのはこれが初めてだ」

ユングヴィ王子の言葉に答えながら、グスタフ王は緑色の石を拾い上げた。

「やはりか。確か、こう……か？」

左手で握る石の表面に、グスタフ王は右手の人差し指で文字を描く。次の瞬間、その石はほどけた。石がほどける。おかしな言葉だが、その現象はそうとしか表現のしようがない。

それはまるで、立体の折り紙が折り目を解いて一枚の紙に戻るようだった。あっという間に緑色の石は、緑色の長方形のプレートとなった。

「父上」

「それは何なのですか？」

遅れて、ユングヴィ王子と善治郎も席を立ち、グスタフ王に歩み寄る。

グスタフ王は、左手に持つ緑色のプレートに視線を落としたまま、あきれたように笑いながら言う。

「ウトガルズからの招待状だ。ゼンジロウ陛下、どうぞ」

グスタフ王はその緑色のプレート――招待状を善治郎に手渡そうとするが、善治郎は驚いた様子で拒絶する。

「え？　私が見てもいいのですか？　いや、それ以前に私は、北大陸の文字は読めないので」

そう言って断る善治郎に、グスタフ王は人が悪い笑みを浮かべながら、強引に招待状を手渡す。

「いや、これはゼンジロウ陛下のものだ。文字の問題もない。読める文字が一種類でもあるのならば、この文字は読める」

正直、何を言っているのか理解できなかったが、それでも善治郎はグスタフ王の勢いに負けて、緑色のプレートに視線を落とした。

「…………は？」

善治郎が間抜けな声を発したのも、今回ばかりは無理もないかもしれない。そこに書かれている文字は、どう見ても『日本語』だったからだ。漢字とひらがなで書かれており、句読点もしっかりと打たれている。

書かれている内容は、グスタフ王の言う通り『招待状』そのものだ。

ウトガルズの代表の名で、型通りの挨拶《あいさつ》の後、友好のためこちらに招待したい旨が記されている。そして、肝心の招待する対象は二名。そのうちの一人として、『山井善治郎』が指名されていた。

善治郎・ビルボ・カープァではなく、山井善治郎。久しぶりに見た自分の古い名前に軽い違和感を覚えた善治郎は、今更ながら魔力視認能力を意識して、プレートを見る。

案の定、プレートからは魔力が立ち上っている。考えてみれば当たり前である。石のような形態からプレート状に形を変えるなど、魔法でもなければ説明がつかない。

そのことに気づいた善治郎は、今度は魔力出力調整能力を最大限に使い、全身の魔力を完全に封じ込めた状態で、プレートを見た。

そこに書かれているのは、全く未知の文字だった。当然、一文字も読めない。それどころか、先ほどまでは「縦書きの日本語」に見えていた文字列が、どう見ても「横書きの未知の文字列」にしか見えない。なんとなくいつもの癖で左から右に見ているが、それとて保証はない。ひょっとすると、右から左に読む文字かもしれない。

だが、そんな疑問はこの場では些細《ささい》なことだ。問題は、魔力によって自動翻訳される文字そのものの存在である。

「グスタフ陛下。これは一体？」

「そこに書かれている通り、ウトガルズからの招待状よ。定員は二名。ただし、一名はゼンジロウ陛下が指名されているため、空いている枠は一名だけだな」

「いえ、そういうことを聞いているのではなく、これは何なのです？　魔道具？　双王国の口伝《くでん》では、ウトガルズには『付与』のシャロワ王家がかつて身を寄せていたと聞いていますが、彼らが残した『遺産』なのですか？」

これまで知った知識を総動員して、どうにか筋道の立つ推測を口にする善治郎だったが、グスタフ王は否定する。

「いや、違う。それは『魔法文字』。ウトガルズ独自の魔法だ」

「ウトガルズ独自の魔法？　しかし、ウトガルズの血統魔法は『幻影』魔法だと聞いていたのですが、違うのですか？」

ウトガルズは北方五か国で唯一血統魔法を継承する存在であり、その血統魔法は『幻影』魔法だというのは、善治郎も事前に知っていた。詳しい『幻影』魔法の中身は知らないが、名前の響きから幻を生成、操る類の魔法であることは推測できる。

この自動翻訳される緑色のプレートとは、繋《つな》がらない。

ちらりと横を見ると、ユングヴィ王子も驚いた顔をしているので、善治郎の事前知識が不足しているという単純な問題ではなさそうだ。

「ウトガルズの血統魔法は『幻影』魔法で間違いない。『魔法文字』は血統魔法ではなく、ウトガルズが秘匿《ひとく》している魔法技術にすぎぬ」

血統魔法ではなく、秘匿している魔法技術。すぐには意味を解さない善治郎に、グスタフ王は重ねて説明する。

「精霊に通じる言語として『魔法語』が存在するように、その『魔法語』の正式な文字表記法として存在するのが『魔法文字』だ。魔法語以上に扱いが難しく、ウトガルズ以外にまともな使い手はいないはずだが、別段血統魔法ではない」

血統魔法ではない。しばらく遅れてその意味を理解した善治郎は、ドッと全身から汗が噴き出るような感覚に襲われた。

それは驚愕《きょうがく》であり、恐怖であり、歓喜でもある。いずれの感情も深すぎて、一言では言い表せない衝撃だ。血統魔法ではない魔法技術ということは、誰にでも習得可能なものであるということだ。そんなものが存在し、今日まで外に漏れていなかったということが信じがたい。

「本当にただの魔法技術なのですか？　私でも学べば習得は可能ということですか？」

「可能か不可能かだけで言えば、魔力を視認し操ることのできる者であれば、誰でも可能であろう。ただし、その難易度は恐ろしく高い。魔法語とは比べものにならない。独学で身に付けることは不可能に近い。手本となるものとすぐれた師の存在が、必要不可欠だろうな」

善治郎の問いかけに、グスタフ王はそう答えた。これは当然と言えば当然の答えだ。手本も師もなく、未知の文字を解明できる者がいるとすれば、それは天才という枠すら飛び越える、一種の異能者だろう。

「『魔法文字』。そんなものがウトガルズに存在するなんて……。父上、これも王だけに伝わる口伝《くでん》なのですか？」

善治郎と同じくらい驚き、善治郎以上に興奮しているユングヴィ王子の問いに、グスタフ王は小さく首肯《しゅこう》した。

「そうだ。しかし、ウトガルズ側からその『魔法文字』を用いた招待状を、ゼンジロウ陛下名指しで送ってきた以上、少なくとも、ゼンジロウ陛下には秘匿《ひとく》する意味がなくなった」

こうして善治郎に名指しで送ってきた以上、善治郎に『魔法文字』の存在が知られることは、ウトガルズは許容していると判断していいだろう。とはいえ、『魔法文字』の存在を無限に広げてよいという判断は早計だ。

「ゼンジロウ陛下。『魔法文字』の存在に関しては、あまり吹聴しないでいただきたいのだがよろしいか？」

念を押すようにそう言うグスタフ王に、善治郎も同意を示す。

「そのつもりです。私の口から話す相手は、アウラとフレア、妻二人だけにします」

ウトガルズから招待されたという内容は、この後善治郎がウトガルズに行くことになれば隠しようがないが『魔法文字』については、隠す気になればいくらでも隠すことができる。

だから、この場にいる三人だけの話、とすることもできるのだが、善治郎は女王アウラとフレア姫には、打ち明けるつもりでいた。最悪でも、女王アウラは絶対だ。あまりに問題が大きすぎて、善治郎一人で判断できる枠を超えている。

その辺りは、グスタフ王も承知しているのだろう。少し考えた後、小さく頷《うなず》き、

「よかろう。ただし、その二人だけだ。それ以上広げることはやめてくれ。それはスカジも例外ではない」

と念を押す。

「承知しました。となると、この招待状のもう一人は、フレアでよろしいでしょうか？」

せっかくのウトガルズからの招待を拒否するという選択肢はない。しかし、招待されるということはこの『魔法文字』の書かれた招待状を見せるということになるため、必然的に『魔法文字』の存在を知らせることにつながる。

今の話し合いで、『魔法文字』の存在を知った、もしくは知らせてよいとなった人物は五人。向こうから指名された善治郎を除けば四人。そのうち、グスタフ王と女王アウラは王という立場上、容易には動けない。となれば、残る候補は二人だけ。

それが分かった上で、善治郎はあえて一人の名前を挙げた。

案の定、その言葉に劇的な反応を示したのは、残るもう一人の候補者——ユングヴィ王子だった。

「よろしくないです。フレアは駄目です。僕です、僕が行きます。ええ、絶対僕です」

　そのフレア姫そっくりな氷碧色《ひょうへきいろ》の双眼を血走らせて詰め寄るユングヴィ王子に、善治郎は「お、おう……」と言葉にならない声を漏らす。

「これ、ユングヴィ。やめぬか」

　グスタフ王がたしなめてくれるが、ユングヴィ王子は父王をキッと睨《にら》む。

「やめません。このユングヴィ、ゼンジロウ義兄上《あにうえ》が連れて行ってくれると言うまで、この場で五体投地し、両手両足をバタつかせ、『連れてって、連れてって』と泣き叫ぶ覚悟っ」

　ただの脅しだと思いたいところだが、ユングヴィ王子の目つきは真剣な上、心持ち腰を落として、いつでも絨毯《じゅうたん》の上に倒れこめる体勢を作りつつある。

　善治郎は確信した。まずい、こいつ本気だ、と。

　さらに悪いことに、グスタフ王も息子をたしなめつつも、基本的には向こうの味方だ。

「しかしまあ、我が国の歴史を紐解《ひもと》いても、百年以上遡《さかのぼ》らねば前例が見つからないウトガルズからの『招待状』だ。枠の一つはこちらに譲ってもらいたいというのが本音。そして『魔法文字』を秘匿《ひとく》することを考えれば、こちらの立てる候補はこやつしかおらぬ」

　そう言って、グスタフ王はため息をつきながら、ユングヴィ王子の背中を強く一つ叩《たた》く。

「父上」

喜色満面のユングヴィ王子の勢いについ押される善治郎だが、これほど大きな問題を独断で返答してはいけないくらいの分別はある。

「ウップサーラ王国の事情は理解しました。ですが返答は、一度故国に持ち帰り、アウラ陛下と話し合ってからにさせていただきます」

そう善治郎がきっぱりと言い切る。

次の瞬間、ユングヴィ王子は素早くその場に倒れこみ、

「やだ、連れてって、連れてって、連れてってー!」

泣き叫びながら両手両足をバタバタと振り回す。

ユングヴィ・ウップサーラ。有言実行の男であった。

エピローグ　後宮《こうきゅう》の密談、もしくは駄々っ子の説得

翌日。『瞬間移動』でカープァ王国に戻ってきた善治郎は、後宮本棟リビングルームに、女王アウラとフレア姫だけを呼び、密談を行っていた。後宮侍女も女戦士スカジも、廊下で待つことも許さない。完全に、三人だけでの話し合いだ。

善治郎がウップサーラ王国で起こった出来事を一通り話し、その証拠として緑色のプレート——招待状を提出した、その結果。

「やだ、連れてって、連れてって、連れてってー！」

フレア姫は五体投地し、両手両足をバタつかせて駄々をこねていた。

お前たちは双子か。ああ、双子だった。

そんな言葉が善治郎の脳裏に浮かぶ。ユングヴィ王子とフレア姫。この双子を育てた両親は、随分と苦労しただろうな、と今更ながら敬意を抱く。

「フレア、話が進まないから、ソファーに戻って」

「ほら、立て。あまり我らの手を煩《わずら》わせるでない」

「やー！」

善治郎に右腕、女王アウラに左腕を掴《つか》まれて、強引に引き起こされるフレア姫のありさまは、両親に迷惑をかける駄々っ子そのものである。

ヒックヒックと嗚咽《おえつ》を漏らすフレア姫だったが、主に女王アウラが容赦なく引き上げてソファーに座らせると、ピタリと泣きやんだ。

「ええと、ウソ泣き？」

あまりに簡単に泣きやんだ二人目の妻の様子に、善治郎がそう問うが、

「いいえ？　本当に泣いてましたよ。ただ切り替えただけです」

フレア姫はケロッとした顔でそう言う。泣いて喚《わめ》いて一時的に不満を発散させて、意識を切り替える。器用な自己制御を見せるフレア姫に、善治郎はちょっと感心する。

善治郎とフレア姫との付き合いは、数年に及ぶ。大陸間航行では『黄金の木の葉号』という閉鎖空間で、長い時を共にした。だが、こうして正式に結婚してからのフレア姫には、「こんな一面もあったのか」と驚かされることが度々だ。

やはり、結婚して心身の距離が縮まった結果なのだろう。結婚していなければ決して見ることができなかった一面を見ている気がして、善治郎としては悪い気分はしない。まあ、今回見た一面は、ないならないに越したことはない一面であったことは確かだが。

ともあれ、どうにか全員がソファーに戻ったところで善治郎は話を再開する。

「一応確認するんだけど、アウラとフレアにもこの『招待状』は読めるんだよね？　俺に

は日本語に見えるんだけど」

善治郎の言葉に、赤髪の女王と青銀髪の王女が答える。

「ああ、私には南大陸西方語に見える」

「私にも故郷の文字に見えます」

三人は示し合わせたように、テーブル上に鎮座する緑色のプレートに視線を落とす。

同じものを同時に見ているのに、全員別の文字に見えているというのも不思議な感覚だ。だが、考えてみれば日頃話している会話もこれと同じ現象が起きているのだ。

今も女王アウラは日頃南大陸西方語で話しているが、その言葉が善治郎には日本語のように聞こえるし、フレア姫には北大陸北方語に聞こえているはず。改めて考えると不思議な感覚に襲われる。

「この『魔法文字』の効果は、自動翻訳だけなのか？」

女王アウラの言葉に善治郎は首肯《しゅこう》する。

「うん、この文字に関しては、そうらしい。あくまで翻訳だから、何か一種類でいいけど読み書きを習得していないと意味がない。完全に字を読めない者には効力を発揮しないらしい」

この辺りは、会話を自動翻訳してくれる『言霊《ことだま》』とよく似ている。

女王アウラは、夫の言葉の中に少し不自然な部分があることを聞き逃さない。

「この文字に関しては、と言ったな。それ以外の『魔法文字』もあるということか？」

女王アウラの問いかけに、善治郎は一度首を傾《かし》げた後、自信なさげに首肯《しゅこう》した。

「確証は全くないんだけど、今思えばあれがそうだったのでは、という部分がある」

善治郎が引っ掛かっているのは、プレートが最初は石だったことだ。謎の灰色猫がくわえていた緑色の石。それをグスタフ王が拾い上げて、表面を指でなぞるとプレート状に変化した。

正確には何でできているかは分からないが、善治郎が持った感触では、プレートは透明な薄い石材のように感じられる。力を入れても全く曲がらないし、爪を立てても傷もつかない。もちろん、折り紙のように折りたたむことなどできるはずもない。この材質で、石のかけらからプレート状に変形するなど、何らかの魔法の効果としか考えられない。

「それが『魔法文字』の効果だとゼンジロウ様は、お考えなのですか？」

そう問いかけるフレア姫の表情は、単なる興味を超えた強い関心の色が浮かんでいる。

「うん、正直あの時は動転しててよく見ていなかったんだけど、グスタフ陛下が石塊《いしくれ》の状態のこれの表面を指でなぞったのは、何か文字を書いていたように思えるんだよね。だから、そういう形状を変化させる『魔法文字』が存在してるんじゃないかな、って。ただの推測だけど」

「魔道具という可能性はないのか？　双王国の言い伝えが正しければ、シャロワ王家はかって匿《かくま》われていたのだろう？」

女王アウラの問いかけは、善治郎も事前に思いついていたことだったため、即座に答えることができた。

「それはないんじゃない？　絶対にないとは言わないけれど、可能性は無視してもいいくらい少ないと思う。だって、一時的にシャロワ王家がいたとしても今はいないわけで、そうなると魔道具はもう生産不可能な貴重品ということでしょ。こんな招待状として送るような使い方はできないと思うよ」

「確かにな。だが、本当にシャロワ王家の人間は、全員南大陸に来たのか？」

「え？」

女王アウラの返答は、善治郎が全く予想していなかったものだった。

「双王国の言い伝えや、ウップサーラ王に伝わる口伝《くでん》が事実だとしたら、シャロワ王家はかなり長い間ウトガルズに匿われていて、そこから南大陸へと脱出したのだろう。その時本当に、全員が南大陸に脱出したのか？　密《ひそ》かにウトガルズに残ったシャロワ王家の人間は本当にいなかったのか？　私が当時のシャロワ王家の代表ならば、そうするぞ。血筋を絶やさぬため、保険としてな」

「あ……」

それは、善治郎には全く抜けていた視点だった。言い伝えでは、『白の帝国』の末裔《まつえい》は南大陸に脱出したとされているが、長い間シャロワ王家をかくまっていたウトガルズは、その後もずっと鎖国状態を保ち続けていたのだ。実は、南大陸に脱出しなかったシャロワ王家の人間を匿《かくま》い続けることも、不可能ではないだろう。

言葉を失っている善治郎をフォローするように、女王は言葉を続ける。

「まあ、言っておいてなんだが、可能性があるというだけでかなり低い確率と思う。ウトガルズに残った分家、などというものが存在しているのだとすれば、双王国の王族に伝わっていないのは不自然だからな。前回のブルーノ先王との会談で、ウトガルズについて尋ねたが、そのような話は出なかった」

もちろん、ブルーノ先王が全ての情報を女王アウラに開示する義務などないため、知っていて伝えていなかった可能性はある。シャロワ王家が長い年月の間残してきた分家の存在を、失念してしまった可能性もあるだろう。

だから現時点では、分からないという結論に収束せざるを得ない。

「この『招待状』をフランチェスコ殿下かボナ殿下に見せれば、魔道具か否かは判別しそうなのだがな」

「それはできない。『魔法文字』の存在を明かすのは、アウラとフレアだけ。そうグスタフ陛下と約束している」

「うむ」

善治郎の言葉に、女王アウラは表情を殺して首肯《しゅこう》した。

通常ならば、アウラとしてはそのような口約束よりも、実利を取って「ここだけの話」をフランチェスコ王子たちに持ちかけたいところだ。

しかし、約束したのがアウラ自身や貴族たちにならばともかく、善治郎となるとそうはいかない。善治郎の外交方針は、誠実だ。『成人の証《あかし》』の一件に代表されるような、交渉上の多少のだましはあるものの、交わした約束を破ったことはない。

その価値は非常に高いものであり、この程度のことで積み上げた評判を投げ捨てるのは、あまりに惜しい。誠実というパラメーターは一度でも下げると、再び上げるのは極めて難しいのだ。

「分かった。この件に関しては、グスタフ王もしくはウトガルズから正式な許可を貰《もら》わない限り、決して口外しないようにしよう。フレアもよいな？　スカジにも明かしてはならぬ。私も、誰にも明かさぬ。爺《じい》――エスピリディオンにもファビオにも、な」

「はい、承知いたしました」

女王アウラの言葉に、フレア姫も表情を引き締めて首肯する。フレア姫にとっての女戦士スカジ、女王アウラにとっての筆頭魔法使いエスピリディオンとファビオ秘書官。それぞれの腹心中の腹心も含めた、何人《なにびと》にも明かしてはいけない秘密ということだ。

「まあ、このままだと話が進めづらいことは確かだから、ウトガルズに行ったらどうにか一人でもよいからシャロワ王家の人間にも、この『招待状』を見せる許可をもらってくるよ」

話が振り出しに戻り、フレア姫が先ほどとは別の意味で真剣な表情で口を開く。

「はい、それでゼンジロウ様。結局のところ、そのゼンジロウ様の同行者は、その……」

妻からの言葉に、善治郎は助けを求めるようにもう一人の妻――女王アウラの方へと視線を向ける。だが、無情にも女王アウラは小さく頷《うなず》くだけで、口をはさんではくれない。

どうやら決定的な一言は、善治郎の口から告げなければならないようだ。

事の中心にいるのは善治郎だし、善治郎、フレア姫、女王アウラの立ち位置を考えても、善治郎が告げるのが筋であることは、理解できる。それでも、「ひょっとしたら、アウラが言ってくれるかも」と一縷《いちる》の望みを持ってしまったのは、それを告げれば大変なことになることが、それだけ容易に想像がつくからだ。

しかし、この期《ご》に及んでは、もう覚悟を決めるしかない。

「フレア」

「はい」

善治郎はフレア姫の、氷碧色《ひょうへきいろ》の双眼をしっかりを見据えると、

「今回のウトガルズ行きの同行者は、ユングヴィ王子だ。フレアは留守番」

ちょっと早口になりながら、一息でそう言い切った。

「…………」

その言葉を聞いたフレア姫は無言のまま、ソファーから滑り落ちるようにして絨毯《じゅうたん》に体を横たえると、

「やーだー！　私、私が行くの！　連れてって、連れてって、連れてってー！」

「いや、無理だから。ウップサーラ王国との関係を考えたら、さすがにユングヴィ王子よりフレアを優先するわけにいかないでしょ？」

と善治郎が道理を説いても、

「こら、フレア。聞き分けのないことを言うな。あんまり聞き分けのないことばかり言ってると、今晩のアイスクリームはお預けだぞ」

と女王アウラが脅しをかけても、一向にフレア姫のダダは収まらない。

「やー、連れてって、連れてって、連れてってってー！」

それはもはや、一人の夫と二人の妻というより、一組の夫婦と一人娘を連想させる。

「我慢して、フレア。この埋め合わせは帰ってきてからするから」

「ゼンジロウ、あまり甘やかしてはいかぬぞ」

「いや、でもフレアにとって、未知への探索がどれくらい魅力的かは分かるからさあ」

「むう、それはそうだが」

善治郎の言葉に、女王アウラも少しだけ理解を示す。十代の王女が、大陸間航行船の船長となり南大陸までやってくるというのは、非常識の類である。それを押し通すほどに、

フレア姫は、未知への探索に恋焦がれているということだ。

「我慢させる分、フレアには何かプレゼントするよ、ドレスとか、宝石とか。双王国のタラーイェから、金細工を譲ってもらおうか。もちろん、ウトガルズで何か面白いものを見つけたら、フレアのお土産にもらってくるから」

だから、そう言う善治郎の言葉を、女王アウラは無言で肯定する。

その言葉を聞いたフレア姫は、一瞬泣きやみ、ちらりと善治郎を見上げた後、

「ドレスや宝石より、船が欲しい。できれば、アルカト港建造計画の前倒しも……」

と、少々桁の違うおねだりをする。万が一にも受け入れたらと思うと、善治郎しかいない場所では、間違ってもできないおねだりだ。

結果は、案の定というべきか、

「ええい、調子に乗るでない！」

「きゃっ⁉」

女王アウラは、フレア姫の襟首をつかむと容赦なく引き上げ、締め上げるのだった。


〈『理想のヒモ生活 15』へつづく〉

付録　侍女と侍女の南北交流

酷暑期ももう終わりに近づいてきた、ある日の午後。

王配善治郎が仕事でウップサーラ王国に出向き、女王アウラが王宮で昼食をとる今日、後宮《こうきゅう》の本棟は比較的のんびりとした空気に包まれていた。

暦の上ではまだ酷暑期のため、昼寝も許される長い昼休みが続いているが、この頃になると、日によってはそこまで気温が上がらない日もある。

今日は、ちょうどそんな日だ。そんな日の昼休みでも、ある程度年を取って暑さに弱くなっている者や、真面目に仕事に打ち込む者ならば、食後は部屋に戻って昼寝をする。

しかし、そうではない者――まだ若くて体力に恵まれていて、でも仕事にそこまで忠実ではない者にとって、涼しい酷暑期の昼休みは、格好の自由時間となりうる。

言うまでもなく、フェー、ドロレス、レテの『問題児三人組』は、典型的な若くて体力があって仕事に忠実ではない者なのであった。

「うん、美味しい」

「これは、いいわね」

「うーん、もう少し膨《ふく》らませた方が美味しかったかなー？　重曹《じゅうそう》を増やす？」

和気あいあいで自由時間を楽しむ、フェー、ドロレス、レテの前にあるのは、木皿に乗せられたパンケーキである。

それを木製のフォークで切り、口に運んでいる。

幸せそうにパンケーキの甘みを堪能しているフェーや、満足げに頷《うなず》いているドロレスに比べて、レテだけ冷静にダメ出しをしているのは、作り手としてのプライドが育ちつつあるのだろう。ヴァネッサに個人指導を受けている成果が表れているのかもしれない。

パンケーキのレシピの出所は、言うまでもなく善治郎である。元々、惣菜《そうざい》や菓子など種類を問わず多数のレシピを持ち込んだ善治郎であったが、菓子類のレシピは、乳製品を必要とする物が多かったため、最近まで実現不可能であったものも多数あった。

それが、ニコライの活躍で山羊《やぎ》の飼育が可能になり、生乳だけでなく、チーズ、バター、生クリームなどの乳製品も少量ながら生産できるようになった。おかげで、実現可能なレシピが増えた。無論、生乳はともかく、乳製品はまだまだ安定供給には程遠いし、生乳も含めて質は残念ながら満足いくものにはなっていないが。

ちなみに、善治郎がパンケーキのことを思い出したきっかけは、そうした乳製品よりもむしろ、北大陸から持ち帰ったメープルシロップの存在が大きい。

メープルシロップから善治郎が連想したものが、パンケーキだった。善治郎の乏しい知識では、メープルシロップの使い道と言われると、パンケーキしか思いつかなかったというのが正しい。

ともあれ、こうして善治郎はレシピを公開したのだが、まだ製造方法やレシピの細かな修正が完了していない料理、菓子に関しては、自由時間に侍女たちが自主的に作成することはむしろ推奨されている。

何の料理を作るかを申請すれば、調理場の使用許可も下りるし、限度はあるが後宮《こうきゅう》に用意された食材を使用してもいい。無論、食材を無駄にするような失敗を繰り返せば話は別だが、その点に関しては、レテは厨房《ちゅうぼう》担当責任者であるヴァネッサの信頼が厚いため、この三人組の場合、随分と恩恵を被《こうむ》っている。生産が安定していないバターや、『瞬間移動』による輸入しか入手手段がないメープルシロップは貴重品だが、レシピ完成の名目で善治郎は、侍女たちにも使用を許可していた。

焼き立ての温かいパンケーキに、リビングルームの冷蔵庫から持ってきたバターやメープルシロップをかけて食べながら、レテは改めて二人に意見を求める。

「どうかな？　フェーちゃん、ドロレスちゃん」

「んー？　美味しいよ？」

「そうね。特に問題はないと思うわ」

作り手であるレテの問いに、抽象的な誉め言葉しか返さない試食役のフェーとドロレス。参考にならない意見に、レテは困ったような声を上げる。

「えー？　でも、これじゃまだゼンジロウ様やアウラ陛下にはお出しできないよー。ヴァネッサ様も合格点くれないと思う」

「あー、ヴァネッサ様、そういうとこだけは厳しいからね」

「当たり前でしょう。ヴァネッサ様はその専門なんだから」

侍女長を含めて五人いる後宮《こうきゅう》の上司のうち、ダントツで管理が緩く、親しみやすいのが厨房《ちゅうぼう》担当責任者であるヴァネッサであることは、若手後宮侍女たちの満場一致の結論なのだが、そのヴァネッサも全てにおいて緩いわけではない。

後宮の主《あるじ》である善治郎、女王アウラ、そして新たに加わった側室フレア。彼らに出す料理に関しては、非常に厳しく管理をしている。料理の出来もそうだが、何より最大限注意しているのは、安全性だ。

特に、冷蔵庫の中身に関しては、非常に厳格に管理している。当然と言えば当然だろう。三度の食事で出す料理ならば、最後にヴァネッサがチェックを入れられるが、冷蔵庫の中身は善治郎やアウラが直接その手で取り、口にするのだ。

その冷蔵庫に、悪くなっているモノや最悪何らかの毒物を混入されるのを防ぐのは、非常に難しい。そのため、最近後宮に入るようになった、庭園や浴室で働く下働きの女たちは、冷蔵庫に手を触れることはもちろん、冷蔵庫のあるリビングルームに足を踏み入れることも禁止されている。唯一リビングに入ることを許されている室内清掃用の下働きの女は、その分厳選されており、他の下働きよりも給料も高い。すでに『清掃担当に選ばれた』ということが、下働きの間では、一つのステータスになりつつあるらしい。その清掃担当の下働きでさえ、リビングルームの清掃を行うときは、侍女たちの見張りがつくし、冷蔵庫に近づくことは許されていない。

フレア姫がウップサーラ王国から連れてきた侍女たちも、同時にカープァ王国側からフレア姫に付けた侍女たちも、現時点では冷蔵庫には手出しを許されていない。

本人たちは今一自覚していないが、レテたちはそういう意味では、非常に大きな信頼を得ているのである。無論それは、善治郎たちに危害を加えないという意味の信頼であり、総合的な能力と勤勉さに関する評価は、新人侍女以下なのだが。

そうして、問題児三人組が楽しくやっていると、入り口の扉が開かれ、一人の侍女が入ってきた。

気づいたのは三人ほぼ同時だったが、最初に声をかけたのはドロレスだった。

「あら、珍しい、レベッカじゃない。今日は大丈夫なの？」

ドロレスの声を受けて、その若い侍女——レベッカは、こちらに向かって歩いてきた。

レベッカは、新たな側室であるフレア姫が、故国ウップサーラ王国から連れてきた侍女の一人である。そのため、肌は白く、長いストレートの髪は金色で、双眼は緑色という、南大陸ではかなり目立つ色彩をしている。

幸いここカープァ後宮《こうきゅう》には、同じような色彩を持つマルグレーテという先例がいるため、特別奇異の視線を向けられることはないが、目立つことは間違いない。

「久しぶりね、ドロレズ。フェーとレテも。ここ、いいかしら？」

「もちろん」

「うん、いいよー。座って、レベッカちゃん」

フェーとレテの言葉を受けて、レベッカは同じテーブルの椅子に腰を下ろした。

レベッカたちウップサーラ王国の侍女が、カープァ後宮に来てからすでに一か月以上の月日が流れているが、先ほどレベッカが「久しぶり」と言った通り、こうしてフェーたちと顔を合わせる機会は滅多にない。

それは、女王アウラの本棟と側室フレアの別棟の確執などという深刻な理由ではなく、単純に今が酷暑期だからである。

これまでウップサーラ王国から一歩も出たことがなかった彼女たちにとって、カープァ王国の酷暑期はあまりにも過酷だった。そのため、彼女たちは昼休みも含めて仕事以外の時間はほぼ全て、霧の魔道具で涼の取れる自室に引きこもっていたのである。

そんなレベッカが、自室での昼寝が許される時間に、こうして侍女用食堂に顔を見せたのだから、フェーたちは驚きもするし、心配もする。

「寝てなくて大丈夫なの？　確かに今日はいつもよりは涼しいけれど」

そう言いながら、ドロレスは手際よく冷茶をカップに注ぎ、レベッカの前に置く。

「ありがとう。はっきり言えば、全く大丈夫じゃないわ。というか、この気候を『涼しい』と表現されることにちょっと引く。だから、あまり長居するつもりはないわ。でも、いつまでも引きこもってもいられないから」

レベッカはそう言うと、上品さを失わないまま、ほぼ一息で冷茶を飲み干した。

その言葉通り、レベッカの様子はあまり芳《かんば》しくない。顔色が悪いというほどではないが、その緑色の双眼には今一力がなく、口調や動作もどことなくけだるげだ。

そんな状態でも無理をして、この場に出てきたのは、主《あるじ》であるフレア姫の意向である。

「できるだけ、カープァ王国の後宮侍女たちと、親交を深めるように」

フレア姫は、故国から連れてきた侍女たちに、そう命令していた。

フレア姫がそういう意図は、レベッカにも理解できる。他国に嫁いだ王侯貴族が、その国で上手くやっていくのに大切なことは、一が夫との関係、二が夫の親族との関係として、三番目くらいに重要な点に、故国から連れてきた配下と、嫁ぎ先の配下の関係が上げられる。

まして、フレア姫の場合、王族としては異常なくらいに母国から連れてきた後宮《こうきゅう》用の人材が少ない。それは、その代わりに鍛冶《かじ》師のヴェルンドをはじめとした、後宮外の人材を多数連れてきたこととバランスを取るためなのだが、後宮用の人材が少ないという事実に変わりはない。

現状フレア姫には、母国から連れてきた人材だけでは後宮生活が全く成り立たないくらいの、少数の人員しか付いていない。フレア姫の生活のためにも、もっとうがった見方をすればフレア姫の安全のためにも、ウップサーラ王国出身の侍女たちが、カープァ王国出身の侍女たちと親交を深めるのは、半ば必須なのであった。

幸い、数は少ないがフレア姫が連れてきた侍女たちは選び抜いた精鋭だ。純粋な侍女としての能力はもちろんのこと、初対面の人間にも物おじしない胆力や、人当たりの良さなども兼ね備えている。

結果、誰に対しても物おじしないフェー、計算高い人付き合いのできるドロレス、根本的に人のよいレテは、接触の機会が少ない現状でも、かなりウップサーラ王国の侍女と打ち解けていた。

「無理しちゃ駄目だよー、レベッカちゃん。パンケーキ食べるー？」

心配そうにそう言うレテの言葉に、レベッカはちらりを視線をパンケーキに向けるが、沈痛な表情で首を横に振る。

「ゴメン、無理。甘いものは大好きなんだけど、今、熱いモノ食べたら、限界超えそう」

どうやらレベッカは本当に、ギリギリの状態を根性で維持しているようだ。

「レベッカ、本当に無理は禁物よ」

「うん、時間まで自分の部屋で涼んでいた方がいいんじゃない？」

ドロレスとフェーのいたわりの言葉に、レベッカは笑い返すと、

「ありがとう。でも、大丈夫。少しずつ慣らしていかないと。フレア様に申し訳が立たないわ」

気丈にそう言う。それは本当に、気力だけで発している言葉なのだろう。その証拠に、レベッカの言葉を聞いたレテが、何かを思いついたように離席するが、レベッカはそれに全く反応を示さない。ひょっとすると、気づいていないのかもしれない。

フレア姫に申し訳が立たないというのは、酷暑期の猛威にさらされているという点に関しては、フレア姫の方がよっぽど大変だからだ。

基本的に後宮から出ることがなく、いざとなれば霧の魔道具が効いている自室に逃げ込むこともできる侍女たちと違い、フレア姫はまだ回数は少ないが、王宮の夜会や昼食会に出席して、夜まで王宮にいることもある。言うまでもないが、王宮には霧の魔道具は存在しない。

そう言われれば、確かにフレア姫の置かれている状況の方が、過酷と言えるかもしれない。

「フレア殿下は、カープァ王国で一年以上暮らしているでしょ。それに、戦士の訓練も積んでいるらしいし、レベッカと一緒にはならないわよ」

「フェー、フレア殿下じゃなくてフレア様よ」

「あ、いけない。間違えた。フレア様ね」

レベッカを慰めていたフェーは、ドロレスの指摘を受けて、口に手を当てて間違いを訂正する。

フレア姫は、ウップサーラ王国の王女であることより、善治郎の側室としての立場を明確にするため、自分を『殿下』と呼ばないように命じている。だから厳密に言えば、フェーの今の発言は、そんなフレア姫の命に背いているのだが、フレア姫の前でもなく、意図して言ったわけでもないので、目くじらを立てるほどの話ではない。

事実、レベッカもフェーの発言を咎《とが》めることはなかった。ただし、そこではない別の部分に反論がある。

「まあ、確かに慣れの問題は大きいと思うわ。でも、後半の部分は違うわよ」

「え？　フレア様は戦士の訓練を受けてるんじゃなかったの？　私はそう聞いていたんだけど」

首を傾《かし》げるフェーに、レベッカは小さく、だがどこか自慢げに笑うと、

「そこは間違っていないわ、間違っているのはその後。『レベッカとは一緒にならないわよ』と言ったでしょ？　違うわ。そこは一緒よ。私はフレア様と一緒」

「え？」

フェーはとっさにレベッカの言った意味が、理解できなかった。

対照的に、一瞬でその意味を理解したドロレスは、驚きの声を上げる。

「ええ!?　レベッカって戦士の訓練を受けているの？」

「あ、そうか、そういう意味なんだ」

言われてフェーも驚きを見せる。レベッカの言葉をそのまま受け取れば、確かにそういう意味になる。

二人の驚きを受けて、レベッカは複雑な感情を乗せた笑い顔で肯定する。

「ええ。幼い頃から女戦士にあこがれてね。両親を説得して、そっちの訓練も積んで、『女戦士の証《あかし》』を受けて……落ちちゃった。本当に、フレア様と一緒ね。あ、でも戦士としてはフレア様より強かったのよ。私の方がずっと惜しいところまでいったわ。手合わせしても、フレア様に負けたことは一度もないわ」

そう言って、レベッカはぐっと右腕を曲げて、力こぶを作る。

そう言われて改めて見ると、確かにレベッカの体つきは、一般的な女性のそれとは違う。首、腕、胸板。その辺りの肉付きが一回り太い。今はテーブルが邪魔をして見えないが、足も恐らく一般的な女子のそれとは一線を画すものだろう。柔らかさよりも、しなやかさを感じさせる、意図的に鍛えた人間のそれだ。

フェーとドロレスの、レベッカを見る眼が変わる。

「凄《すご》いのね、レベッカ」

「制度として女戦士が認められている国は、違うわね」

「あら？　カープァ王国にも、女の戦士はいるでしょう？」

レベッカの言葉の意味が分からなかったフェーとドロレスは、そろって首を傾《かし》げたが、すぐにドロレスは思い至る。

「……ああ、アウラ陛下のこと？　あの方は特別よ」

「え？　あ……ああ、そうね。アウラ陛下は例外なのね」

ドロレスの答えに、一瞬驚きを示したレベッカだったが、それを追求することなく誤魔化した。レベッカが言いたかったのは、女王アウラのことではない。

レベッカの見立てでは、後宮侍女《こうきゅう》の中に二人ほど、レベッカと互角か下手をすればそれ以上に戦えそうな女が存在しているのだ。

だが、思い返してみれば、その二人の女は、他の侍女たちと全く同じ服を着ており、目に見える武装はしておらす、意図的なのか、体型もちょっと見には分からないような、筋肉の目立たない鍛え方をしていた。

ということは、その戦える侍女たちの存在は、一般侍女には知らされていないのだと想像がつく。

（念のため、この問題に関しては、フレア様とスカジ様を通して確認を取っておきましょう）

レベッカがそんなことを考えていると、離席していたレテが、銀色の丸蓋《クローシュ》を被《かぶ》せた盆を持って戻ってくる。

この銀色の丸蓋は、フレア姫がウップサーラ王国から持ち込んだ文化である。寒い季節が長いウップサーラ王国で、せっかくの温かい料理を冷まさないように工夫する過程で生まれた文化らしいのだが、今のレテは逆の意味で、その銀色の丸蓋を被せていた。

「レベッカちゃん、これなら食べられるんじゃないかな？」

そう言って銀色の丸蓋を取り払うと、木製の盆の上に小さな皿が載っており、皿の真ん中には見覚えのある菓子――パンケーキが鎮座していた。

先ほどまでフェーたちが食べていたパンケーキとの違いは、焼き立て熱々なのではなく、冷蔵庫で乾燥しないようにしっとりとした状態を保ったまま冷やされていることと、上に載っているのがバターやメープルシロップではなく、『アイスクリーム』であるという点だ。

「レテ!?」

「ちょっと、これって!?」

驚きの声を上げるフェーとドロレスに、レテは穏やかにほほえむと、

「うん、私の割り当て分だから、大丈夫」

そう言って、二人をなだめる。

「もちろん、無理に食べることはないけれど、これなら冷たいから今のレベッカちゃんでも食べられないかなー？」

そう言って席に着くレテに、フェーとドロレスは、対面に座るレベッカの方へとぐっと身を乗り出す。

「レベッカ、無理する必要はないよ！」

「そうよ、無理は禁物。無理に食べて気持ち悪くなったら、逆に体力を消耗するから」

そこまであからさまな態度に出られれば、このレテが持ってきてくれた冷たいパンケーキが、彼女たちがそれほど執着する一品であることは、レベッカにも理解できる。

レベッカは食欲をそそられたというより、むしろ好奇心を刺激されたのと、フェー、ドロレスの期待を裏切ってやりたいというちょっとした意地悪から、フォークを手に取っ

た。

「レテにそこまでしてもらって、断るのも悪いわね。ありがたくいただくわ」

酷暑期にしては涼しいとは言っても、三十度台の半ばはありそうな熱気の中、その皿からは明らかな冷気が感じられる。

レベッカは好奇心に操られるように、フォークでパンケーキに載っているアイスクリームをすくい取り、口に運んだ。

「‼」

その衝撃に、レベッカの背筋がピンと伸びる。

口の中全体を刺激する圧倒的な冷たさと、清々《すがすが》しい甘さ。冷たいモノは、甘さを感じにくい。それなのに、これほど甘いということは、ふんだんに砂糖を使っているということだ。この甘さは、メープルシロップ等の他の甘さではない。

砂糖が希少な輸入品であるウップサーラ王国の価値観で測れば、とんでもない贅沢品《ぜいたくひん》になる。そして、カープァ王国の価値観で測れば、そもそもここに存在していることが理解できない代物である。

ウップサーラ王国では、季節によっては、山羊《やぎ》の乳の脂肪層を凍らせて砕いたミルクシャーベットのようなものは存在している。だが、それと同じものを、ここカープァ王国で作成することは不可能だ。いうまでもなく、山羊の乳を凍らせる手段が存在しないからである。

一応、カープァ王国内でも、高い山の頂上付近ならばそれくらいの低温になっているかもしれないし、『瞬間移動』の使い手ならば、そこから溶ける前に持ってくることも不可能ではない。

だが、さすがにその可能性を考慮する必要はないだろう。現在カープァ王国にいる『瞬間移動』の使い手は、女王アウラと王配善治郎のみ。まさか、侍女のお菓子のために女王や王配が、山頂を往復してくれるはずがない。完全に本末転倒である。

しかし、今のレベッカは、そこまで頭は回らない。完全に、アイスクリームの衝撃にやられている。

「…………」

無言のまま、フォークがアイスクリームパンケーキと、口元を往復する。

「ああ……」

「……美味しい？　うん、言わなくてもわかるわ」

フェーとドロレスが、とても残念そうな顔をしているが、それすらも気にせず、レベッカは瞬《また》く間に、アイスクリームを載せたパンケーキを完食した。

「ありがとう、レテ。美味しかったわ、本当に。今夜、夢に出てきそうなくらい」

笑顔で礼を言うレベッカの表情を見れば、その言葉が大げさなものではないことが見て取れる。

「そう。よかったー」

先ほどまで暑さで朦朧《もうろう》としていたレベッカの目に、生気が戻っている。

「それにしても……どんな仕掛けか想像もつかないけど、この熱気の中でこんな冷たいお菓子を作れるような設備があるのね」

「ええ。ゼンジロウ様が故国から持ってこられた、ええと魔道具のようなモノよ」

感心したようなレベッカの呟《つぶや》きに、ドロレスが少し考えながら、そう答える。

電化製品の大本ともいえる中庭の発電機を、新しい侍女たちから隠すことが不可能である現状、善治郎が持ち込んだ電化製品の存在が、ウップサーラ王国出身の侍女たちに知られることは、許容されている。

「魔道具か。凄《すご》いわね。正直、南大陸より北大陸の方が進んでいると思っていたのだけど、こっちに来てかなり考え直したわ。特に、あの火球の魔道具。あれはいいわ。明かりの扱いがすっごく楽。霧の魔道具は言うまでもない必需品だしね」

実感のこもるレベッカの言葉に、北大陸をその目で見ているドロレスが、苦笑しながら答える。

「レベッカの最初の感想は、間違っていないわよ。基本的には北大陸の方がずっと進んでいる。魔道具がある大国の王宮が、例外なだけね」

善治郎と女王アウラは、フレア姫を後宮《こうきゅう》に迎え入れるに従い、フランチェスコ王子とボナ王女に、多くの魔道具を発注した。

最優先は霧で涼をとる魔道具だが、他にも室内灯として、『不動火球』の魔道具を複数依頼した。ウップサーラ王国の広輝宮《こうききゅう》でそれなりに長い時間を過ごした善治郎は、北大陸の照明は、庶民でも蝋燭《ろうそく》がメインであることに気づいたからだ。

一方、カープァ王国の照明は、王宮でも蝋燭の使用は限定的で、大半は油皿である。蝋燭の扱いに慣れている人間が油皿を扱うことに、善治郎は危惧《きぐ》した。密閉されていない液体燃料の明かりは、慣れていない人間が扱うには危険が大きいのだ。

そんな善治郎の心配と、側室に対してこちらが歓迎している意を物理的に現す有効性を認めた女王アウラの見識が一致したことにより、複数の『不動火球』の魔道具が、フレア姫の後宮別棟に導入されることとなった。

そうした一部の魔道具や、善治郎が持ち込んだ地球製の電化製品などを省いて考えれば、間違いなく技術レベルは、南大陸よりも北大陸の方が進んでいる。シャロワ・ジルベール双王国などでは、貴族の館どころか、ちょっと客層の良い宿や商店でも窓ガラスが使われているし、港では動力こそ人力だが、クレーンのようなものも稼働していた。

ウップサーラ王国に限っても、国民全体が恩恵を被《こうむ》っている技術レベルは、カープァ王国の上をいっているだろう。もちろん、細かなところには例外はいくらでもあるだろうが。

「そういえば、スカジ様は後宮《こうきゅう》でも日常的に武装されているけれど、レベッカはしないの？　女戦士になれなかったとはいっても、惜しいところまではいったのでしょう？　せっかくの腕を眠らせておくのは、惜しいと思うのだけれど」

ドロレスの言葉に、虚《きょ》を衝《つ》かれたような表情を浮かべたレベッカだったが、しばらく考え込んだ後、残念そうに首を横に振る。

「確かに、ここはウップサーラ王国ではないし、私も今現在はカープァ王国の人間だから、一応帯剣しても問題はないわね。でも、私たちは短い任期を終えた後は、ウップサーラ王国に戻って、普通に結婚する予定だから、あまりウップサーラ王国の風習に背くようなことはしないほうがいいと思うわ」

ウップサーラ王国では、『女戦士の証《あかし》』を受けて落ちた女が、なお戦士として振る舞うのは、「未練がましい」としてあまりよく思われないのだという。

もちろん、本人や仕《つか》える主《あるじ》に危機が迫った時に、昔取った杵柄《きねづか》を振るうことは、全く問題ない。

そういう意味では、事あるごとに槍《やり》を持ったり手斧《ちょうな》を振るったりしているフレア姫は、この点に関してもかなりの横紙破りをやっていることになる。本人に言わせれば、「自分の身を守るための緊急避難」ということなのだが、護衛に女戦士スカジがついているのに、あえて彼女を制して、自ら槍をもって野生の肉竜と対峙《たいじ》するのに、その言い訳はかなり苦しい。

幸か不幸か、レベッカはフレア姫ほどには、吹っ飛んでいない。

「そっか、レベッカは向こうに戻るんだ。こっちで結婚することはないの？」

無邪気に問うフェーに、レベッカは苦笑しながら答える。

「本人が望めば、私たちウップサーラ王国から来ている侍女が、カープァ王国の貴族に嫁いだりこっちに定住して生涯フレア様にお仕《つか》えすることも可能よ。相手が見つかればの話だけど。

ただ、私に限れば無理ね。私は、幼少の頃父と約束してしまったから。女戦士を目指すことを許す代わりに、『女戦士の証』に落ちたあかつきには、父の意に沿った婚姻を受け入れると、とね」

レベッカの父が持ち込む縁談が、カープァ王国のそれである可能性は、限りなくゼロに近い。

「そうなんだ。ちょっと残念」

その言葉通り、フェーは残念そうな表情を浮かべながらも、レベッカの言っている内容を「仕方がないこと」として、普通に受け入れる。

なんだかんだ言っても、フェーも一般的な貴族の女だ。婚姻の最終決定権が本人ではなく、家長にあることを当たり前の常識と取っている。

その辺り、ウップサーラ王国は少しだけ事情が違うようだった。

「そういう問題も、私が女戦士に合格していたら、解決していたのだけれど」

未《いま》だに未練がましく、レベッカはそう言ってため息を漏らす。

「女戦士に合格してたら、結婚も自由にしていい約束だったのー？」

レテの問いに、レベッカは首を横に振る。

「いいえ。そういう約束の問題じゃなくて、女戦士は百人長と同格だから、本人の意志一つで分家を構える権利を持つのよ。もちろん分家と認められるだけの家屋敷や武具、馬なんかをそろえなければならないから、簡単ではないけれど、その辺りの問題さえ解決すれば、女戦士は新しい家の家長になれるの」

分家とはいえ、別の家の家長となった時点で、例え実の父や兄であっても、命令する権利は持たない。とはいえ、分家は本家を尊重し、本家は分家を庇護《ひご》するという不文律が存在するため、本当に何もかも自由にとはいかないのが現実らしいが。

「あれ？　ということは、スカジ様は？」

「ええ。あの方は、立派な分家家長よ」

「そうなんだー。ということは、フレア様も女戦士になっていたら、分家家長になっていたのー？」

ドロレスの問いには即答したレベッカだったが、レテの問いには即答できない。

「それは……多分無理だったと思うわ。私の知る限り、王家の姫で女戦士を目指した方はフレア様しかいないから断言はできないけれど、男の王族の大半は、百人長以上の資格を取っているわ。でも、王族が分家を設立するときは、時の王の許可が必須だったはずだから」

これは当然と言えば当然の処置である。一般貴族の分家ならば、国政に大した影響力もないが、王家の分家がそんな簡単に設立可能であれば、国が混乱することは、容易に想像がつく。

「ウップサーラ王国では、女戦士を目指す人って多いのかしら？　ひょっとしてエルヴィーラもそうだったの？」

フェーがそう無邪気な問いを投げかける。エルヴィーラとは、レベッカと同室の若い侍女で、現在は善治郎の指示を受けて、ウップサーラ王国に一時帰国している。

「エルヴィーラは違うわよ。あの子は単純に侍女として優秀で、人格も優れているから選ばれたの。女戦士を目指す女は、一般的にはあまり多くはないわね。幼い頃から体格や膂《りょ》力《りょく》に優れた一部の女が目指す感じ。ただ私やフレア様の世代は、ちょっと例外で普通より多かったかも。スカジ様の影響があったから」

フレア姫やレベッカは、当時まだ少女であった女戦士スカジ――当時はまだその称号を持っておらず女戦士ヴィクトリア――が女戦士の資格を取り、男を含めても同世代に敵なしだった状態に、憧れの視線を向けていた世代である。

私もヴィクトリア様と同じような活躍を――少女たちがそんな願望を持つことは、さほどおかしなことではない。結果として、女戦士スカジより少し下の世代には、女戦士のなりそこないが、他の世代よりも多いのだという。

「やっぱり女戦士になるのは、大きい人が多いんだー。私たちから見たら、レベッカちゃんでも十分大きいと思うんだけどなー。女戦士の人たちって、皆スカジ様くらいあるのー？　それともドロレスちゃんくらいー？」

「スカジ様はさすがに例外中の例外よ。他の女戦士の方と比べても、身長は頭一つ抜けているわ。実力差は頭一つどころじゃないけれど。

ドロレスくらいあったらウップサーラ王国の女戦士の中でも、十分に大きな部類ね。というか、私にドロレスの身長があったら、絶対『女戦士の証《あかし》』に合格していたわ」

間延びしたレテの問いに、レベッカはそう答えて、恨めしげにドロレスの方を見る。

「そんな目で見られても、背は分けてあげられないわよ」

「分かってるけど、羨ましいものは羨ましいわ」

苦笑するドロレスに、レベッカは大きなため息をつきながら、そう言葉を返す。

平均して、ウップサーラ王国の主要民族であるスヴェーア人は、カープァ王国人よりも一回り大きい。しかし、それはあくまで全体の平均の話であり、個々人の比較ではその大小は逆転することもある。

百七十センチ前後と、ウップサーラ王国女性として平均的な身長でしかないレベッカからすれば、百八十センチあるドロレスが心底羨ましいのだろう。

「背が高いというのは、たとえ女戦士を目指さないとしても、婚姻にも有利な条件だしね」

レベッカはそう付け加えた。

ウップサーラ王国は尚武《しょうぶ》の気風が色濃い、戦士と海賊の国だ。そのため、貴族階級でも子に強さを求める。科学的な立証までは立っていなくとも、子の体格が親に似る傾向があることは、経験則から理解している。

そのため、より強い子、より大きな子を望む者は、伴侶となる女性の背の高さを美徳の一つに数える。女戦士スカジのように、自分よりも大きいとまでなれば、自尊心を傷つけられるのか、反対の対応を見せる男も少なくないようだが。

「へえ、その辺りはこっちとは全然違うんだね」

「そうね。カープァ王国では、男の長身は好まれるけれど、女はあまり意識しないわね。どちらかと言えばむしろ背が高い女は、多少疎《うと》まれる傾向があるかしら？」

非常に小柄なフェーと、特別長身のドロレスが、何の気負いもなくそう言う様子に、レ

「家柄や容姿？」

ベッカはその言葉が事実であると理解した。

「そうなのね。となると、こちらで好まれる女性はどうなるのかしら？　家柄や容姿？」

レベッカの言葉に、ドロレスは少し考えながら、答える。

「そうね、家柄が一番大切なことは間違いないわ。容姿や本人の人柄ももちろん、重視される。それ以外だと、やっぱり魔力量かしら」

「魔力量？」

完全に予想外の言葉だったのか、レベッカは虚《きょ》を衝《つ》かれたような表情を浮かべる。

だが、カープァ王国の人間にとって、それは常識の範囲だ。

「ああ、そうだね。魔力量は大事」

「うん、貴族はもちろん、平民でも魔力が高いと結婚が決まりやすいって聞いたことがあるよー」

カープァ王国では、王侯貴族にとっては高い魔力量は生まれの誇りであるし、平民にとっても、高い魔力量を持ち魔法使いとなることは、出世の近道である。そのため、貴族はもちろん平民であっても、魔力量が多いということは、結婚を有利に運ぶ材料となる。

そうした事情を三人から聞かされたレベッカは、感心したように大きく息を吐く。

「本当に、ウップサーラ王国とは違うのね。こっちでは、昔の名残で王族や高位貴族には、魔力量の多い者が多いけど、それを重視する考えはかなり薄れているわ。平民はまったく気にしていないでしょうね」

　ウップサーラ王国でも、魔法そのものが廃《すた》れているわけではない。だが、比重は南大陸よりもずっと低い。

　レベッカの答えを聞いたドロレスが、ふと思いついたように言う。

「そう考えると、ウップサーラ王国の戦士と、カープァ王国の魔法使いは、結構似ているかもしれないわね。こっちでは女は戦士にはなれないけれど、魔法使いにはなれるわ。パスクアラ様のように、高位まで上り詰める方もいらっしゃるし」

　パスクアラは宮廷筆頭魔法使いエスピリディオンの妻であり、本人も優れた魔法使いとして、宮廷に勤めている。パスクアラが例外というわけではなく、カープァ王国では、数は少ないが魔法使いという公職についている女は、他にも複数存在する。

「そうなのね。そういう部分では、確かにこっちの戦士と似ているわね」

　男中心社会、戦う者である戦士が貴ばれる風潮、王族貴族平民の階級など、カープァ王国とウップサーラ王国には、似ている点が多い中、一番の違いはやはり魔法の比重のようだ。

　その点に気づいたフェーは、非常に珍しく恐々とした口調で聞く。

「あのさ。ウップサーラ王国ってこっち以上に戦士が貴ばれるんだよね？　その上、魔力量なんかはあまり重視されない。てことはさ……ゼンジロウ様のそっちでの評価って、どうなってるの？」

後宮の侍女としては、非常に気になる話題であり、確認しておくべき問いであったことは間違いない。しかし、これまでの前情報と善治郎という男の特徴を照らし合わせると、なかなか聞くのに度胸のいる問いであることも確かだった。

事実、問われたレベッカは、逃げ道を探すようにその緑色の双眼を左右に泳がせる。だが、観念したように一つ大きく息を吐くと、声を潜めて話し始める。

「……うん、まあそっちの予想からはそう大きく外れてはいないはずよ。あんまり詳しく言うのは、さすがに不敬が過ぎるから勘弁してちょうだい」

詳しく述べれば不敬になる。それがもう不敬なのだが、まあそれがウップサーラ王国における善治郎という男個人の評価なのだろう。

当初、カープァ王国でも善治郎の評価は、決して高くなかった。大きいとは言えない、全く鍛えられていない体。押し出しが弱く、柔和な対応を崩さない物腰。それでも問題なく王配と認められたのは、王族として最重要項目である『血統魔法』を伝えられる素養が確認された上に、王族として最低ラインを越える魔力量を誇っていたからだ。

だが、ウップサーラ王国では王族でも血統魔法を持たず、魔力量にもそこまで大きな意味を持たない。そして、カープァ王国では成人男性の平均になる善治郎の身長は、ウップサーラ王国の成人男性の中では、はっきりと小柄な部類に入る。体の大きさが求められる国で、小柄な部類に入るのだ。

それらの要素を総合して、ひいき目を除いて考えれば、ウップサーラ王国における善治郎の評価が、間違っても高いものではないことは、容易に想像がつく。

さすがにフォローが必要だと感じたのか、レベッカは少し早口で言葉を続ける。

「ああ、でも中にはすごく高く評価してらっしゃる方もいるわ。特にウップサーラ王国の王族、グスタフ陛下やユングヴィ殿下は、非常にゼンジロウ様のことをかっていらっしゃるみたい。フェリシア第二王妃殿下も、ゼンジロウ様には心底感謝していらっしゃったけど、あれはフレア様を娶《めと》ってくれた殿方に対する感謝だから、評価とはまた違うみたいだけど」

非常に詳しく、ウップサーラ王族の善治郎に対する評価を口にするレベッカに、ドロレスは驚きを隠さず、その思いを口にする。

「凄《すご》く詳しいのね」

「又聞きだけれどね。でも、情報源はランヒルド様だから、間違いないと思うわ」

「ランヒルド様？」

「ええと、ランヒルド様だと間違いないの？」

「確かに、すっごくしっかりしてる方だとは思うけど」

レベッカの答えに、問題児三人組は揃《そろ》って首を傾《かし》げる。

ランヒルドとは、フレア姫がウップサーラ王国から連れてきた、年配の侍女である。

カープァ王国後宮《こうきゅう》の若い侍女たちが、ランヒルドを見た第一印象は「アマンダ侍女長の色違い」であり、それから一カ月以上が経過した現在の印象も「アマンダ侍女長の色違い」であった。

だから、ランヒルドの能力にも、意味のない嘘《うそ》を言わない人間であることにも同意はできるのだが、そもそもなぜランヒルドがそこまで詳しく、王族の情報を得ているかが理解できない。

逆に、レベッカは、今の言葉でなぜ通じなかったのか、しばし理解できなかったのだが、やがてその理由に思い至る。

「あ？　そう言えば、後宮《こうきゅう》では役職がすべてで家柄の上下はつけないため、侍女の家柄については公言したり、尋ねたりしてはいけない、と言われてたわね。もしかして、それって私たちがあなたたちの家柄を聞いてはいけないだけではなくて、あなたたちも私たちの家柄を聞いていないということなのかしら？」

どうやら、説明を受けていたが、それは自分たちだけの制限で、カープァ王国側の侍女には、適応されないと思っていたらしい。

ドロレスがその間違いを正す。

「ええ、そうよ。だから、私たちはあなたたち三人の家柄について、現時点では全く知らないわ。あなたが私たちの家柄を知らないのと同様にね」

「ああ、そうなのね。それなら、これは言ってはいけないことなのね」

と口を閉ざしかけるレベッカに、ドロレスがさらに否定を重ねる。

「いえ、それは問題ないわ。レベッカ自身が言った通り、家柄について語り合うのが禁止されているのは、公式、表向きの話だから。中には、後宮入りする前から知り合い同士の侍女だっているし、非公式の場所なら問題ないわ」

後宮は世間から切り離された特殊な空間だが、後宮侍女の人生は、後宮で完結するわけではない。極端な話、家柄の全く違う侍女二人がお互いの家柄を知らないまま、下手に確執をこしらえてしまった場合、両者が後宮を出た後に、悲惨なことになる可能性が高い。家柄が上の侍女が、後宮を出た後に、確執を表に出さずに生涯を終えられる人格者だとは限らないからだ。

そのため、「表向き」後宮内では家柄について公言しないとした上で、裏で互いの家柄の情報を伝え合うことは、むしろ推奨されている。

そうした事情を、主にドロレスの口から聞かされたレベッカは、納得したように何度か頷《うなず》く。

「なるほどね。そういうことなら、言っても問題なさそうね。どの道、アウラ陛下とゼンジロウ様は確実に知ってらっしゃることだし。

ランヒルド様はね、フレア様の伯母様《おばさま》」


さらりと放たれた爆弾発言に、問題児三人組も驚きの声を抑えられない。

「ええ⁉」

「うそー⁉」

「もしかして、王族⁉」

ドロレスの言葉に、レベッカは首を横に振る。

「王族ではないわ。ランヒルド様は、フレア様の母である、フェリシア第二王妃殿下の姉なの。侯爵家の生まれで、ずいぶん昔にご結婚されて今は伯爵夫人だから、非常に高位の貴族ではあるけれどね」

そのため、フレア姫にとっては、ほぼ無条件に信頼してもよい味方であり、同時に典型的な古い淑女の価値観の持ち主であるため、少々煙たい存在でもあるらしい。

「へえ」

新しい情報に、感嘆の声を上げるフェーに、レベッカは両肩をすくめて小さく舌を出す。

「そういう意味では、私もフレア様側ね。素質もないのに、女戦士を目指して挫折《ざせつ》して、